三民叢刊124

# 倒淌河

嚴歌苓著

三民書局印行

# 倒淌河 目次

## 短篇

## 中篇

# 短篇

# 茉莉的最後一日

一幢、一幢，一幢相似的小樓數過去，第二十八幢裡就住著茉莉。茉莉後面還有兩幢樓，街就沒了。接壤的是一大片雜樹林，叫橡樹公園，乍看一個人影不見，據說裡頭幹什麼的都有。有殺、有姦、有劫，連同野餐的、遊戲的、男歡女愛的。有條自行車小道給你走。不久鄭大全就從這條小道上來，找上了茉莉。

茉莉八十歲了。從七十八歲那年，她就沒跟人講過話了。電話上講話也是一兩個月一次。茉莉主要是和她的醫生交談，每回都是同樣的話：「感覺還好？」「還好。」「一定要按時吃藥。」「藥方我已經給你寄去了。」「我收到了。」「買藥有困難嗎？」「不困難的。」這個國家樣樣都方便的，因此省了你講話。茉莉一個月出去買一回食物，配一回藥，只要你有錢，不須你費事講任何話。

茉莉的錢是丈夫留給她的。還有這幢房，還有那輛車。只要不活過了頭，茉莉的錢夠花了。茉莉還有些首飾，夠她慢慢賣了添到物價飛漲的差欠中去。總之，茉莉活得跟沒活那樣平靜。吃飯讀電視預告，吃甜食看電視，躺在床上睡不著覺也不要緊，可以成宿成宿地看電視裡推銷東西：衣服、首飾、工藝品，見終於有了買主，她便惋惜一聲：能信推銷員的嗎？上當啦，你個倒楣蛋兒。

正看著十點的晨間新聞，茉莉忽然想起藥還沒吃。那是治理她心臟的藥，不吃，很快就顯出它的靈來。但她跟自己商量：等把這段節目看完吧。這種情況從來沒發生過；茉莉吃藥一向是教條地準時。今天她卻破了這教條，她根本意識不到它所含的某種宿命意義。

走到底樓還不停，再往下走，便是鄭大全的住處了。地方很潮溼，潮漬在牆上畫了地圖。鄭大全妻子就從隔年的掛曆上剪些圖景、人像貼上牆去。但不久人像的臉就給潮得扭曲起來。

鄭大全是幹推銷的，一早就背上大包的產品介紹出門。妻子兜著大肚子送他到門口，說：「少背些！你以為有人會看它？」

鄭大全笑笑，在她枯焦乾瘦的臉上啄了個吻。

在亮處妻子才發現丈夫的西裝上有幾處油污，領圈磨得能看見裡面的麻料裡。這西裝絕

不止二手貨了。她沒說什麼，只問他身上還有沒有錢。

「你呢？」他反問。

「你要多就給我幾塊，一會買菜去我怕不夠。」

他讓大包壓得人斜在那裡。從皮夾裡抽出唯一一張二十圓，皮夾口躲開妻子的眼。

「你沒了吧？」

「還有。」

「早點回來，晚上咱吃餃子！」她隔著七月身孕的大肚去搆他的嘴唇，「吧嗞」帶響地親了他。他倆一向很要好。

鄭大全已走到街上。他心裡使著勁：說啥今天也推銷出一件去；說啥也不能讓人拿門縫夾我一會，不等我話說完，就把我擠出去。得在妻子分娩之前搬到稍微人味些的地方去。

車跑起來時，他忽然來了股快樂，似乎預感到有那麼個老茉莉等在他前頭。

茉莉其實早從電視上跑神了。她想到這天是她八十歲生日。二十歲時她嫁給路易。路易那時黑頭髮，不像她，髮色完全像金子。他要活到現在，會跟她一個髮色了，銀灰的。她跟著路易去過亞洲，之後是把全美國住遍了。因此她沒朋友，習慣不同人熱絡，否則住不久離

開，你是記著他們好還是忘了好？她不喜歡拖著許多記憶；明知這一世不再見了，幹嘛去麻煩自己，又是信，又是電話，年末還得聖誕卡。路易說：「聖誕卡總他媽的免不了吧？」他便整盒的卡買回來，打字機前一張張打發，脾氣大得唬壞人，似乎那些收他卡的人逼他做這勞役，躲也躲不掉，賴也賴不掉；他們知道你還活著，怎麼可以不收到你的卡呢？到現在偶爾還收到寄給路易的卡。他曾經以聖誕卡做了太多「我還活著」的聲明，因此他死了十年人們也不拿這死當真。

將電視音量熄弱些，茉莉起身去吃她的藥。能感到心臟的饑餓。可半道上，她卻聽電視裡說，前總統尼克森病危，茉莉愣住去聽，再次把藥給忘了。

一個門上開了個方洞洞，裡面是張拉丁種的女人臉。

「找誰？」女人問。

鄭大全伸頭縮頸地笑笑：「送東西的。」

女人說：「把東西留在門口，你可以走了。」

鄭大全再打個仟兒：「這麼回事——我們公司新出的一種產品……」

女人說：「我沒有的第一是工夫，第二是錢。」

「正好啊！新顧客有百分之三十折扣，還可以分期一年付款……」鄭大全想抓緊時間多說些詞兒。

女人「澎」的一下關閉了那方洞口。

鄭大全只好再次捺門鈴。

方洞又打開時那女人說：「你再一按次門鈴，我就叫警察！」

「對不起，對不起！」

「你按了三次門鈴了！」

「兩次！……」

「三次！」

鄭大全馬上說：「好吧，三次。」他只能先輸給她。他低頭從包裡拿出一冊產品介紹，再抬頭時，那方洞又閉上了。裡面的話是講給他聽的：「如今的推銷員都這麼有侵略性，像盜匪！」

鄭大全想拾塊磚頭照那門砍過去。想想還有老婆，算啦。在外頭給人氣死，一想到家裡等著個黃臉嬌妻，也就能自個對自個說句：「拉倒吧。」他將那份「產品介紹」順門縫給掖進去，走不遠回頭，見那東西已給掖了回來。他立定，衝那緊閉的大門莊嚴地豎起中指。

鄭大全對那女人豎起中指，心中唸道：「操死你，操死你」的時候，茉莉正在滿屋子找她的藥瓶。她從不亂擱它的，卻常常找不著它。不好，這回竟找了一個多小時。她自然不知道鄭大全今兒是拿她做最後一個攻擊目標了。

中午了，鄭大全一宗生意也沒做成，他餓了，背著大包從橡樹公園朝茉莉走來時，感到太陽光黯一瞬明一瞬。

茉莉開門，見門外站著個東方男子，方臉，細皮膚，身子與頭比，似乎又小又單薄。

「您好？」鄭大全微笑，鞠一躬。他馬上認定這個白種老太婆內心暗藏的對於他的邀請。

「請問……？」茉莉微笑，盡量去想十多年前某種微笑是怎樣擺出來的。

「我是在做一個考察……」

茉莉點頭，真拿他當回事了。

「噢，這是我的名片。」

茉莉只得伸手去接。上面印著什麼脊椎神經研究中心。就是說這個模樣清秀的東方男子是一位科研人員。不過茉莉仍覺得與他談話的道理不充足，她已想不起人與人之間交往的真正緣起是什麼。

「謝謝。不過……」茉莉開始關門。

「您別關門吶！」鄭大全說。

「很抱歉……」茉莉的微笑開始萎縮。

「請您聽我把話說完！」鄭大全吼起來。

茉莉唬得精神也渙散了一瞬，竟聽了他的，把門開到原先的程度。

鄭大全自己也給這吼弄怔了。但馬上老起臉皮，將她看住，眼光是關切甚至是孝敬的。茉莉好久沒經受這樣的注目，吃不消它所含的溫暖。

「我想我應該好好跟您談談。」鄭大全說：「我可以進去慢慢說嗎？」

「不。」茉莉很不含糊，雖是微笑著。

「那好。我一下就看出您的右邊肩膀不舒服，是您的床引起的……」鄭大全開始講床與人的脊椎神經的關係。他今天的英語很幫忙，雖然滿是語病，卻毫不打疙瘩。

茉莉不知道他完全是在豁出去的胡說。她神情認真了，心想，他竟斷出我右邊肩膀的病痛呢。他卻停住不往下多說了，知道自己的瞎話說中了她。但多說就要走板。人活長了脊椎都出麻煩，麻煩多半影響肩膀。反正人一共兩肩膀，你說哪一邊都有百分之五十的正確機率。

「你說的挺對。」茉莉說：「不過我不會買你的產品。」

「能讓我進去喝口水嗎?」鄭大全問。

「不。」

「我真是快渴死了!」

茉莉微笑:「這不是我的錯。喏,那邊有個咖啡店。」

還是完了,鄭大全想,他媽的、他奶奶的。

「再見。」茉莉說。

鄭大全見茉莉真的就要拿門給他擠出去了。他猛地把兩根手指往前一送,正讓門擠上。他「哎喲」一聲慘叫。

茉莉慌了,大敞開門。鄭大全疼得抱住手指頭,一臉都在抖。

「實在對不住!沒注意你的手……」

「沒事,我自己也沒注意!……」他心想,這苦肉計並不是預謀,是急中生智。

茉莉幾乎攙了他進來。生怕他真傷著了,請她吃官司。鄭大全這才看清整個的茉莉。她身上一件邋遢的睡袍,一雙踩塌了幫兒的鞋。房子很小,氣味卻很大,是那種孤苦、灰心、活得不耐煩的氣味。茉莉請他坐下。他沒有,口裡直謝。我他媽上這兒幹嘛來了?唯一能向她推銷的,怕是骨灰盒。他將那一大包產品介紹卸到沙發上。紫紅的絲絨沙發上每隻方墊都

被屁股坐成了光板，還沾了些銀灰的、蛛網般的枯髮。他決定不喝茉莉從水龍頭裡接給他的水，萬一他碰了這房子任何東西，可得記著洗手。

「請坐呀。」茉莉說，將一杯水擱在他面前的茶几上，另一隻手把各種紙、賬單、減價廣告往一邊刨了刨。手指上的鑽戒閃幾閃，像隻賊眼珠。

鄭大全的目光跟上了它。他想，她並不窮到發臭的地步；她僅僅是活膩了，並不是活不下去。不像他和妻子，活得一身勁頭，可就是時時活不下去。

茉莉不知道她的假鑽戒給了鄭大全那麼多希望。她頭緒顛倒地向他講起足球賽、颱風、尼克森病危。她猛然意識到多年來淤積的話早堆到了嗓子眼兒。

鄭大全並沒聽見她在講什麼。他瀏覽這房，它有兩間臥室，地下室一定還有一間。妻子生了孩子後，這套房給他三口子住，正正好。想著，他隨口問：「您一個人住嗎？」

茉莉說：「我丈夫還沒下班。」

「噢。您丈夫在哪兒上班？」

茉莉抽象地一指：「不遠，路口那個警察局。」

「噢，真棒。」鄭大全應著，心裡笑得要嗆死。您這把陽壽了，丈夫做警察祖宗？

茉莉又沒頭沒尾聊起路易隨軍隊在菲律賓駐防，曼谷的寺廟和茴香葉兒。鄭大全誠懇點

著頭，一咬牙，一橫心朝那死了的、腐爛了的沙發上坐去。

茉莉漸漸活潑，口舌也靈巧起來。她這才了解自己：她放進這麼個陌生人來，是想把他製成個器皿，盛接她一肚子漚臭的話。

鄭大全伸長腰去那大包裡翻什麼。

「你拿什麼?!」茉莉問，帶戒指的手竄向電話機。那上面裝有自動報警裝置，只需撞它一個部位，警察們就會朝這兒上路。這時她看清他從包裡拿出的是一本冊子。是本印得精美的產品介紹。她出口長氣。

「您的右肩情況很糟。」他用類似風水先生的低迴聲音說。

茉莉下意識以左手撫摸右肩，聽他講解印在那滑亮的印刷品上的床如何神奇：「看這兒，這是按摩器，一開這個按鈕，它馬上就會動起來，給你背上來『馬殺雞』！一次人工馬殺雞你知道多少錢嗎？」

茉莉笑笑，表示不想知道。

「五十到七十！」鄭大全揚高了嗓門道，臉上是種激烈的煽動：「最貴的到一百呢！一小時，一百塊！想想看，假如你有一張這樣的床，每天能給你省多少錢?!算你每天只『馬殺雞』兩鐘頭，算算看，一天能省你多少錢？」

茉莉無神地看著他，意思是你高興多少錢就多少錢吧。

鄭大全從懷裡掏出一隻小計算器，忙不迭地在上面按一通，把它亮給茉莉：「看，是這個數！你一個月能省三千塊！」

「噢。」

「三千塊呀！」

「三千塊。」

鄭大全看著她，發現她一絲心也沒動。不過他不打算放棄，妻要生孩子了，孩子一落地就是錢。你可不能撤退，好歹是攻進來了。「三千塊吶！」他感嘆得那麼深切，眼睛死等著，等她問價兒。

茉莉想也沒想去問價兒。她只覺得僥倖，因為這陌生男子不是個匪徒。什麼科研人士？你是個滿身嘴皮子的推銷員。

「你替你母親買了嗎？」她隨口問道。

「我母親？我母親在中國，遠著吶！」鄭大全淡淡地說：「跟她有七年沒見了。」

「七年?!我的主！」茉莉對這話題興趣大多了：「我兒子活著的時候，每年一次回來看我，有時回來兩次！……他得腦癌死了，死的時候和你一個年紀——你多大？」

「三十了……」

「怎麼真是一樣年紀？他死的時候剛滿三十！」

「很抱歉！……」

「不是你的錯。」

「您就這一個兒子？」

「就這一個。你能相信嗎？他都死了三十年了！三十年就這麼過去了？……」茉莉撮起三隻手指頭，對它們一吹，如同驅散一朵蒲公英。

「可不。」鄭大全滿肚子別的心事。

茉莉發現他有眼無神的樣子，便問：「你母親在上海嗎？」

「不，她在北京。」

「不過我喜歡上海！」茉莉說。她不知不覺露了原形：多年前一個無知卻偏執的女子。

「上海怎樣了呢？還在嗎？」

鄭大全摸不清頭腦了：「上海怎麼會不在？」

「從日本人轟炸上海，就再沒聽到上海的消息了。我去過上海，整個上海像『百老匯』！」

「對對對！」鄭大全有口無心地說。

「你住上海什麼地方?」

「我住北京。」

「可是我喜歡上海!」茉莉腦袋一挑。半個世紀前她這副神情是很動人的。「你能相信嗎?那時我還學會一句上海話呢!」她調動著乾癟的嘴唇,把它們圓起來,又扁下去,不行,她咧出無疵的假牙笑起來:「不好意思!肯定會學不像……」

鄭大全覺得一腔內臟都餓得亂拱,發出很醜惡的聲響。他想,把這樁推銷做成,馬上去吃個九角九的漢堡。

茉莉並沒察覺鄭大全的笑與搭腔都是在為他下一次進攻做準備。她只認為這推銷員的笑十分友善體貼。已經很久沒有這麼一張臉如此近地對著她,容她盡興地東拉西扯。

鄭大全急得盜了汗,卻怎樣也插不上嘴。老婦人的話似乎是堵在肚中的棉花絮,此刻全從嘴紡出線來。有的紡呢。妻子這時一定邊做活邊看天色,一分一秒地在巴望他。妻子七月身孕就那麼墜在大腿上,拼裝出上百件塑料玩具,直到腿腫得如兩截橡皮筒。他非讓這老洋婆子買下一張床,她已經耗掉他四小時了!

茉莉停住嘴去想一個詞兒,鄭大全馬上將「產品介紹」推到她面前:「您瞧這個——」那一頁滿是人的相片:「這些人都是被這床治好了脊椎病痛的!」

茉莉看了他們一眼，說：「是嗎。」

「比方她，根本站不起來！自從買了這張床，奇蹟發生了！……」

茉莉見他手指點著的是張老女人的相片，穿一身「比基尼」，在一棵棕櫚下醜陋地扭著臀。

「她是誰？」她突然問。

鄭大全一怔：「不知道……」

「你認識她？」

「不認識。可是……」

「你不認識她你怎麼能相信她？」茉莉語言激烈並很帶辯爭性：「你不認識她，怎麼知道她不是給僱了去瞎說八道?!」

鄭大全想，真他娘的，這老太婆並不像看上去那麼愚鈍溫順。

「這絕對是真的，絕對！」他說，眼睛兇狠起來。

茉莉忙向後撤身子，靠到沙發上，「好吧，」她無力地說：「就算是真的。」

「你看，它還可以自動昇降，變成任何角度，適宜看電視、讀書……」

「我從來不讀書。」茉莉打斷他。

「那好，讀雜誌……」

「雜誌也早就不讀了！」

鄭大全火上來了，煩躁地嚷：「那你讀什麼？！」

茉莉驚得吞了聲：「我……我只讀賬單。」

「好吧，你可以舒舒服服、享享受受地讀你的賬單！」

她看看他，畏縮地：「好的。」曾經兒子衝她嚷，她便是這樣忍氣吞聲，怒而不敢言。

「像您這樣的新顧客，公司給百分之二十五的折扣。不過我可以給你百分之三十。」

「謝謝……」

「不用。百分之三十是相當可觀的了！……」鄭大全又在那小計算器上戳著：「您瞧……」

茉莉只得去瞧。她心裡卻想，我說什麼也得馬上吃藥了，心臟已開始鬧事。但她不能走開去找她的藥瓶；讓個陌生的推銷員盤據著客廳，自己走開，誰知他會幹出什麼來。退一步，即使藥就在手邊，她也不會當著外人吃它。在她的觀念中，吃藥不是一件可以當眾做的事。因為一個人的病是一個人的隱私，當眾服藥，等同於當眾剔耳朵挖鼻孔修足趾。茉莉屬於那類不憎惡維多利亞生活方式的人，她不知道有她這種觀念的人基本上死得差不多了，她是僅

剩的。她焦灼地捏了捏手指，它們已開始打顫。

鄭大全感到餓得要癱。忽然，掛在他褲腰帶上的Beeper叫起來，趕忙一看，是妻子在呼他。他屁股往電話方向挪一步，問茉莉：「可以借您電話打一下嗎？」

茉莉答：「不可以。」

「我妻子懷孕七個月，我怕……」

「那你馬上回去吧。」

「我得先打個電話，看她是不是沒事……」

「換了我，我現在就回家。」她將電話機挪到他搆不著的地方。

鄭大全咬咬牙關，決定拉倒，電話不打了。他不能在節骨眼上放了老太婆。

「剛才忘了告訴您！」他拼命往嗓音中添加神采：「你這樣的老年顧客，另有額外的百分之五折扣！這樣你可以有百分之三十五的折扣！」

茉莉在沙發上越縮越矮。她想，這人前腳走，她後腳就吞藥片。

「這樣吧，」鄭大全說：「我再給你加百分之五，湊個百分之四十折扣，怎麼樣？」

茉莉求饒地搖頭，她臉上出現一種長辭般的疲憊，以及由疲憊而生的淒婉。鄭大全心想，我可不能可憐她，可不能！再加一把勁，就是徹底征服。他褲腰帶上的Beeper再次叫起來，

他不去理會。他不願在成功之前分心。

「三千六，去掉百分之四十，」鄭大全在計算器上飛快戳點手指尖：「兩千一百六！算你兩千塊好了！」

「兩千，」茉莉聳聳肩，「那可真不壞。」她臉上沒有任何嚮往。

「你給兩千，這床就是你的了！」

茉莉感到心臟像給什麼重物壓住，正橫一下豎一下的掙扭。她伸頸子喘一口氣。

鄭大全注視她，覺得她大喘一下是下決心的表現。他覺得事情終於是可以再進一步了，從口袋掏出一支筆，一本收據，一張保險維護單。就在這當口，他一陣暈眩，險些照著茉莉懷裡一頭栽去。磨嘴皮子是非常殘酷的事，之於他和她是同等殘酷。他知覺自己臉上僅有的一點人色全褪盡，連十根手指甲也灰白灰白。

「不。」茉莉說：「兩千？不。」

他想上去掐死她。但他仍拿慘無人色的臉對她笑，說：「那您說您願意付多少？」

「我……」茉莉再次聳聳肩：「兩千塊買張床？不。讓瘋子去買吧。」

「我可以給你再降一些價。給你對半打折好了！」

「我的床好好的，三十年了它一直好好的。」

「三十年了！三十年你沒換過床?!」鄭大全叫喚起來。其實他和妻子的床是大馬路上拖回來的，少說有五十年了，兩人上了床情不情願都往一堆滾，作起愛來床比他倆還忙。「三十年一張床？難怪它擰您的脊椎骨！」他大驚小怪嚷著，同時人癱在沙發扶手上，起不來了。

連茉莉也看出他的變化。

「你怎麼了？」她問。

「沒事……」

「你看上去不像沒事。」

「就是……非常非常地餓……」他遲鈍地把眼珠轉向她：「從早晨到現在沒吃過一口東西。」

「可我不會給你晚餐吃的，」茉莉以她善良的褪光了睫毛的眼睛真誠地看著他，「因為我自己也從來不吃晚餐。」

「我不會吃您的晚餐。」

「我不吃晚餐已經習慣了。有時我會喝一杯牛奶。不過我得抱歉今天我牛奶也不會喝的。抱歉。」

鄭大全沉緩地點點頭，表示心領了。他感到那陣突襲的虛弱已將過去。

「怎麼樣——我給你百分之六十的折扣？」

茉莉感到心臟一點點在胡來了，非得立刻吃藥了。

「我說過我暫時不需要這床。」她說。

「其實我給您百分之六十折扣，我已經一分錢也沒得賺了！」他說，攤開兩隻巴掌。

「百分之六十是多少？」

鄭大全轂轆一下爬起，將小計算機給他看：「一千四百！只要一千四，床就歸你了！」

茉莉閉上眼。鄭大全斂息等待。她睜開眼，他馬上問：「付現金還是付支票？」

「我說過要買了嗎？」茉莉說，已不再親善。

「是我聽錯了你？」

「很可能。」

兩人都被折磨壞了。天色近黑，鄭大全已不記得褲腰上老婆呼叫了多少次。

「聽好：我再給你添百分之十的折扣——一千零四十！」鄭大全將臉湊到她跟前，沒點燈，他想讓她看清他臉上的誠意和猙獰。

沒有眼鏡茉莉卻什麼也看不見。她拉亮燈，嘆口氣說：「天吶。」

「一千整！」

「假如你肯降到六百，我就買。」茉莉說，心想，這下我可安全了。

「六百塊？您讓我賠本吶?!」鄭大全喊道。

茉莉笑。好了，你死心了，可以讓我清清靜靜吃我的藥了。她撐著沙發扶手，半立起來做出送客姿態：「大門在那邊。」

鄭大全站起，倨顧一眼這座活墳，想到自己一生最精華的一段中有七個小時被糟蹋於此了，他突然看定茉莉，帶些悲壯地說：「好——六百就六百。」

茉莉徹底痴呆了。

「六百！聽清楚了吧？這可是您自個兒說定的價！」鄭大全聽見自己的嚎。

茉莉嚥一口乾唾沫。天黑盡了，外面。她已看出他想掐死她的熱望；在這七小時中，這熱望不止一次地湧上這東方青年的心、身、兩隻虎口。她開始在茶几上糟七糟八的紙片裡翻找。鄭大全盯著她。她加快翻找的速度。支票簿終於浮現，她小心地對鄭大全看一眼。

他遞上自己的筆。他勝了。他得逞了。沒賺多少錢，可還是得逞了。看著這風燭殘年的老婦顫抖著手撕下支票的剎那，他拚命克制自己那突然迸發的同情。

茉莉將支票遞向他，小小一頁玩藝抖得如同暮秋風裡的蟬翅。

鄭大全剛離去，茉莉已感到自己的奄奄一息。在剛才兜底翻覆的雜色紙堆裡，她發現了

藥瓶。她將它抓在手心，正要擰開瓶蓋，想起一件更要緊的事。她拖過電話機，按了銀行的號碼，那頭是個機器聲音，請她等候。茉莉卻沒有力氣等了，對那頭喜氣洋洋的機器聲喊道：「取消……取消……」她想告訴銀行取消那張剛開出的支票，卻怎樣也湊不出足夠的生命力將這句子講完。她橫在了沙發上。

鄭大全一路飛車到家。開門撞上三樓一位女鄰，她正從她家出來：「你你你怎麼回事？」她以食指槍口般指住他：「晚啦！打你的Beeper，你怎麼也不回話！你妻子去醫院啦！」

鄭大全那磨去一層皮的嘴剎時成一口洞。

「大出血！早產！沒看這地上！……」

地板上是一路血滴，從他的地下室延上來。血還鮮著，燈光裡晶閃閃的。

# 屋有閣樓

飯菜做齊，申煥叫：「爸，把燈開開。」

一直就著窗子光讀報的申沐清答應著，去摸燈鈕。燈有了，她才敢捧著托盤踏進屋。就這一間屋，餐桌抵著牆，來客時拖出來。在倫敦，這樣就住得不壞了，申煥獎學金的百分之七十要繳房租。

申沐清看女兒將一碟醃雞擱到桌上，又把兩隻小碗面對面擺好，配齊兩雙筷子，放在碗邊。就這些。女兒說：「湯還在燒。」女兒神情嚴肅。剩她和父親單獨在一起時，她總是這樣嚴肅。她最正常和自然的樣子，就是這樣嚴肅。

女兒自己先坐下，申沐清也跟著坐下，發出很輕一聲呻吟。女兒看他一眼。他也不明白這個呻吟從那裡出來的；上了七十，人動一動就出來這種哼唧，其實他好好的。

「先吃吧，我馬上去樓上拿湯。」申煥說。

樓上其實只幾級梯階之上的一間閣樓，擺一張床給申沐清睡，還擱一個電灶，真正的烹飪是在那兒，這屋裡的爐灶是從不用的，是給看的。申煥說人家西方人的廚房乾淨得像個無菌實驗室。因此她把爐具都拆到閣樓上去了，留的只是個空殼，一天到晚淨亮。申煥說這樣外國人就不會講中國人邋遢。申沐清同意：中國人是邋遢。

申煥吃兩口，站起上樓去。申沐清喜歡看她走路，兩個膀子微微向兩側張著，步子不穩也不均。個個小孩學走路，大人對他拍拍手：過來，朝我這兒來，他就會這樣搧著兩個膀子向前撲。在他印象中，申煥從最開頭學走路到二十九歲，一直是這樣子走路。小小孩的笨樣。

「湯特別鮮！」申煥在樓梯上就通知。她手上套了兩隻棉手套，鼻尖越發的紅。她從小就恨自己長的這個鼻子，無緣無故就紅。她沒這個鼻子可以是個好看女人的。

擱下湯碗，申煥對父親邀請的看一眼。

這時門鈴響起來，申煥說：「他來了！」

申沐清說：「噢。」看她一眼，又說：「要不要我走？」

申煥說：「不。」她忙起身去拿餐巾、餐紙，把紙疊成花，每人面前擺一朵。

說的這個「他」是申煥的男朋友，他一來，桌上得擺些不能吃的東西。男朋友叫保羅。

申煥張著膀子跑到沙發前，將那把有兩禮拜老的康乃馨也搬過來，擺在桌子中央。這樣不顯得一頓晚飯只有醃雞和湯。申煥並不去開門，上禮拜已給保羅配了這個房的鑰匙。他捺一記門鈴是為了禮貌。

很快聽樓梯上響起他的腳步。申煥已經將這屋的門給他打開了。他卻還會在開了的門上扣一扣，問一聲：「可以進來嗎？」這都是禮貌。申煥很驕傲保羅這份禮貌。

他這才進來。申沐清含混的跟他打了個招呼，屁股在椅子上磕碰幾下。他對申沐清回了個「你好，」一個就把申煥抱進懷裡去親。申煥看起來是快活的，吊住他那比臉還粗的頸子。他漸漸將她壓得向後仰下去，臉盤仰得像一枝朝天開放的大葵花；臉盤像要從那細頸子上給折斷下來。申沐清其實並沒去看，他眼睛其實是定在醃雞肉上，肉上有皮，皮上一粒粒凸著雞皮疙瘩。

之後申煥把保羅牽到申沐清的視野中，坐到了餐桌的一方，那一方有主宰意味，使得申家父女一左一右成了伺候。他在桌下把自己兩條長腿擱平整之後，毛茸茸的手便去拿筷子。筷子他是舞弄熟了，甚至能從湯裡箝出溜滑的粉絲。申煥頭次領他來家時，一頓飯他掉了十五回筷子，飯菜吃了一桌一地。那天晚上他就沒走，跟申煥睡在那張沙發床上。之後他幾乎天天來，有時來吃飯，有時是申沐清已回到自己閣樓之後他才來。有時他來，申沐清沒防，

穿戴得太糟泊，申煥就說：「爸，你回你那兒去吧。」申沐清就會慌張的端上自己的碗，上樓去吃。保羅總是在這裡跟申煥過夜。

他看上去有三十四五，身高六呎，眼珠子像兩個藍灰色玻璃彈子，頭髮留得齊肩，頭頂稀薄處透出豔粉色的頭皮。申煥說，爸，他是個詩人。又說，爸，他會彈吉他；還說，爸，他的正職是廣告公司經理。得承認保羅配申煥是配得起的。也看得出他喜歡申煥，買給她鮮花，還買給她睡衣。前個星期天，他來得很晚，不久聽申煥一路叫著「爸」上到他的閣樓，給他看一個絲絨盒子，盒子裡是根項鍊，上面有顆胡椒粒兒大的鑽石。

「咱能要他這麼厚的禮？」他問女兒。

女兒興奮得一句話也講不出，臉上紅光錚亮，紅鼻子不顯眼了。女兒眼睛得意透了，肯定忘乾淨了夜裡那些委屈。申沐清夜夜都是聽得見的。他一邊聽一邊糊里糊塗失著眠。

這時他見保羅那毛很旺的大手正使筷子準確動作著。筷子顯得尤其銳利，輕揭起醃雞肉的皮膚。那手微妙的抖一抖，皮從雞肉上剝落下來，剝得極其完整。保羅一面不斷的跟申煥說話，聽不懂英文也聽出話的有趣。

申煥眼睛跟兩泡清水似的，紅紅的鼻尖再不是無意義的紅了，紅得喜洋洋的。

保羅把筷子尖在雞肉上撥弄，不一會，肉被剔下來，骨頭被剔得光生生的。還不急，他

筷子又改了動作：捺進肉裡，再劈開，也就把肉劈成兩瓣，撕裂得那麼整齊乾淨，申沐清看獃掉了。

「爸、爸！」申煥提醒的叫道。

申沐清才發現自己把湯喝得很響。其實不跑神的時候，他喝湯喝得滿好，一點聲也沒有，連粉絲都是無聲息的從兩片嘴唇間一點點蠕動進嘴裡的。為保羅來，父女倆認真練習過喝湯。

飯後是申沐清去洗碗。女兒說，不早了，爸，洗了碗就去休息吧。

見女兒從冰箱櫃子裡取出一瓶酒，兩個杯子，申沐清知道女兒這一夜又要累了。想跟她說：仔細點自己。想想算了。他怕自己和女兒都窘死。吃的是女兒的飯，女兒終究要吃保羅的飯。就這麼想：女兒還是能從保羅那兒找些快活的。

進了閣樓，果真聽見申煥的笑聲。申煥不應該喝酒，喝就出來這種不主貴的笑。

閣樓有八十呎大，一面天花板拉了條大斜線下來，也算牆。窗子就是天窗，往床上一躺，就面朝著它。睡不著時，拉開百葉窗，天好時能看星斗移換。

申沐清的夢是這樣的：一個小女孩，穿雙紅皮鞋，走起路來兩隻膀子向外撐開，像要架穩自己。仔細看看，見小女孩是沿著條水泥圍欄在走。是六層樓頂上的圍欄。申沐清叫她：

「申煥，你給我下來！申煥，你給我下來！」

他把自己叫醒了，發現自己還在痛苦的動彈。他一骨碌爬起來，坐在床沿上喘氣。摸過錶來看，一點鐘。每天都是這個時間，每天他就這樣坐在床沿上——申煥又在哭，是給扼啞了的抽泣，在黑暗裡搖撼整個樓。申沐清止住喘息，聽著女兒漸漸哭得上氣不接下氣。她這樣哭已有兩個月，從她把這麼個高大壯碩的亞利安種男人引進家來。申煥在二十九歲前沒有這方面的事；她在自己的博士論文中論女性主義在東西方文學自古的主宰，而她自己幾乎是個老式淑女。三年前老伴死時，申煥回國奔喪，表姐妹們勸她找個丈夫帶出去，好歹是自己家鄉人。申煥老實巴交的承認她確有這個意思。但表姐妹們找來的七八個人選都不如申煥的意。她走時帶走了孤單的老父親。

不知是否幻覺，申沐清此時聽見女兒嘶啞的哭聲中夾了一聲：「爸……」他怔了，一個女人靈肉疼痛到什麼程度才會脫口喊出這一聲？這一聲她不是叫別的，竟是如同最幼小無助、穿著小紅皮鞋的年月，叫一聲：「爸……」這太悲慘了，兩道軟軟的眼淚從申沐清臉上淌下來。

早上八點，申沐清下樓。他眼睛躲著女兒的臉。

保羅滿滿的把自己堆進長沙發，兩個光腳丫搭在沙發扶手上，腳板粉紅得不可思議。從未見過這樣巨大的一對腳，這麼大簡直不該是真的。一對腳像給申沐清看得不好意思了，兩

隻肥嫩碩大的足趾相互切磋，似乎在你推我、我搡你的扭呢。

申煥見他，叫了聲：「爸，起來啦？」

「起來了。早起來了。」

申煥在明晃晃的灶臺前煮咖啡。咖啡壺嘟嘟響。這個假扮的廚房就這一時有點人煙。一星咖啡濺出，她手裡的潔白抹布就跟上來，擦掉它。她將咖啡擱在托盤上，又把方糖在一隻小碟裡堆砌整齊，捧著托盤向保羅去了。她的步子滑稽，去掉她朝兩側微微撐開的膀子，那股笨拙中的稚氣沒了，就只剩下笨拙。她放下托盤時，保羅在她後腦勺上輕輕拍一下，眼睛並不離開報紙。申煥笑一下，但馬上收住嘴角。

這時申沐清突然看見女兒嘴唇上有新鮮的傷痕。

不久前他從中文報紙上找到一個中國人的心理診所。他去了。他說該來此地的並不是他自己；他是代女兒來的。

心理醫生點點頭，表示理解。醫生也很耐心，不催他，直到他把最初的尷尬捱過去。

他告訴了醫生女兒在夜裡哭的事。他形容了那種哭聲。不，不是初夜哭，夜夜都哭。不，我女兒沒有生理缺陷。她是我獨生女兒，我當然知道她好好的。不，她從小長大的環境很好，我和她過世的母親都在大學教書。不不不，我女兒絕對沒有早年被虐的經歷，我說了，她的

成長環境是大學校園……。

去了那診所幾次之後，一天他對醫生說，女兒夜裡哭得越發痛，慘，哭得他一宿一宿不睡。他失態的抱住腦袋，讓腦袋在兩個手掌中痛苦的滾著。等他抬起頭，見心理醫生兩眼陰森森盯住他。

心理醫生似乎一切都明白了。

「你女兒和你的關係怎樣?」

「很好。我們父女倆相依為命。她媽去世了，她就我這個爸……」他邊說邊覺得這個醫生眼神不對勁。「她對她媽的感情淡些，她媽那人愛較真……」

醫生把頭點得極有謀算。

「你有沒有想到……」醫生開口道：「你對你女兒的感情……」醫生改了口：「你在她小的時候，是不是撫摸過她……?」

他大張開嘴。醫生說，沒關係，我只是醫生，並不仲裁倫理道德方面的是非。在我看來，沒有罪惡，只有病態。需要一段時間讓我慢慢來跟你解釋情結這東西。你應該從你女兒身邊走開，甚至從她生活中消失。你明白嗎?她並沒有哭，那不過是你的臆想。

花去一大筆診費，就落下這麼個判決。申沐清記得自己文縐縐的一生中，第一次那樣出

言粗劣：「操你媽！」

絕對不是臆想，申煥此刻嘴唇上的傷痕便是證實。申煥身上隔三插五的會出現這樣那樣的傷痕。申煥在餐桌對面坐下，端起一杯咖啡遞向唇邊，滾燙的液體通過傷口時，她肩膀猛一聳。她忘了這傷的存在。每個早晨的降臨，之於她，都是對夜的否定。在白天，她能把她的傷痛完全收縮起來。

「爸，」申煥平淡而快樂的說：「保羅和我準備年底結婚。」

「哦，好啊。」申沐清還不去看女兒的臉。

「我們要搬到郊區去。」

「那我還住這裡好了……」

「看你說什麼呢？我會撇下你？保羅現在天天來這兒，就是因為我不放心你一個人在家。」

申沐清不吭聲了。他懂得她指的是五年前他那次中風，其實那倒沒讓他殘廢多少，只是手腳都失去了一些準確性。

「還是把我留在這裡，」申沐清說，「住慣這裡了……」他用茶杯堵住自己的嘴。

申煥著急，圓眼睛瞪得有些三角：「爸，你又怎麼了?!」

她嗓音太響，保羅在沙發上哼哼的清一下喉嚨，父女倆馬上靜下來，幾乎是一口一口往嘴裡偷咖啡。

過一會，申煥輕聲說：「您最近怎麼這樣彆扭？我，還是保羅惹你了？」

他唬壞了，忙說：「吃早飯，吃早飯。」

再過會，申煥說：「我們那能兩頭付房錢呢？」

他指的「我們」，是她和保羅。

保羅突然在沙發上轟然大笑起來，笑著叫著：「嘓！基督！基督！」兩個粉紅色大腳丫在沙發扶手上擂動一陣，又像一對巴掌似的相互拍著。咖啡被震得在杯子裡跳竄。

父女倆全朝他轉過臉。申煥做個好玩的表情，表示她對他的嬌縱。

父女倆一動不動，似乎怕驚動保羅的大笑，打斷他的開心。

每天從上午八點到晚上六點，申沐清感到情緒平坦、踏實。因為他此刻獨自耽著。他常是出去溜溜自個兒的腿，若女兒留下購物任務，他就溜到附近的食品市場。不然他溜到「大不列顛博物館」，或者溜到聖保羅教堂。中午，女兒會從辦公室打個電話回來，三分鐘，她問，他答。申沐清總是答：「滿好，滿好。」

午睡後，申沐清要花一段時間做他的研究。他從圖書館借到幾本《性心理學》、《性行為》

之類的書，翻著字典掙扎的讀懂了它們。它們中一大半被他斥為胡說八道，但一小部份他讀完後獃想許久。他想不通為什麼世上存在著這樣一種男歡女愛：「男方必須從女方的極度痛苦中獲悅；因此有的女性以佯裝的哭泣、哀求、慘號來滿足對方……」他看著馬路對過的樓房，上面是密密麻麻的方格門窗。有的窗點燈了，有的是黑黯的方孔。

他忽然覺得世界是個這麼難懂的東西。這世界上充滿著難懂的人；他們中竟包括著保羅、申煥，還有自己。在對面樓上的人看，他也是一孔黑暗的窗。

他踱步到那張長沙發前。他拖住它下面一隻把手，將它展開。它是女兒和保羅夜間的床。他多想拷問它：你知道底細嗎？你究竟知道些什麼?!申沐清並不知道自己有一副老犬般悲傷而敵意的臉。

聽到申煥在樓梯上的步子，他正在閣樓上翻自己從國內帶來的一隻布口袋。布袋很深，他得把整個胳膊杵進去，才能摸到它的底。底下沉著幾個藥瓶，他摸出一隻來看，不是，又將它墜回底去。再去摸另一隻。摸到最後一隻瓶，申煥進了房，叫了聲：「爸，您在吧？」

申沐清朝閣樓下應著，眼去看手裡的棕色玻璃瓶。它正是他要找的。

女兒蹬蹬蹬的上到閣樓來了，身上帶一股淡淡的地鐵味。她說：「爸，今天晚了點，不做飯了，我們出去吃！」她情緒很好，唇上的傷痕乾了，結了一塊小疤；她笑一笑，它就裂

一裂。

申沐清說：「飯做好了。」

申煥有些意外，瞅著父親的眼睛。她知道父親一下廚事情就大了——他做得太好；自他中了風他便沒碰過廚具。

「嗬，爸！」申煥鼻尖紅透了，驚喜得要哭似的。「我去換套衣服就擺餐桌！」

申沐清見女兒邁著她笨拙的步子飛快下樓去了，兩個膀子更大幅度的張開，更大幅度的搧著。他伸手把剛才倉促藏進衣袋的藥瓶摸出，再讀一遍它的應用範圍，擰開瓶蓋，傾斜了瓶身，輕輕的抖，左手心裡漸漸積了七、八粒淺藍色膠囊。他瞪著這些劑量極大的安眠藥品出一會神，從中捏出幾粒，擱回瓶裡。還有三粒。他將膠囊逐一拆開，傾出裡面的藥粉。

申煥在哼歌，她的拖鞋在木地板上發出「踢里踏，踢里踏」的聲音。

藥全成了白色粉末，看上去比它原先的形色要危險得多。聽見申煥「踢里踏」的腳步朝閣樓上來，他往盛藥粉的碗裡舀一勺湯。白色粉末被淹沒了。他特意為此燒了個味道很濃的湯。他事先想過是否用一隻別色的小碗來標識那下過藥的湯，最後他決定不。自從保羅來，申煥對餐具講究極了，她不可能容忍一隻不同花色的碗無道理的出現在餐桌上。唯一的辦法是用眼睛盯緊那碗湯，再將它親自遞給保羅，親眼看他喝下去。

「我來！」申煥要來端托盤。

申沐清用肩膀擋住了她的手：「我行的！」他對女兒堆出個慈愛的笑：「你累了，歇會好吃飯。」他看著自己兩隻發烏的手緊摳住托盤的邊沿。

「還不知道保羅會不會來吃晚飯！」女兒衝他捧著托盤下樓的背影來一句。

他說：「噢。」

保羅來了。聽見門鈴，申煥馬上點燃桌上的兩盞蠟燭，又換了細巧的餐紙。她從不早早把蠟燭點上，怕浪費。

保羅吻過申煥，從衣袋裡掏出一瓶酒笑吟吟遞給申煥，又笑吟吟對申沐清說：「請拿兩個酒杯來好嗎？」

申沐清聽懂了，不動。

女兒把這句話改成中文，對他說：「爸，保羅請你去拿酒杯。」

申沐清仍不動。

申煥在父親和保羅之間恐懼了一剎那，只得自己起身。申沐清偷偷注視保羅，見他那藍尖色眼睛被申煥牽著，嘴裡吹著快樂的口哨。他並沒有在意申沐清今天的異常。他從來沒有認為申沐清的存在礙過事。他完全不存有那種晚輩的由尊重而來的拘束。他那厚實的下巴頦

被剃得很光，顯出鐵一般的青色。這是種多剛勁的膚色。他用鬆弛的拳頭抵住下巴，燭光映著那手；那手上豐厚的毛金得簡直絢爛了。

保羅終於拿起湯勺。湯不會有異味。申沐清嗅過，嗅到的只是鮮美，味醇。有好的烹飪本領的人靠嗅覺能品出濃淡辛酸。下了藥的湯很快被保羅喝盡。

「好極了。」保羅說，肉乎乎的舌頭在嘴唇上一舔。

「好極了。」申煥用中文向父親轉達保羅的恭維，語氣卻被她重新加了工。

申沐清向保羅點點頭。

夜裡，申沐清在黑黯裡瞪大眼睛聽著樓下。他不知什麼時候睡了過去。再醒時窗上的一方天白了。申煥的哭聲像條冰涼的小蛇從樓梯蜿蜒爬上來，爬進他房裡。

「嗚……嗚……，爸，嗚……嗚嗚，爸！……」

她就這樣子哭。哭聲又細又綿。

申沐清記得清楚極了：四歲的申煥被男孩們欺負了，她就這樣「嗚嗚嗚爸」的一路哭，到家時她已哭得沒了氣力。

那安眠藥對於保羅這樣一條白種壯漢竟這樣無效。

這天早上申沐清沒起床。他在早餐桌上的缺席一般會讓申煥不安。八點左右，她上閣樓

來了。

「爸！……」

「嗯。」他閉著眼，表示還在睡中。

她一口氣顯然鬆下來了。她見父親閉著眼，陡然放輕腳步。立在那兒走神了片刻，她轉身伏在那張小桌上匆匆往紙上寫字。申沐清從眼縫瞧見她的背影，他想看清她這次傷在了那裡。

申沐清起身，見女兒留了話在桌上：「爸，麻煩你到洗衣店把我和保羅的衣服取回。別專程去，要是溜彎就順便去一趟，中午等我電話。煥煥。」字裡行間他實在看不出她的疼痛。

連續兩個星期，保羅仍是原先的保羅。安眠藥已加到了十粒，按醫藥常識，這是個危及生命的劑量了。而這個劑量在保羅身上並未造成明顯的殺傷力。申沐清不知該怎麼辦；再把劑量往上加，絕對會出事的。

申沐清已有整整兩個星期沒睡過覺，每天夜裡他都戰戰兢兢的等，等著那安眠藥出現神效。而他等來的卻仍是申煥的哭聲。哭聲時常是細弱的，偶爾也會加劇，變得極端淒厲。

在申煥最淒厲的哭叫中，申沐清大汗如雨的起身了。這次再不可能聽錯，是女兒在叫。女兒在向他呼救。他摸黑到門口，哭聲弱下去。他試著向梯階摸索，哭聲只剩一絲兒抽泣。

這時他看見了保羅。赤身的保羅走進了門廊微弱的燈光中，顯得更龐大。沒了衣飾和儀態，保羅整個淡色多毛的身體看上去像個巨形胎兒。

申沐清幾乎叫出聲來。但他很快發覺保羅不是衝他來的，保羅並沒有發現黯處的他。他忙把脊背與牆貼得更緊，緊盯著立在光緣下的這個亞利安種男性：他那麼巨大而不肯定的身體輪廓顯得那麼無辜、易受傷害。保羅在終於找回方向感後，轉身進了廁所。

申沐清摸回床上，身上的汗冷凍似的乾涸了。

這兩個星期中，申沐清兩腮大大的塌陷了，耳朵顯得比原先大。申煥也注意到了父親的變化，中午總在電話裡添上一句：「爸你按時吃藥，啊？」

他費了一下午功夫做晚餐。四個菜擺好，他開始準備湯料。他本來計畫做八個菜，又擔心太不自然，申煥和保羅會察覺什麼。雖然算不上晚宴，但每個菜他都做得精緻到家。可等到八點，無論申煥還是保羅，都不見影子。

申沐清站站坐坐，一刻都舒服不了。

門外樓梯上總算有了腳步聲。開開門，門外是緊摟成一體的申煥和保羅。

「爸！」申煥響亮的叫一聲：「下了班給保羅的朋友叫去，喝了幾杯酒……」兩人你拽我拉的走進來。保羅向他打個招呼：「你好！」

他說：「醉成這樣？」

申煥咯咯笑道：「誰醉了，我才喝了一杯……」她把保羅捺在椅子上，保羅把她又拉到懷裡，捺在自己膝蓋上坐著。

「也該打個電話回來，害得我白白準備一下午……」他咕噥。

女兒撒嬌的扯開嗓門：「誰讓你準備得這麼唬人！……這麼多菜！」

他咽咽氣說：「還吃不吃？」

女兒轉向保羅：「還吃不吃？」

保羅比劃個手勢：「先喝點湯。」

女兒轉向他，口氣變得果決：「先喝點湯。」

他卻沒動，盯著保羅粉紅的臉膛。申煥似乎識破他將要做的事，驚叫道：「爸，你怎麼了？」

「我去熱湯。什麼都冷了。」他邊說邊轉身。

他回到閣樓，點燃了煤氣灶。一群鴿子在天窗上蹲著，咕嚕嚕、咕嚕嚕的唸咒。他拉開燈，鴿子們突然看清了他，不作聲了。他將百葉窗拉合，一個眼證也不想有。

藥早被他預先備下了。這是他所有的家當，他已在溜彎的路上扔掉了藥瓶。不止三十粒

藥，他沒去數，只是把它們一顆顆從膠囊裡剝出來。他將一勺湯澆在白色均細的藥粉上，再添一勺，粉末溶化了，從湯的邊緣泛起一圈白色。他從來沒想過怎樣對付這局面。他手上的湯勺搭在碗沿上，看著湯漸漸變色。整個湯變得渾濁、難看，他不知該拿它怎麼辦。

這時申煥在樓下叫：「爸，我來啦！我來幫你端！」

他大聲回道：「不用！」一面用筷子攪動那碗湯。湯又漸漸還原清澈，只是稍稍帶點冷調。砧板上有剩餘的香菜末，他抓起擲在碗裡。保羅喜歡香菜。

他端著托盤走進客廳時，感到面孔一陣寒冷。那是血色去了。人的顏色去了。申煥和保羅竟沒留神他的模樣。他兩人正在看一隻戒指，見他過來，申煥忙將手臂軟軟的往他鼻尖下一送，像個舊時的貴夫人賜一隻手去給人吻。

「爸，好看吧？保羅給我買的結婚戒指。」

他忙說：「好看、好看。」

他眼睛看的卻是她手腕上一塊血紫，像是被誰拼命掐住，掐出來的。像是煥煥她要掙脫，被保羅拼命掐住，掐出來的。臉上那種寒冷降佈到他脖子、脊背，腿，最後到腳板心，那是人味去了——人的整個意味。他將托盤擱在桌角，心裡默記那一碗屬於保羅。

女兒和保羅高興得無心來注意他；他倆甚至高興得連喝湯也顧不上。

申沐清把第一碗湯擱在女兒面前。女兒正笑得直仰伏，險些碰翻了碗。保羅真情真意的在講令她羞怯發笑的話。申沐清兩手停在托盤的把手上，動不了似的。

申煥舀一口湯送進嘴裡，敷衍道：「真好，爸！」她又補著他一眼：「唉，爸你坐呀！保羅稍微多喝了一點！……」她手伸過來，邀請父親入座。她很幸福，一邊是情人，一邊是父親。

申沐清拉住那帶一塊血紫的手腕。

「煥煥……」他說。

申煥有些吃驚，手在他手裡輕微掙扎。他卻越是將她逮得緊。

申煥雖是笑著，眼裡卻出現了懼怕：「爸，你坐呀！……快坐呀！」

「煥煥！」他幾乎是沒聲的再次叫道。淚落下來，比臉還涼。他想說：「煥煥，你在過的什麼日子？」

申煥掙脫了父親。

他半是跌倒的落坐在椅子上。

保羅忽然靜了，申煥更靜，兩人交換一個知心透頂的眼神，又將統一協調過的眼神轉向他。

「爸……」申煥小聲叫道。她手伸過來，撫摸父親流淚的臉：「爸……」她為父親害臊似的對保羅笑一笑：「爸，我們也有我們的生活；在外面多喝點酒，您也不至於啊……」她聲音軟和，帶出哄和懇求。

淚眼中，他看到的煥煥只有四五歲，穿著小紅皮鞋。他點點頭，微笑一下。

也許，也許。也許申煥夜裡從來沒哭過。也許連她手腕上這塊玫瑰刺青般的傷痕都是幻覺。也許有一些概念因人而易的，比如幸福，痛苦。

保羅想打圓場，伸手向托盤去搆湯碗。申沐清將靠後的一碗遞給了他。氣氛平靜下來，保羅和申煥都關切的偷窺他。

他開始喝湯。它原本是為保羅做的。湯裡的藥粉溶化得極如人意，半點痕跡也沒有，但他嚐出那裡面藥特有的清雅的苦味。

申煥和保羅的神情鬆弛了。他們以為他沒事了。

保羅請申煥放一盤爵士精選。

他已飲盡了湯，站起來對他們道晚安。申煥祝他睡得好。

他回到閣樓上，躺平，拉開百葉窗。倫敦今夜晴朗，一天稀疏的好星。

# 約會

## ・第一周・

五娟的每個星期四是從星期三晚上開始的。也許更早，從星期三白天就開始了。乾脆承認吧，五娟的頭一個星期四剛結束，下個星期四就開始了。

到了星期四早上，五娟早早起床，到廚房把丈夫的午飯做好，裝進飯盒。然後洗澡、洗頭、坐馬桶，很徹底地做一番出門準備。她坐在馬桶上眼神獃獃的，是那種幸福臨頭時的獃頭獃腦。

出門時丈夫在客廳看報。看她一眼，想看透她出門的目的。丈夫退休了，偶爾到公司走

一趟，和接了他交椅的副手吃頓午飯。丈夫六十八歲，做過兩年木匠，現在看去還像個木匠。他開很大的房屋裝修公司。人人都做這生意時他已做得上了路，人人都做失敗時他就做成了「托拉斯」。他沒反對過五娟每星期四出門，若反對，她就說去看婦科醫生。四十歲的女人都會與婦科醫生多少有交往。

五娟照照門廳裡的鏡子。這是她上路前最後一面鏡子。她掏出口紅來塗，塗好又抹去。每次都這樣。塗了紅又抹去的嘴唇和完全不塗是不同的，它使她出門的模樣曲折了一點。

開車上路後，五娟不鬆懈地注意身後，看是否被跟蹤。

她把車停在婦科診所的停車場，拿出梳子，邊梳頭邊前後左右地望。沒人盯她梢。穿過診所是個街心花園，狗拽著人跑。五娟很快進了約定的小咖啡店。坐下十分鐘，走進一個十七、八歲的少年，像她一樣的細皮膚，長一對橄欖形大眼睛，眼尾向上飄。他臉蛋還沒像成年男子那樣硬朗肯定起來。

五娟不叫他，抿嘴笑起來。跟著這笑他馬上找到黯角落裡的她。他直接去櫃臺買兩杯咖啡。他倆的規矩是誰後到誰買咖啡，免得咖啡等冷掉。五娟認為他抽錢夾的手勢很成熟，像抽一個純金煙盒。他手上戴一枚戒指，是五娟買給他的。他自上次見面後去過理髮店，把五娟反感的幾縷長髮修短了。五娟知道再跟他鬧也沒用，他不可能恢復成剛來美國時的「好孩

子」髮式了。

他坐下，她把他的臉蛋放在手心裡托了托，說：「曉峰，怎麼又瘦了？」

他說：「哪兒啊。」他看一眼周圍。

咖啡店坐著幾個讀報的人。還有個胖子在角落裡看牆上的招工廣告和租房廣告。胖子稍往後挪步，五娟和曉峰就必須屈身偏頸，以躲避他。兩人就這樣屈著自己用壓得極低的嗓音說話。

「他問了什麼沒有？」曉峰問。

「沒問。」五娟說，眼在胖子背上狠狠一剜。

「看你穿這麼整齊出門……」

「我又沒化妝。」

曉峰盯著她臉：「那他更得懷疑。你上街買菜都化。」

五娟笑道：「對呀，就是跟你在一塊不能化妝。」她和曉峰把身體斜到了四十五度，使胖子再寬敞些。他倆都不挪位置，不然胖子會長久占據這角落。

五娟說：「上次給你買的夾克呢？咋沒穿？」

「你以後別給我買衣服了！」曉峰皺眉笑道：「我會穿那種衣服嗎？」

「噢，我就沒給你買過你喜歡的？沒良心！」五娟咬牙切齒，伸兩個手指去掐他的耳朵。一碰到他綢子一樣的耳垂兒，她恨不得把牙咬碎。那耳垂跟她自己的一模一樣，整個側面都跟自己一模一樣。每次見面她都能在曉峰身上發現一個與她特別相像的細節。在這無邊無際的異國陌生中，竟有這麼點銷魂的相似。

「我昨天前天都在考試。」曉峰把自己的耳垂從五娟手指間抽回。

「能考上柏克萊嗎？」

柏克萊是他倆嚮往的地方。似乎五娟比曉峰嚮往得更迫切。柏克萊意味著曉峰不遠行，她不與他分離。

「看吧。」曉峰說。

「他們要不收你，就是歧視咱們！」

曉峰被她弄得笑起來。笑她一派天真卻常常打出政治旗號。

五娟賭氣似的，把餐紙在腿上折來折去。曉峰見她裙子全跑到大腿上去了。不過她穿短裙倒不妖豔。她整個體型從來沒長成熟過。五娟在四十歲這年還給人看成二十幾。

「你這身挺好看的。」曉峰帶點戲弄地恭維道。

「你懂！」五娟笑著白他一眼。

兩人靜止在一個很不舒適的姿勢上，給胖子造一條通道。這時五娟突然把臉一低，說：「壞了！」

曉峰忙問：「什麼？」

「輕點！別回頭。剛進來的那人是他公司的秘書……」五娟說著便起身，站到胖子剛騰出的角落裡，給人們一個脊梁，直到曉峰告訴她那人已買上咖啡出去了。

五娟坐回來：「不知他看到我沒有。看到肯定會告訴他，說我跟你約著泡咖啡館！那他還不把房鬧塌！……」

曉峰苦笑一下。

「去，你去打個電話，要是他接你就叫他一聲『爸』……」

「我不去！」

「不打他肯定懷疑我跑出來見你！你不怕他折磨我？」

曉峰起身去打電話。幾分鐘後回來，他一眼也不看五娟，迴避自己參加的這樁勾當。他每次打完電話都這樣，眼睛非常傷心。

「是他接的電話嗎？」

他搖搖頭。

「你在留言機上留了什麼話？」她問。

他說：「你回去自個兒聽唄。」

五娟把手擱到他膝蓋上拍哄他。他看她，發現她眼睛也非常傷心。曉峰捺了捺她擱在他膝蓋上的那隻手上，也拍哄她。

## ・第二周・

五娟到達咖啡館時整九點。她頭天打電話給曉峰說要晚一個鐘點，卻沒晚。丈夫去機場，她得開車送他。因此她估計從機場趕到這裡怎麼也得遲些。

上星期到家已四點了，她的車剛開進車庫，丈夫的車緊跟進來。五娟不知他打哪兒開始跟上她的。她約會之後大不如之前警覺。丈夫見她便說：「你那個寶貝兒子打過電話來！」

五娟堆出一臉驚喜：「曉峰打電話來了？說的什麼？」

「在錄音機上。我沒聽。」

五娟快快跑向電話留言機。她腳步的急切要使丈夫相信這母子倆真的被拆散得太久，拆散得太徹底。她的急切倒不是裝的：她想聽聽曉峰與她合演的這個「雙簧」有無破綻。

五娟這時心酸地笑了：曉峰是個心地乾淨的孩子，卻也把一個騙局編織得這樣圓滿。曉峰對她的愛被再次檢驗了。

丈夫的直覺太厲害。他從一開始對曉峰就那麼敵意。五娟那時和他還算新婚燕爾，兩人一路春風地駕車去接兒子。曉峰十五歲，夾在一群飛機旅客中走出來，五娟沒敢認。直到曉峰用清朗的嗓音叫她「媽媽」，五娟才醒。一個如此的少年，俊美溫存，用他帶一絲乳臭的雄性嗓音叫她：「媽媽！」五娟沒有馬上應他，只把他獃看著，無力掩飾自己的痴迷。兩年的分離，她錯過了他的成長、演變，他站在她面前像一個精美的魔術。他比她高半個頭，他長出了唇鬚，他看她時眼睛的躲閃……似乎她首先是個女人，其次才是母親。分離使他們母子彼此失散了兩年，這兩年成了母子關係中的一個謎。

丈夫等在人群外，五娟把曉峰介紹給他時，他伸出手去讓繼子握，眼卻馬上去看五娟，似乎五娟的失態是明擺著的事。似乎五娟把這麼個翩翩少年偽裝成了兒子。她就在丈夫那樣的目光下鬆開了曉峰的手。以後常常是這樣：丈夫一轉臉，她和曉峰立刻切斷彼此目光的往來。其實一開始的日子裡，母子倆是那麼好奇：對於血緣的這個奇蹟陶醉般的好奇。她看不夠地看曉峰，曉峰也常常看不透地看五娟。她看他的笑，他的舉手投足都邪了似的像她時，她會突然抓起曉峰的手，放到嘴裡去咬。丈夫上床之後，她和曉峰一同看恐怖錄影帶。她把

整個人躲在他背後，一會一叫，一會一掙扎，把他的手捏著，關鍵時候就用他的手去捂自己眼睛。之後把臉癱在那手心上，委屈得要哭出來：這電影存了心要唬死我！有次她抬起頭，見丈夫穿著皺巴巴的睡衣站在客廳門口，對母子倆說：「十二點了。」丈夫說完轉身回臥房，五娟跟在後面，像個遊戲到興頭上被父母押回家的孩子。

那之後丈夫很少理睬曉峰。既使三人同坐一桌吃飯，他也通過五娟轉達訓令：「告訴你兒子別老忘了關床頭臺燈！」有時五娟和曉峰在廚房裡輕聲聊天或輕聲吵嘴，丈夫會突然出現，以很急促的動作做些絕無必要急促的事，比如翻一翻兩天前的報紙，或拿起噴霧器到垃圾桶旁邊找兩隻螞蟻來殺。這時五娟和曉峰都靜止住，話也停在半個句子上，等著他忙完，走開。似乎是太多的尊重和敬畏使她和曉峰拒絕接納他到母子間瑣屑的快樂中來。有天他對著垃圾桶「嗞啦嗞啦」捺了好多下噴霧器，五娟事後去看，一隻死螞蟻也找不見。

在曉峰來到這家裡的第六個月，丈夫對五娟說：「你兒子得住出去。」

五娟驚得吞了聲。她知道這事已經過他多日的謀劃，已鐵定。求饒耍賴都沒用處。她悄悄將一張紙條擱在熟睡的曉峰枕邊，那紙條上她約兒子在一家咖啡館見面。

她把驅逐令告訴曉峰時不斷掉淚。曉峰伸過胳膊攬住她肩，悽慘地笑笑，說：「誰讓咱靠人家養活呢？」

「你是我兒子啊！……」

「他是你丈夫，他覺得你應該和他更親。」

「我也沒有不和他親啊！我有法子嗎？你來了，我這才開始活著！他該明白；要不為了你的前途，我會犧牲我自個兒，嫁他這麼個人？」

曉峰不言語了，突然意識到母親犧牲的壯烈。

「他怎麼能分開母親和兒子？」五娟傻著眼，一副問蒼天的神情：「你是我生的，曉峰，他怎麼不明白這點？」那樣沉重的懷胎，那樣疼痛的分娩。曉峰浴著她的血從她最隱私處一點點出世。曉峰撕裂了她，曉峰完成了那個最徹底的撕裂。在撕裂過程中（長達十多小時的過程），曉峰占有著她，以他的全身，最猛烈最完全的占有。她靈魂出了竅，她的女性在劇痛中變形、成熟，炸裂，殘破的女性因興奮而痙攣得像隻水母。最後一刻，曉峰撕裂了她而離她而去時，她感到自己從這世界上消失了一瞬。那樣的失重，那樣的失落，同時又是飛天般的歡樂。

兒子就在那次聽母親講到他的出生。一次難產。一個字也沒省略，她知道曉峰不會為女人的一些術語坐不住的。他從小就從媽媽那兒知道了女人的所有麻煩，感情上的，生理上的。

不久曉峰就進了寄宿學校，丈夫寧可每年從腰包裡挖出一萬多元。

從此母子倆在星期四這天相見一次。從此五娟的日子就是把每一天數過去，數到下一個星期四。

曉峰在十一點過頭跨進咖啡店。見五娟就說：「你在這兒等，我在那兒等——等了一個小時才來車！」

「跟我回去吧？」五娟說：「他今早去洛杉磯，晚上八點才回來！」

曉峰噙一口咖啡看著她。

五娟飛快地說：「咱們去租錄影帶！我好好給你烙兩張蔥花餅！他不在家……」

「我……」曉峰搖搖頭，笑著。自尊在一種輕微的噁心中笑著。「幹嘛呀，又不是賊，專揀沒人的時候往他家鑽！」

「也是我的家！」五娟急道。

曉峰看她一眼，意思說：「別哄自己呀。」

「怎麼不是我的家？他有五間房，兩間半是我的，少客氣！走，你回我那一半的家！」

「我不想去。」

「為什麼？」

「噢，他一走你就有一半的家了?!」他委屈、嫌棄地瞪著母親。

五娟愣住，稍頃，眼淚在眼珠上形成個晶亮的環。曉峰皺起眉說：「媽！」

她猛地把臉調開，不認領這聲「媽」。

十分鐘之後，曉峰已把五娟哄笑了。

「討厭！你就氣我吧，氣死我就沒我了！」她擤出最後一泡鼻涕，不再提回家的事。她突然覺得與曉峰回家是個蠢主意，會使母子這近乎神聖的約會變得不三不四。

曉峰說天真好，應該去湖邊走走。

五娟買了兩份盒飯，和曉峰坐在太陽下吃。鋪天蓋地來了一群灰鴿子，落在他倆腳邊，既兇狠又無賴地瞪著他們，每動一下筷子，就聽見「噗啦啦」的撲翅膀聲音。曉峰將吃了一半的飯盒扔給它們，五娟跟著也扔了。

「下禮拜你放假了吧？」五娟問，從包裡拿出一張報上剪的廣告：「咱倆去看雪景！你看，才六十塊一個人，包吃住！」

曉峰瞅一眼廣告，說：「賭博去？」

五娟急道：「白送你十塊錢去賭！玩完了那十塊錢，咱們就去看雪，好些年沒看見雪了！」

「雪有什麼可看的？」他笑起來，像大人笑小姑娘。

「我想看雪！看見雪就回北京了！」

「看見雪就回北京了?」他又來了戲弄表情。

「你不想回北京?」她無神地笑一下:「姥姥老爺在北京呢。咱那小房,下雪的時候顯著特暖和,咱們老在爐子邊上烤橘子皮。我把你從醫院抱回家,姥姥教我餵你奶。你咬得我疼得直掉淚!沒牙,倒會咬!」五娟笑著恨曉峰一眼。

曉峰也笑笑。一會他說:「你怎麼跟他說?去賭城得三天呢!」

她唬住了:這是怎麼了?和曉峰私奔三天,難道有這麼大的藉口去搪塞丈夫?她瞪著他,憤憤地,他把她難倒了;他把她孵了一禮拜的希望一棒砸死了。「我想得出辦法的!」她倔強地說。

「你這兒有根白頭髮。」曉峰指道。

她把頭髮送到他面前。他手指尖涼颼颼的在她頭皮上劃過,沙拉拉的誇張地響。「咦,哪兒去了?唉你別動!……」

五娟笑道:「你手那麼涼!」

「這一動更找不著了!」

「前兩天我在鏡子裡看見這兒有好幾根白頭髮。肯定都是禮拜三長出來的。」

「禮拜三?」

「禮拜三急啊，日子怎麼過那麼慢！就急出白頭髮了！」她半玩笑地說。嘆一口氣她又說：「從你搬出去，我長了這麼多白頭髮……」

「我那些女同學說你是我姐呢。」

「去你的。」她收回姿勢，正色地：「交朋友可以，不能出那種事，啊？」

曉峰煩燥地一步跳開：「說什麼呀？」

「美國這點特渾蛋！家長都死了似的，讓十幾歲的孩子弄大肚子！」

他忍無可忍地轉身就走。五娟隨他走，不去追。果然，他在十步之外停下了，回頭，終於慢慢走回來。五娟感到心裡有隻放風箏的線軲轆，線可以悠悠地放長，也可以穩穩地收短。

## ・第三周・

五娟剛起床，發現丈夫坐在客廳的沙發上，沒開燈，看樣子他已坐了許久。

「怎麼起這麼早？」

「嗯。心口痛。」他無表情地看一眼妻子。

五娟走過去，他拉起她的手。這一拉她知道她走不開了，曉峰不知會等她到幾點。想著，

她就去看手腕上的錶，突然意識到丈夫那對微鼓的眼正研究她。

「我去給你倒杯水。」她必須馬上給曉峰打個電話，告訴他她的困境。

「這有水。」丈夫說。

「去給你弄點吃的。」她完全掩飾不住她急於脫身的企圖。

丈夫搖搖頭，手拉著她不放。她只得坐下，感到渾身的血像奔忙的螞蟻四面八方飛快地爬。她隔五分鐘就瞟一眼牆上的鐘，瞟一次鐘她臀部就從椅子上提起一點。丈夫嘟嘟囔囔講他的生意，講他的病痛，她一個字也沒聽進去。她感到他靜下來，手在她手裡也鬆弛了。她問：「好點了嗎？」

他點點頭。她再次看鐘：八點半。她尚未洗澡、洗頭、坐馬桶。她正要起身，丈夫突然說：「你今天不要出去了。」他的樣子竟有點可憐巴巴的。

五娟頓時意識到他的病痛是佯裝的，他就是想絆住她，想進一步拆開她和兒子。他一直在懷疑她偷偷去看曉峰，但他從沒問過，只在懷疑重的時候把臉拉得特別長。丈夫對曉峰的戒備和妒嫉從一開始就不是繼父式的，他似乎嗅出這份母子情感的成份。但一切都不能明言，在母子情感中搜尋罪惡本身是一種罪惡。誰說得清母子之間的感情呢？誰能在這感情上劃一道倫理是非的疆界？過份的母愛就不是母愛了嗎？丈夫一但明言，他便大大地理屈了。他只

能指桑罵槐地阻撓，他干預得再強硬都不能真正出那口氣。

五娟笑笑說：「誰說要出去啦？」她進了廚房，給曉峰打電話，那邊說曉峰已出來半小時了。上次他晚了，這次他想彌補，五娟心裡一陣舒適的疼痛。

聽到丈夫健壯的腳步，她趕緊掛好電話，開始烙蔥花餅。丈夫一口氣吃了三張餅，自己也不好意思了，解嘲地說：「這餅太好吃，要不生病我能吃十張！」

她用鼻子笑一聲。以極快的動作將另外兩張餅包進錫箔紙，裝入盒子。這是給曉峰的。這是曉峰頂愛吃的。她的手一下子僵在那盒子上：今天她見不到曉峰了。她心窩一抽，眼前黯下來。

丈夫已好久沒這麼高興過，跟五娟談起結婚三周年的慶賀來。說著就去打電話給五娟訂戒指，用他山東腔的英文跟意大利首飾匠油嘴滑舌。

當晚，五娟和丈夫坐在一張沙發上看電視。她心裡一直牽掛曉峰，想偷空給他打個電話。丈夫冒出一句：「你想去賭城玩？」

她說：「啊？」一下子悟過來，她笑道：「我哪有錢去賭？」

「我給你錢。」丈夫說：「和誰一塊去？」

「我沒說要去啊！」

「不去你把那廣告從報上剪下來幹嘛？」

「哦，那個啊。」她感到喉嚨緊得一口唾沫也通不過。這人連一禮拜前的陳報也要嗅嗅。

「我是幫一個教會的女朋友剪的。」

「想去我帶你去就是了。」

五娟無所謂地笑笑。

## ・第四周・

五娟剛走進咖啡店，那個伊朗小老板靠著櫃臺對她使眼色——很狹昵的眼色，意思是已有人在等她了。

曉峰已在等她了。她白了小老板一眼。

曉峰在讀書。他是個不需要人催就自己讀書的男孩。早晨的太陽從霧裡出來，從咖啡館的髒玻璃上穿過，讓這少年的臉一半模糊在光裡。她端著咖啡輕輕走過去，感覺那咖啡店小老板的目光錐在脊梁上。那詭笑提示著他對世上一切事物的污穢理解。

他們從沒幹過任何褻瀆母子之情的事。他們只是將母子最初期的關係——相依為命的關

係延長了，或許是不適當、無限期地延長了。或許是這異國的陌生，以及異族人的冷漠延長了它。因此他們總是在對於陌生和冷漠的輕微恐慌中貪戀彼此身上由血緣而生出的親切。

她暫時不想驚動他的靜讀。她知道小老板的觀察仍是緊密的。她只求誰也別打攪她，讓她好好享受每星期的這一天，和曉峰無拘束地相伴幾個小時。她用重重謊言換得了這幾小時的溫馨寧靜，幾小時不必掩飾的對兒子的愛。她愛曉峰勝過愛這世界，這裡面有多少正義呢？她瘋了似的愛曉峰，這裡面又有多少邪惡呢？……

「媽。」

「來多久了？」

「不久。」他伸個懶腰。懶腰標識了他等待的長度。

五娟和曉峰各坐桌子一方，默默地喝咖啡，不時從杯子上端、穿透咖啡稀薄的霧氣相視一笑。彷彿隔著戰爭離亂，隔著生死別離那麼相視而笑。

這也許是她最後的機會和他在一塊了；他上了大學就不知去哪裡了。還有幾個星期四？這幾個星期四之後她為誰活著？沒有每個星期四她的七天由什麼來分割？不再有什麼來分割了，所有的七天都將連成一片；所有的日子都將連成黑黯無際的一片。

五娟似乎已處於那樣無際的黑黯，她一把拉住曉峰的手。那手上橢圓的指甲雖剛勁，仍

酷似她自己的。

「咱們走吧……。」她想不出一個地方可去，但小老板的擠眉弄眼已使這裡的安全永遠失去了。

「去哪裡？」曉峰已站起身，將半杯冷了的咖啡灌苦藥似的灌下去。

「去哪兒都行。」她說。不自禁地，她挽住曉峰的臂，似乎這臂膀便是他倆的落腳之處。

他們走過電影院時，正趕上一場降價電影，兩人進去了。電影映完，燈一亮，他們發現整個場子裡只有七、八個觀眾。外面天陰了，五娟建議就耽在電影院裡。

「曉峰，他說他要帶我去賭城。」

「你怎麼說？」

「我能怎麼說？」

過一會曉峰說：「媽，你該和他去。他對你，其實，挺好的。」

五娟警惕地看著他。

「你說他對你有什麼不好？」他臉上充滿開導。

「他對你不好，就是對我不好。」五娟說。

他又惱又笑地搖搖頭，打算繼續開導。五娟打斷他，說：「曉峰，我們非去不可！哪怕

就一天，去看看雪，就回來。就看看雪……」她哀哀地看著兒子：「為什麼這樣拆散我們？他怎麼不明白，你是我生的，我親生的！」

曉峰在昏黯中叫一聲：「媽……」他兩眼裝著那麼透徹的早熟，同時又是那麼透徹的天真。

「你父親你還記得嗎？我和他只有過一次關係，就有了你。按理說不該有你的。你知道那不是容易的事，你父親有病，有不了女人。我們結了婚，生下你，以為慢慢會讓他好起來。後來他自己也沒信心了，非跟我離婚不可。我一個人帶你，早上要上班，來不及啊，我總是一邊蹲廁所一邊搓洗你的尿布……」五娟想著講著，聲音越來越輕。她徒然一笑：「哎呀我在跟你說什麼呀！」

曉峰咋唬地笑了：「真夠懸的啊，差點兒這世界上就沒我這個人！」

五娟說：「沒你這人？你動靜大了！撲通一下，我往肚子上一摸，就知道那是隻小腳，還是小手！你父親離開我，你八個月，我就跟你說話。半夜三更了，我跟誰說話去？……」

一模一樣的電影又開場了，音樂卻顯得更刺耳。

五娟進門見桌上擱著丈夫的字條：「我去李董事長家了，你早答應去的。你先睡，別等

我。」

她竟忘得沒了影。她一腦子和曉峰去賭城的預謀，一點空隙也沒了：沒有PARTY，也沒有丈夫。五娟瞪一會掛鐘，卻讀不出幾點來。匆匆換衣服，抹脂粉，找出一隻合適的小包，去攆丈夫，去彌補。剛走到門口，車庫門大幕般啟上去。

丈夫回來的目的很明顯：抓個憑證。

「你今天去了哪裡？」他下車便問。

「我？」五娟笑道：「出去啦！」她撒嬌而滑頭地笑。

「出去八小時？去哪裡了？」

她想，你真想聽實話？好。母親去看自己的兒子，那個被繼父攆出去的兒子。你有五間大屋卻不容他落腳；你害怕他一天天大起來，保護他的母親。你嫉妒母親和他的體己，你容不了他，是因為母子的這份體己容不了你！你拆散我們孤兒寡母；仗著你有錢，你給我們一口飯吃，你就支配我們的喜怒哀樂、悲歡離合？你就能這樣折磨我們?!……這些稜角堅實的詞句在她唇舌間已成形，她已能清清楚楚感到它們的硬度，以及將它們彈射出去的痛快。然而它們一脫離她的唇舌，卻變成了完全不同的字句，柔軟，爛乎乎一團。

「我去看婦科醫生啦。」

「是吧?」丈夫上下看她:「哪裡不舒服?」

「老頭暈。」

「哦。」他穿過她,腳步又快又重地往客廳走,似乎搬著一大塊木料,急於脫手。

「我打電話給你的醫生了。」丈夫說。

五娟頓時老實了。撒嬌、嫵媚都沒了。

「要去見他,就去嚜。偷偷摸摸幹嚜?我一年出一萬多,供他吃住、讀書,我就不配聽句實話?」丈夫一臉皇天后土。

五娟「唔唔」地哭起來。

「我一直想忍著,不點破你們,忍不住了!在我自己家裡,我憑什麼要忍著?你們吃我喝我用我,倒是該我忍著?!我苦出來的天下!二十四歲從山東到南韓的時候,我只有一條褲子(這句話他一天要講一遍)!我有錢了,我自己的兒女一樣是苦出來的!我花錢供他讀那麼貴的學校,我就不配管你們,不配做個主當個家兒?!」

五娟嗚咽:「他還是個孩子啊!異鄉異土的,他不就我一個親人!……」

「那你去吧!去啊!到他身邊去伺候他,別回來了!」

五娟抬起頭。別回來了。好,不錯,世界大著呢。從滂沱的淚水看出去,她看見希望像

海底珊瑚一樣蠕動。

## ·第五周·

九點半左右，曉峰和五娟坐在地鐵站。天下雨了，地鐵站溫暖著一群乞丐，還有他倆。

「這下他沒法兒跟我了。」五娟說。

「媽，要是你出不來，就甭勉強，反正我等你的時候能看書。實在等不來我就明白了。跟上回似的。」

「跟吧——我往大海裡跳，他也跟著跳！」她獰笑著，美麗的眼睛瞪得那麼黑。

「等我掙錢了，你就不用這麼苦了。」他說，搖一搖她的手。

她發現曉峰的手又乾又燙。她馬上去試他的額、嘴唇。

「你病了？」

「嗯。」

「怎麼不打電話給我？」

他笑笑：「好幾天了。」

五娟不容分說地把他送回學校寄宿樓。整個樓都放了寒假，空成了個殼子。都走了，只有曉峰沒地方好走，在空樓裡孤零零害病。有她，曉峰仍是個孤兒。她進了房間，見曉峰床頭放了個很渾的玻璃杯，盛了半杯自來水；床邊地上是個盆子，殘破的一瓣麵包乾得扭曲了。一房間發燒的氣味。孤兒曉峰。五娟滿心黯淡，又滿心溫情。

她逼他躺下，自己很快買回了水果、果汁，阿斯匹林。她看守曉峰熟睡，三個鐘頭一動不動。其他三個室友的床邊貼滿女明星，或者男歌星、男球星的巨幅相片（五娟都叫不上名字），曉峰只貼張課程表，他床頭那張五娟和他的合影看上去也歷史悠久了，讓塵垢封嚴。所有人都比曉峰活得熱鬧。五娟還看出曉峰的不合群；即便一屋子室友都回來，他一樣會默默生病。他不合群還因為他的自卑：同學斷定他只能是老師的好學生，媽媽的好兒子。

下午兩點，曉峰醒來，渾身水淋淋的全是汗。五娟找出一套清爽內衣，用臉試試，是否夠軟。

「我自己來，」他伸手道。

五娟在那手上打一記，開始解他的鈕扣。她的手指像觸著了一籠剛蒸熟的饅頭，馬上沾濕了。

「媽我自個兒來！」他用發炎的嗓音叫。

「忘了你小時候？隔一天尿一次床，把我也尿濕，我跟你一塊換衣服！那時你八歲。」她說。

「八歲？那我夠能尿的！」他笑道，身體卻緊張。

她脫下他的襯衣，牛痘斑長得那麼大。她用溫熱的毛巾擦拭他的全身，無視他的成長和成熟。她的動作稍有些重，很理直氣壯。我是母親啊。他閉著眼，盡力做個嬰兒。

「……你知道你吃奶吃到幾歲？」

他閉著眼：「嗯？」

「三歲。越吃越瘦。你也瘦我也瘦。我捨不得你啊，不給你吃你就什麼也不吃……」她把他上半身靠在自己右臂彎裡，哺乳的姿勢。這姿勢竟不會生疏。「你特逗！一吃奶就睜大眼，眼珠轉來轉去，想心事，想不完的心事！……一邊唆我的奶，一邊還用手抱著那個奶，就跟怕人搶你似的……」她笑起來，像扮家家抱假嬰兒的小女孩那樣充滿興致。

「曉峰，沒你我可不來這鬼地方。怎麼就過不熱，過不熱呢？連狗都長得那麼奇怪！樹啊草啊全叫不上名兒！曉峰，沒有你，我肯定死了。」五娟說。很平靜家常地。

曉峰突然扭轉身，緊緊抱住五娟。她感到自己成了娃娃，被他抱著。她看到他鎖骨下有顆痣，跟她一樣。你哺育一塊親骨肉，等他長大，你就有了個跟你酷似的伴侶。血緣的標識

使他永不背叛你。

她抱著他，也被抱著。或許你在生育和哺乳他時，就有了個秘密的目的。或者說是一份原始的、返祖的秘密歡樂。這秘密或許永遠不被識破，除非你有足夠的寂寞，足夠的不幸。

你抱著他小小肉體時，原來是為了有朝一日被他所抱。往復。輪迴。你變成了小小肉體。

五娟回到家時車庫門開著，丈夫在修理他的車。木匠還是木匠，好東西可以修理得更好。他見她就問：「你今天怎麼沒開車出去？」

「我不喜歡那車。」

他唬一跳。看她一會說：「從什麼時候開始不喜歡了？」

她笑笑：「從來也沒喜歡過。」

「我給你買的時候，你沒說啊……」

「我有什麼選擇？」她又笑笑：「我有選擇嗎？」

他看著她從身邊走過去，張著兩隻帶勞碌慣性的手。兩分鐘之後，她叫喊著從客廳衝回來：「你為什麼拆我的信？」她攤牌似的朝他攤著印有某旅行社標誌的信封。

「不是信，是兩張票……」他說。

「拆了你才知道是兩張票，是吧？」

「你今天怎麼了？」

「今天不對勁兒，平常對拆信這種事屁都不放，對吧？」

「莫名其妙！我不是怕你英文不好，弄錯事情嗎？」

五娟從信封裡抽出兩張票。

丈夫說：「是去賭城嗎？」

「你比我先知道啊。」

「和誰一塊去？」

五娟多情地掃他一眼梢：「我還能和誰一塊去？」

丈夫承受不住這麼大的希望，眼皮耷拉下來：「誰？」

「曉峰啊。」

五娟等了一會，丈夫什麼也沒說。她又等一會，聽見一聲玻璃的飛濺。他把一隻空酒瓶碎在牆上。五娟笑了。砸得好。

晚上丈夫跟她講和來了。他說他如何想和她白頭偕老。他打開一個絲絨盒子，裡面是他的遺囑。他指給她看她名份下的大數目字。

丈夫頭低得很低，不說話，讓那不會說話的說話。他眼裡有淚，他不許它們落，落就太低三下四了。

丈夫終於開口，說他同意曉峰搬回來住，她從此沒必要這樣心驚膽戰地出去，在各種不適當的地方相約。

五娟心很定地聽他講。從何時起，每個星期四成了她活著的全部意義？是那麼多虔誠的星期四，風裡雨裡，使她和曉峰再不可能完好地回到這房子中來。她和曉峰的感情經歷了放逐的傷痛，也經歷了放逐的自由自在和誠實。被驅趕出去的，你怎麼可能把它完好如初地收攏回來？

「你們回來吧，啊？我不該拆散你們母子。」丈夫說，誠意得像腳下的泥土。

五娟想，這話你要早一天講，我肯定舒舒服服就被你收買了。我和曉峰會感恩戴德地回來，在你的監視下，在這房子的拘束中活下去。可惜你晚了一步。

「謝謝，」她說：「不啦。不麻煩啦。我已經決定離開你了。」

## ・第六周・

五娟在咖啡店等到十一點，也沒見曉峰。她打過兩次電話，也不是曉峰接的。她身邊放了隻旅行包，裡面裝著她三天的更換衣服，還有一雙踏雪的靴子。反正去賭城的班車一天有多次，五娟踏踏實實坐在老位置上，眼睛盯著老方向。

她等著。急什麼？從今天起她不用急，不用慌，不用心裡忐忑如做賊了。

她不知道曉峰昨天收到了兩個大學的錄取通知。她無法知道曉峰的班級老師此刻正在對他說：「去柏克萊！當然——這個學校比那個好多了，又不用你離開家。」

曉峰卻告訴老師，他決定去東部，三千英哩外。「我不在乎學校，只要我能離開我母親，我得擺脫她。」

老師驚訝地問為什麼。曉峰笑笑，反問：「你呢？你那時不想擺脫家——我是說，一個人快成年的時候都有一個他想擺脫的長輩……」

老師稀里糊塗認為他有道理。他沒注意到曉峰眼裡有淚。他看不懂這個少年臉上一陣微妙的扭曲。那是交織著忠貞的背叛。

五娟不知道這一切。她更不知道曉峰的背叛始於他緊緊抱住她的一瞬。她靜靜地等。她的狹隘使她深遠，她的孤單使她寬闊。她呼吸得那麼透徹，把整個小雨中的公園，以及公園的黃昏都吸進心腑。她那莊重的等待使伊朗小老板漸漸地、漸漸對她充滿肅穆的敬意。

# 天浴

雲摸到草尖尖。草結穗了，草浪稠起來。一波拱一波的。

文秀坐在坡坡上，看跑下坡的老金小成一隻地拱子。文秀是老金從知青裡揀出來學放馬的，跟著來到牧點上一看，帳篷只有一頂，她得跟老金搭夥住。場部人事先講給文秀：對老金只管放心，老金的東西早給下掉了。幾十年前這一帶興打冤家，對頭那一夥捉住了十八歲的老金，在他腿當間來了一刀，從此治住了老金的兇猛。跟過老金放馬的女知青前後有六、七個，沒哪個懷過老金的駒子。打冤家那一記敲乾淨了老金。

文秀仍是仇恨老金。不是老金揀上她，她就夥著幾百知青留在奶粉加工廠了。她問過老金為啥抬舉她來放馬，老金說：「你臉長。」

文秀不是醜人，在成都中學就不是。矮瘦一點，身體像個黃蜂，兩手往她腰部一卡，她

就兩截了。上馬下馬，老金就張著兩手趕上來，說：「來嘍！」一手托文秀屁股，一手掀她胳肢窩，把她抱起。文秀覺出老金兩隻手真心想去做什麼。到馬場沒好久，幾個人在她身上摸過，都是學上馬下馬的時候。過後文秀自己也悄悄摸一下，好像自己這一來，東西便還了原。場部放露天電影，電影完，發電機一停，不下十個女知青歡叫：「老子日你先人！」那都是被摸了的。幾千支手電筒這時一同捺亮，光柱子捅在黑天空裡，如同亂豎的干戈。那是男人們得逞了。

跟老金出牧，就沒得電影看了。要看就得摟緊老金的腰，同騎一匹馬跑二三十里。文秀最不要摟老金的腰，沒得電影就沒得電影。

坡下是條小淺河，老金把牛皮口袋捺緊在河底，才汲得起水。文秀天天叫身上癢，老金說總有法子給她個澡洗洗。她聽見老金邊汲水邊唱歌。知道是專唱給她聽的。老金歌唱得一流，比場部大喇叭裡唱得好過兩條街去！歌有時像馬哭，有時像羊笑，聽得文秀打直身體倒在草裡，一骨碌順坡坡滾下去。她覺得老金是唱他自己的心事和夢。

老金唱著已跑得很跟前了，已嗅得到他一身馬氣。

老金對她笑笑。他鬍子都荒完了，有空他會坐在那裡摸著拔著。

她睜開一隻眼看他：「唉老金，咋不唱了？」

老金說：「不唱了。要做活路。」

「唱得好要得！」她說。是真話。有時她恨起來：恨跟老金同放馬，同住一個帳篷，她就巴望老金死，歌別死。實在不死，她就走；老金別跟她走，光歌跟她走。

「不唱嘍。」老金又靦腆地笑了。

文秀討厭他當門那顆金牙，好好一個笑給它壞了事。不是它老金也不那麼兇神惡煞。老金叫金什麼什麼，四個字。要有一夥藏人在跟前，你把這名字喚一聲，總有十個轉頭應你。文秀不記它，老金老金，大家方便。老金有四十幾，看著不止。藏族不記生日，搞不好只有三十幾，也搞不好有五十了。老金不像這場子裡其他老職工都置幾件財產；老金手錶也沒有，鋼筆也沒有，家當就是一顆金牙。還是他媽死時留下的。她叫老金一定把它敲下來，一死就敲，別給天葬師敲了去。老金找刀匠鑲金牙。刀匠什麼都能往刀上鑲，也就按鑲刀的法子把牙給鑲上了。

盛水的牛皮口袋套在馬背上，老金輕輕拍著馬屁股蛋，馬把水馱上了坡。馬吃圓的肚子歪到左邊又歪到右邊，老金跟著步子，兩個粗壯的肩頭也一下斜這邊，一下斜那邊。不聽老金的故事，哪裡也看不出老金比別的男人少什麼。尤其老金甩繩子套馬的時候，整個人跟著繩悠成一根弧線，馬再拉直腿跑，好了得。沒見這方圓幾百里的馬場哪個男人有這麼兇的一

手。

老金把兩大口袋水倒進才挖的長形坑裡。坑淺了點，不然能埋口棺材。坑裡墊了黑塑料布，是裝馬料豆的口袋拆成的。

文秀人朝坡下坐著，頭轉向老金。看一陣問：「啥子嘛？」

老金說：「看嘛。」

他一扯襯衫，背上的那塊浸了汗，再給太陽炕乾，如同一張貼死的膏藥，揭得「滋啦」一聲，青煙也冒起了。口袋水倒乾，池子裡水漲上來。有大半池子。

文秀頭也轉酸了地看。又問：「做啥子嘛？」

老金說：「莫急嘛。」這是低低的吼。每回上下馬，文秀不想老金抱，老金就微啊金牙對她這樣一吼。它含有與老金龐大身軀、寬闊的草原臉徹底不對路的嬌嗔。還有種牲畜般的溫存。

文秀向坡下的馬群望著。老金在她近旁坐下，掏出煙葉子，搓了一桿肥大的煙卷，叼到嘴上，一遍一遍點它。文秀聽火柴划動，火柴斷了。她瞇瞇眼「活該」地看老金笑。十來根火柴才點著那土炮一樣斜出來的煙卷。大太陽裡看不見煙頭上的火，也看不見什麼煙，只見一絲絲影子繚繞在老金臉上。再就是煙臭；隨著煙被燒短下去，臭濃上來。

那口池子也昇起煙。煙裡頭，透明的空氣變得彎彎曲曲。太陽給黑塑膠吸到水裡，水便熱了。都不到老金一桿煙工夫。

文秀摸摸水，叫起來：「燙了！」

「洗得了。」老金說。

「你呢？」

老金說：「洗得了。過會就燙得要不得了。」

老金是不洗的。文秀給老金一抱，就曉得這是個從來不洗的人。

「我要脫了喲。」文秀說。

老金說：「脫嘛。」說著把眼瞪著她。

文秀指指坡下的馬群：「你去打馬，那幾匹鬧麻了。」

老金有點委屈，慢慢車轉臉：「我不看你。」

文秀往地上一蹲：「那我不洗了。」

老金不動。她不捨得不洗，她頂喜歡洗。頭一個晚上，她舀一小盆水，擱在自己鋪前，吹熄了燈，剛解下褲子，就聽老金那頭的鋪草嗦嗦一陣急響。

她騎著那盆水蹲下，小心用毛巾蘸水，儘量不發生聲響。老金那邊卻死靜下來，她感到

老金耳朵眼裡的毛都豎著。

「洗呀?」老金終於說，以一種很體己的聲調。

她沒理他，索性放開手腳，水聲如一夥鴨子下塘。

老金自己解圍地說：「嘿嘿，你們成都來的女娃兒，不洗不得過。」

她是從那一刻開始了對老金的仇恨。第二天她摔摔打打在自己鋪邊上圍了塊帆布。

老金背對文秀，仰頭看天，說：「雲要移過來嘍。」

文秀衣服脫得差不多了，說：「你不准轉臉啊。」

說著她跨進池子，先讓熱水激得絲絲直吸氣。跟著就舒服地傻笑起來。她跪在池子裡，用巴掌大的毛巾往身上掬水。

老金硬是沒動，沒轉臉。他坐的位置低，轉臉也不能把文秀看全。文秀還是不放鬆地盯著他後腦勺，一面開始往身上搓香皂。她在抓香皂之前把手甩乾：手上水太多香皂要化掉。是媽教她的。文秀爸是個裁縫，會省僱客的布料，媽嫁給他就沒買過布料。

「老金，又唱嘛!」文秀洗得心情好了。

「雲遮過來嘍。」

老金頸子跟著雲從天的一邊往另一邊拐，很在理地就拐到了文秀這邊。他看見她白粉的

肩膀上擱著一顆焦黑的小臉。在池裡的白身子晃晃著，如同投在水裡被水搖亂的白月亮。

文秀尖叫一聲：「狗日老金！」同時將洗污的水「嘩」的一把朝老金潑去。老金忙把臉轉回，身子坐規矩，抹下帽子揩臉上的水。

「眼要爛！」文秀罵道。

「沒看到。」老金說，又揩乾鼻尖、嘴唇上的水。

「看到眼要爛！」

「沒看到。」

隔一會，文秀打算穿了。坡底下跑來兩個趕犛牛去屠宰場的男人。都跟老金熟，便叫起來：「老金！老金！蹲在那兒做啥子？」

老金大聲吼：「不准過來！」

兩個男人說：「老金蹲著在屙屎吧？」說著把胯下坐的犛牛拔個彎子，朝這邊上來了。

「不准過來！」他回頭兇狠地對文秀說：「穿快當些！」

男人們這時已發現了抱緊身子蹲在那裡的文秀，卻仍裝著是衝老金來。「老金，別個說你蹲倒屙屎，跟婆娘一樣，今天給我們撞到了！……」

老金一把扯過地上的步槍，槍口把兩人比著。兩人還試著往前，槍就響了。其中一頭犛

牛騰起空來，調頭往坡下跑，身子朝一側偏斜。牠給打禿一隻犄角，平衡和方向感都失了。

給牛甩在地上的那位叫起來：「敢打槍喲——龜兒老金！」

老金朝槍頭上啊一口唾沫，撩起衣襟擦著硝煙的薰染，不吱聲，沒一點表情，就跟他什麼也沒幹過一樣。然後他往槍肚裡填了另一顆子彈，對那個還楞著不知前進後退的傢伙說：「又來嘛。」

那人忙調轉犛牛的頭。在牛背上他喊：「老金，你龜兒等到！」

「等到——老子錘子都莫得，怕你個毬！」老金大聲說，兩手用力拍著自己襠部，拍得結實，「辟里啪啦」，褲子上灰塵被拍起一大陣。

文秀笑起來。她覺得老金的無畏是真的——沒了那致命的東西，也就沒人能致他命了。

到十月這天晚上，文秀跟老金放馬整整半年。就是說她畢業了，可以去領一個女知青牧馬小組去出牧了。她一早醒來，頭拱出自己的小營帳問老金：「你說他們今天會不會來接我回場部？」

老金剛進帳篷，臂彎上抱了一堆柴，上面滾一層白霜。

「嗯？」老金說。

「六個月了嘛。說好六個月我就能回場部的！今天剛好一百八十天——我數到過的！」

老金手腕一鬆，柴都到了地上。他穿一件自己改過的軍用皮大衣，兩個袖筒給剪掉了，猿人般的長臂打肩處露出來，同時顯得靈巧和笨拙。他看著文秀。

「要走哇？」

「要走？」文秀說：「該到我走了嘍！」說著她快活地一扭尖溜溜的下巴頦子，頭縮進帆布帘。

她開始翻衣服包袱，從兩套一模一樣的舊套衫裡挑出一套，對光看看，看它有多少被火星濺出的眼眼。不行，又去看那一件，也不好多少。嘆口氣，還是穿上了。繫上紗巾，再好好梳個頭，不會太邋遢。她走出來，老金已把茶鍋裡的奶茶燒響了。

文秀打招呼道：「吃了沒有？」

「在煮。」老金指一指火上。

他看著收拾打扮過的她，眼跟著她走，手一下一下撅斷柴枝。她這時將一塊碎成三角形的鏡子遞到他手上，他忙站起身，替她舉著。不用她說，他就跟著她心思將鏡子昇高降低。

文秀這樣子在領口打著紗巾，梳著五股辮子等了一個禮拜，場部該來接她那人始終沒來。第八天，老金說：「要往別處走了，大雨把小河給改了，馬莫得水喝，人也莫得水喝。」

文秀馬上尖聲鬧起來：「又搬、又搬！場部派人來接我，更找不到了！」她瞪著老金，

小圓眼睛鼓起兩大泡淚。那意思好像在說：場部人都死絕，等七天也等不來個人毛，都是你老金的錯！

接下去的日子，老金不再提搬遷的事。他每天把馬趕遠些，去找不太旱的草場。文秀不再跟著出牧，天天等在帳篷門口。一天，她等到一個人。那是個用馬車馱貨到各個牧點去賣的供銷員。他告訴文秀：從半年前，軍馬場的知青就開始遷返回城了。先走的是家裡有靠山的，後走的是在場部人緣好的。女知青走得差不多了，女知青們個個都有個好人緣在場部。

文秀聽得嘴張在那裡。

「你咋個不走？」供銷員揭短似的問道，「都走嘍，急了老子也不幹了，也打回成都嘍！」他兩個膝蓋頂住文秀兩個膝蓋。

文秀朝他眨巴眨巴眼。供銷員顯然是個轉業軍人，一副逛過天下的眼神。這場子裡的好交椅都給轉業軍人坐去了。

「像你這樣的，」供銷員說：「在場部打些門路擔心怕太容易喲！」他笑著不講下去了。然後嘴唇就上了文秀的臉、頸子、胸口。

供銷員在文秀身上揣呀揉，褥單下的鋪草也給揉爛了。文秀要回成都，娘老子幫不上她，只有靠她自己打門路。供銷員是她要走的頭一個門路。

天傍黑老金回來，進帳篷便聽到帆布帘裡面的草響。帆布下，老金能看見兩隻底朝天的男人鞋。老金不知他自己以完全不變的姿勢已站了一個多小時，直站到帳篷裡外全黑透。

供銷員跟著鞋走出來，沒看見老金，徑直朝亮著月光的帳篷門口走去。套著貨車的牛醒了盹，供銷員爬上車，打開一個半導體收音機，一路唱地走了。

文秀鋪上一絲人聲也沒有。她還活著，只是死了一樣躺著，在黑黯中遲鈍地轉動眼珠。

「老金。老金是你吧？」

老金「嗯」了一聲，踏動幾步，表示他一切如常。

「老金，有水莫得？」

老金找來一口奶茶。文秀頭從帆布帘下伸出，月光剛好照上去，老金一看，那頭臉都被汗濕完了，像隻剛娩出的羊羔。她嘴湊過來，老金上前扶一把，將她頭托住。她輕微皺起眉，頭要擺脫老金的掌心。

「莫得水呀？」她帶點譴責腔調。

老金又「嗯」一聲，快步走出帳篷。他找過自己的騎馬一跨上去，腳發狠一磕。

他在十里之外找到一條小河，是他給文秀汲水洗澡的那條。他將兩隻扁圓的軍用水壺灌得不能再滿。回到帳篷，月亮早就高了。文秀還在帆布帘那邊。

「快喝！水來嘍！」老金幾乎是快活地吆喝。

他將一隻水壺遞給文秀。很快，聽見水「忽吐吐，忽吐吐」地被倒進了小盆。之後文秀又伸出手來要第二壺。

老金說：「打來給妳喝的。」

她不言語，伸手將壺帶子拉住，拖進帘內。水聲又聽得見了。她又在洗。她不洗不得過，尤其今天。一會兒，她披衣出來，端了那小盆水，走出帳篷，走得很遠，把盆水潑出去。

老金覺得她走路的樣子不好看了。

「老金，」她遞過一隻水壺：「還有點水，你喝不喝？」

老金說：「你喝。」

她一句也不多謙讓，從衣服口袋裡拿出個蘋果，將壺嘴仔細對準它。水流得細，她一隻手均勻地轉動蘋果，搓洗它。她抬起眼，發現老金看著她。她笑一下。她開始「卡察卡察」啃那隻蘋果。它是供銷員給她的。她雙手捧著它啃，其實大可不必用雙手，它很小。

文秀從此不再跟老金出牧。每天老金回來，總看見帆布帘下有雙男人的大鞋。有次一隻鞋被甩在了帘子外，險些就到帳篷中央的火塘邊了。老金掂起火鉗子，夾住那鞋，丟在火裡面。鞋面的皮革被燒得滋溜溜的，立刻沁出星點的油珠子。然後它扭動著，冒上來黏稠的煙

子，漸漸發了灰白。一帳篷都是它的瘟臭。老金認識這鞋，場裡能穿這鞋燒包的沒幾個。場黨委有一位，人事處有兩位。就這些了。

前些天文秀對老金說：「這些來找我的人都是關緊的喲。」

老金問：「好關緊？」

「關緊得很。都是批文件的。回成都莫得幾個關緊的人給你蓋章子，批文件，門兒都莫得！」她看著老金，眼神卻不知在那裡。她語氣是很掏心腑的，那樣子像老金悶慌了，去跟牲口們推心置腹說一番似的。

老金便也像懂事卻不懂人語的牲口一樣茫茫然地看著她。由於多日不出牧，她那被暴日烈火烤出的臉殼在褪去；殼的龜裂縫隙裡，露出粉嫩的皮肉。她一面講話，一面用手指甲飛快地在臉上摳著。尖細的指甲漸漸剝出一個豁口。順豁口剝下去，便出來野蠶豆花一樣大小的新肉。

「我太晚了——那些女知青幾年前就這樣在場部打開門路，現在她們在成都工作都找到了，想想嘛，一個女娃兒，莫得錢，莫得勢，還不就剩這點老本？」她說著，兩隻眼皮往上一撩，天經地義得很。她還告訴他：睡這個不睡那個是不行的；那些沒睡上的就會堵門路。

老金點點頭，一面在大腿上搓出更壯的一杵煙來。文秀什麼話都跟他講。她說那些睡過

她的男人都是她的便通門道了。她對他講不是因為特別在意他的看法。相反，是因為他不會有看法。牲口會有什麼看法？

這時帆布帘呼啦啦一陣子響。男人在找他的第二隻鞋，嘴裡左一個「狗日」，右一個「狗日」。老金脊背對著帘子，坐著，吸他的煙卷，使勁吸，肺都吸扁了。

那人就是不肯鑽出來，不肯讓老金就著馬燈的黃光把他百分之百地認清。他在場部是個太關緊的人物，忙得很，來時連句客套話都不給文秀，上來就辦正事。來都是瞎著燈火，他從來沒看清過文秀長什麼樣。

文秀被他支出來對付老金。

「老金，有莫得看到一隻鞋？」文秀問。

「那個的？」老金說。

「你管是哪個的！看到莫得嘛！」文秀高起聲，走到他對過。她頭髮從臉兩邊披掛下來，身上裹一件大衣，上面露塊胸，下面露一截腿桿。火塘的火光跳到她臉上，她瘦得兩隻眼塌出兩個大洞。

「問你！」她又求又逼地再高一聲。

老金只管吸煙，胸膛給鼓滿又吸扁，像扯風箱。

「牲口啊？啥個不懂人話來你?!」文秀「忽」地一下蹲到他面前，大衣下襬被架空，能露不能露的都露出來。似乎在牲口面前，人沒什麼不能露的；人的廉恥是多餘。

老金聽著那位關緊人物赤一隻腳從他背後溜走。

文秀仍披著大衣，光著腿桿子在帳篷裡團團轉。她搖搖這隻水壺，空的；那隻，還是空。他們在這涸了水的地方已駐紮一個多月，每天靠老金從十里外汲回兩壺水。從這天起，水斷了。

如此斷了五天水。喝，有奶，還有酥油茶。來找文秀的男人不再是每天一個，有時是倆，或是參。老金夜裡聽見一個才走，下一個就跟著進來。門路摸得熟透；老金在門口擱了乾刺藜，巴望能錐出某人一身眼子，而他們都輕巧地繞開了它。最要緊的是，在上文秀鋪之前，他們的鞋都好好地藏起了。

清早，文秀差不多只剩一口氣了。她一夜沒睡，弄不清一個接一個摸黑進來的男人是誰。最後一個總算走了，她爬起來。老金在自己鋪上看她撕開步子移到他鋪邊上，對他叫道：「老金，幾天莫得一滴點兒水！」

老金見她兩眼紅豔豔的，眼珠上是血團網。他還嗅到她身上一股不可思議的氣味。如此的斷水使她沒了最後的尊嚴和理性。

老金慢慢的開始穿衣。喉嚨裡發出咕嚕。一條結滿汗繭，又吸滿塵土的褲子變得很硬，大致是它自己站在鋪邊上。他將它拖過來，開始穿。不知是他穿它，還是它穿他。

文秀踱步到熄了的火塘邊，眼瞅著那截燒得擰起的皮鞋底，不明白它是什麼。她對老金扯直嗓門叫：「搞啥子名堂——穿那麼慢?!」

老金忽地停了動作。

文秀像意識到什麼不妙，把更難聽一句吆喝啣在嘴裡，瞪著他。

老金走到她面前，對她說：「你在賣，曉得不?」

文秀還瞪著他。過一會她眼睛狐騷地一瞇：「說啥子嘍?」

「你是個賣貨。」他又說。

「那也沒你份。」她說。

立冬那天，文秀在醫院躺著。她剛打掉胎，赤著的腿下鋪著兩寸厚的馬糞紙，搪血用的。老金一直守在病房外面，等人招呼他進去。卻沒有一個招呼他進去。護士們公然叫文秀：「破鞋」，「懷野娃娃的」。正如住外科病房的那個男知青，人都公然叫他「張三趾」。說是他一次槍走火打沒了三根腳趾頭。張三趾傷好之後就要回成都了，因此他把家當都換成了冬蟲夏草，回成都那都是錢，帶起來也輕便。所有人都明白，他存心往腳上開槍的，把自己制成個殘廢，

馬也騎不得了，只有回成都。

老金守到第三天，張三趾走過來，坐到同一條板凳上。他遞給老金一根紙煙，就進了文秀病房。

半根煙下去，老金才覺出不對。他忽地站起身，去推那病房門。門卻從裡頭鎖了。老金扯開腿，將自己鑲銅頭的靴子照門上甩去。他「畜牲畜牲」的咆哮引得全體護士都跑了來。很快的，各病房的床全空了，連下肢截癱的都推著輪椅擠在走廊朝文秀門口望。

老金被幾個護士掐住，嘴裡仍在「畜牲畜牲！」只是一聲又一聲嘶啞。

張三趾出來了，人給他閃開道。他一甩油膩的頭髮，儼然是個頗帥的二流子。他對人群說：「幹啥子？幹啥子？要進去把隊排好嘛！」他指指文秀的房門，然後又指老金：「老金排頭一個，我證明！」

老金抬起那銅頭靴子朝張三趾僅剩兩趾的那隻腳跺去。張三趾發出一聲馬嘶。

護士們吆人群散開，同時相互間大聲討論：「弄頭公驢子來，她恐怕也要！」

「血都淌完了，還在勾引男人上她床！」

老金靜靜坐回那板凳。

半夜，起了風雪。老金給凍醒，見文秀房門開著，她床上卻空了。他等了一會，她沒回。

老金找到外面，慌得人都冷了。他在公路邊找到她，她倒在地上，雪糊了她一頭白。她說她想去找口水來；她實在想水，她要好生洗一洗。

老金將她抱起來，貼著身子抱的。她臉腫得透明，卻還是好看的。那黃蜂一樣的小身體小得可憐了，在老金兩隻大巴掌中瑟瑟打抖。老金抱著文秀，在風雪裡站了一會。他不將她抱回病房，而是朝馬廊走。那裡拴著他的馬。風急時，他便把脊梁對風，倒著走。文秀漸漸合上眼，不一會，她感到什麼東西很暖的落在她臉上。她吃驚極了，她從沒想到他會有淚，會為她落。

第二天天放晴。場子上的草都衰成白色。柞樹也被剝盡了葉子，繁密的枝子上掛著晶亮的冰淩。

老金坐在柞樹下，看著文秀在不遠處擺弄槍。她已對他宣佈，她今天要實現自己的計畫。那是從張三趾那兒學來的。老金看她將那桿槍的準星兒抵在右眼邊，槍嘴子對準自己的腳。老金煙卷叼在嘴上，已熄了。他等槍響。

文秀尚未痊癒的身影又細又小，辮子散了一根。不知怎的，她回頭看著他。

他不言語，沒表情，唇間土炮一樣斜出的那杵熄滅的煙卷也一動不動。

他見她笑一下，把槍擱在地上。

「我怕打不準！」她說，「自己打自己好難——捨不得打自己！」她嗓音是散的。

他表示同意地點一下頭。

她又笑一下，把槍口抵住腳，下巴翹起，眼睛閉上：「這樣好些——哎，我一倒你就送我到醫院，噢？」她說。

老金說：「要得。」

「我要開槍了——唉，你要證明我是槍走火打到自己的，噢？」

老金又說：「要得嘛。」

她臉跟雪一樣白，嘴唇都咬成藍的了，槍還沒響。她再次對老金說：「老金，你把臉轉過去，不要看我嘛！」

老金一把拉下帽子，臉扣在裡頭了。帽子外頭靜得出奇，他撩起帽子一看，她在雪地上坐成一小團，槍在一步之外躺著。

她滿臉是淚，對老金說：「老金，求求你，幫我一下吧！我就是捨不得打自己！……」

「老金，求求你……你行個好，我就能回成都了！冬天要來了，我最怕這裡的冬天！他們一個都不幫我，你幫我嘛！只有你能幫我了！……」她忽然撲過來，抱住老金，嘴貼在他充滿幾十年旱煙苦味的嘴上。

老金將自己從她手臂中鬆了綁，去拾那枝步槍，她得救似地、信賴地，幾乎是深情脈脈地看著他。

老金端槍退後幾步，再退後幾步。

文秀站直，正面迎著槍口。

忽然地，她請老金等等，她去編結那根散掉的辮子。她眼一直看著老金，像在照相。她淡然地再次笑了。

他頓時明白了。從她的舉動和神色中，他明白了她永訣的超然。他突然明白了她要他做什麼。

老金把槍端在肩上。槍口漸漸抬起。她一動不動，完全像在照相。

槍響了。文秀飄飄地倒下去，嘴裡是一聲女人最滿足時刻的呢喃。老金在擱下槍的同時，心裡清楚得很，他決不用補第二槍。

太陽到天當中時，老金將文秀淨白淨白的身子放進那長方的淺池。裡面是雪水，他把它先燒化，燒溫熱，熱到她最感舒適的程度。

她合著眼，身體在濃白的水霧中像寺廟壁畫中的仙子。

老金此時也脫淨了衣服。他仔細看一眼不齊全的自己，又看看安靜的文秀。他把槍口倒

過來，頂著自己的胸，槍栓上有根繩，栓著塊石頭。他腳一踹那石頭，它滾下坡去，血滾熱地湧出他的胸。

他爬兩步，便也沒進那池子。他抱起文秀。要不了多久風雪就把他們埋乾淨了。

老金感到自己是齊全的。

# 大歌星

胡同第五家，十號，住著三兄弟，最小的叫鄭小三兒。整條胡同的街坊都拿他來發牢騷罵社會：「當今什麼人能發？鄭小三兒那號玩藝兒！」十號原先是個兩進的院子，住七戶，兩年前院子歸了鄭小三兒，他買了。不久就再沒見十號的住戶上胡同口的茅房，他們一家有了一個抽水馬桶。光馬桶鄭小三兒一月收他們七十塊，房錢另算。兩年裡頭，七戶全搬了。街坊們當面就說鄭小三兒：「你真缺德——人家住了幾十年了，末了還是讓你攆了！」

「鄭小三兒，像你這號人，政府怎麼也不管管？」

鄭小三兒先頭還跟他們貧兩句嘴，後來茬兒都不搭，用街坊們的話說：「一本正經繃著王八蛋臉。」

鄭小三兒擺攤兒，開鋪。跑單幫。胡同裡的女孩子問他：「鄭小三兒，你什麼都賣呀？」

「啊。」他忙著擦他的「奧迪」，頭都不抬：「你好好往我鋪裡一站，我也賣你。」

「哎喲！」女孩子們對那兩個哥哥嚷「怎麼也不管管你弟弟？」

「我們管他，誰管飯？」兩個哥哥說。他倆是鄭小三兒的第一總經理和第二總經理。

鄭小三兒知道他得罪不了她們。一喊打麻將，她們馬上到。鄭小三兒眼裡沒她們：都跟我一個檔次，愛她們還不如愛我自己！他對她們說：「怎麼化妝都不行，一看就是一肚子麵條。」

六點整，他穿上「皮埃爾卡丹」坐進了「奧迪」。女孩子們都瞅著他抽冷氣。

他說：「別拿大門牙瞪我，啊？」

她們說：「鄧小平接見呀？」

他車出胡同了。從他家的胡同到天橋劇場開車最多十分鐘，他絕不肯走路或騎自行車。走路或騎自行車跟他這一身「皮埃爾卡丹」西裝擱一塊，就是笑話。與他今晚的出門目的更不對路。他襯衫口袋裡有張戲票，是一個全世界最大歌星演的歌劇。今早他坐在抽水馬桶上讀《經濟日報》時猛上來一身汗：他突然忘了這大歌星的名字。

兩個月前天剛熱那陣，他鋪裡進來個女孩。她個偏高，有點駝背，穿一件深藍的T恤，腿上是白短褲。最讓鄭小三兒注意的是她的臉色——有點髒、舊，因此襯得一對眼睛格外乾

淨。很難見到一個像她這樣臉色自然的女孩；自從各種粉底進口，北京街上跑的都不是女孩子，都是曹操。這女孩的眼睛也討他喜歡：一對單眼皮，因為鄭小三兒成天買假貨、賣假貨，他對仿雙眼皮、仿高鼻樑實在受夠了；來了這麼一對單眼皮，他覺得心裡舒服得像給熨了一下，摺子都熨平了。

「要什麼，小姐？」鄭小三兒問。

「有商務印書館剛出的音樂辭典嗎？」女孩問。她最多二十歲，嗓音還帶那種青春期的尷尬。

「有啊。」

「看看行嗎？」

「不過手頭沒有。」他說。鄭小三兒從來不說「沒有」，只說：「手頭沒有」。他能鑽營，半天時間就能變「沒有」為「有」。最近兩天，已經有五個人打聽過這部辭典，他都叫他們留了地址，他保證一旦手頭有，就通知他們。他的原則是只要有五個人打聽一樣東西，他就去上天入地，找去。五個人都急需的東西，就證明一個潮流到了。

「就是說您有？」女孩高興了，眉宇間那點天生的煩躁也消失了。

「當然有——不就是商務印書館最近才出的嗎？」他說，他拿出那個簿子，讓她也留下

地址。

「他們說，要想買到這種辭典，千萬別進書店，得往你這樣的鋪子裡跑！」

「可不是！」他搭訕。聽出她在講到「你這樣的鋪子！」口氣中的不敬。

女孩子不肯留地址，對那簿子抿嘴笑一下，說：「我過兩天再來看看吧。」

女孩第二趟來的時候裝扮絲毫沒變，只是胸口上多了一個校徽。她一看書後的標價就說：「高價呀?!」

鄭小三兒說：「不高價我掙誰的錢?」他從不對他中意的女孩讓步。

「你掙了我的飯錢！下月我伙食費都沒了！」她說。然後她開始掏錢：連個錢包也沒有，左一把右一把地掏了一臺面鑰匙、硬幣。他數出六張拾圓鈔票，她說：「就這些了！」

「還差一半。」他說。

「我知道！」她說。在「知」和「道」之間加了個上滑的裝飾音。不厭煩。窮還占著優勢。

鄭小三兒見她摘下了手錶。

「這錶不好，不過錶帶特值錢！」她說。

「你明兒來買，保證給您留著。」鄭小三兒誠懇地說。

「這錶帶不止六十塊！……」

他看著她。她急成這樣也不朝他使媚眼。他知道自己不值她的媚眼，她即便有那份媚也輪不上他。他身體瘦小，最近幾年的好日子一下子消受不了，全堆積在肚子上；似乎他身體是他的歷史而肚子是他的現實，誰也不否定誰的存在。鄭小三兒明白她什麼都肯給他，除了嫵媚。

「你拿去吧。」他說，準備放棄她了。

她便拿去了，連六十塊錢也沒付。他說他不願搜刮得她一個子兒也不剩；既然賣不了他理想的價錢，他寧可一分錢也不賣。

一個月後的一天晚上，女孩又來了。一來就把一張票拍在鄭小三兒面前：「全世界最有名的歌星！唱得棒極了！……你這兒放的是什麼呀？母貓叫！」

鄭小三兒心裡一股熱呼：她來請我看戲！這麼一個單眼皮、長腿的女大學生要和我挨著肩坐——並排看大歌星！他一嘴油腔滑調全沒了，半天才問她道：「你買的？」

「買？這可買不著！沒聽說呀？他在北京一共演五場，全是義演！票半年前就賣完了！現在黑市上一張票值五十塊美金！……」

他不信她的話：值五十塊美金的東西沒有他不知道，不經手的。但他說他知道。對這類

事的知與無知象徵著檔次。這女孩既來邀他看戲，證明她沒把他看得太低，他不能辜負她的抬舉。因此在她手舞足蹈介紹這個大歌星時，他帶出一絲不耐煩的微笑，搶在她結束一句話之前點頭，表示她這番口舌是多餘的，他一點也不比她知道得少。他甚至沒聽她在講什麼，他在想去劇場那天他該穿什麼。

他問她：「我幾點鐘開車去接你？」

她說：「不用。我們一大群同學一塊來！」

「成。那咱就瞧戲的時候見……」

「沒準見不著——你的座位在前邊，我們都在後邊。」

原來她不和他坐一並排兒。她似乎看出了他垮下來情緒，說：「不許不去；不去你可白活了！」

他說他肯定去，早就盼著去了。

她又說：「在北京演完，他還去上海，我們幾個都買了去上海的火車票了！……」

鄭小三兒眼一鼓，問：「去上海？」

「再從上海去廣州！」

他忙點頭。他已意識到對這類事的瘋癲也代表一種檔次。他家胡同裡的女孩子準不會有

這種瘋癲。瘋不起。並不是錢能決定誰瘋得起誰瘋不起。

劇場門口早就沒地方停車了，鄭小三兒只好把他的「奧迪」停在五百米之外。剛出車門，兩個渾身汗臭的男人上來問：「您有富裕（注：「富裕」是北京話，意為「多餘」。）票嗎？」一看就知道他倆不是看戲的。他倆肩抵著肩，像兩個球員在裁判手下等著爭球。

「你給多少？」他逗他們。

「一百五！」一個說。

「一百八！」另一個說。

他想，原來那女大學生說的是真話：這票真有賺頭。在他走神的幾秒鐘裡，兩個男人相互咬，已把價錢咬到了「二百！」「二百二！」

他趕緊脫身，向劇場大門走去。路過一家冷飲店，他往大玻璃鏡中瞟一眼，然後縮縮肚子，架起肩膀，把皮埃爾卡丹在他西服上的設計疏忽都糾正了。他再看一眼，認為還可以再添些風度，他便從衣袋裡掏出一副白金細邊眼鏡，架到臉上。

鄭小三兒走到劇場臺階下面，已經有不下十人問過他「有富裕票嗎？」他帶著輕微煩躁的微笑拾級登上臺階，手護住胸口的衣袋，那裡面裝著眼下已值七十美金的歌劇票。

一個少年從一群外國人中鑽出來，顯然剛剛成功地敲到一筆，興奮得兩眼賊亮。他一把

逮住少年，問：「賣了多少？」

「一百！」

他心裡突然一股痛苦。像是一頭獵犬被禁制而不能撲向獵物，那種對天性背叛的痛苦。他聽著自己的臟腑深處漸漸發出獵犬的震顫的低吼。還有五個臺階，就是那扇門——金的框，晶亮的大玻璃。裡面像個殿堂，大理石的地、吊燈閃爍的天。先進去的人們都表情隆重、穿著隆重地聚在那兒，像是等待皇室接見。在那玻璃門裡面的人對門外人的廝殺毫不感興趣，甚至沒有意識到這場廝殺的存在。

鄭小三兒只差五步就是門內人群的一員了，但他走不動了。他俯瞰著臺階下，一團一圈的人渦流般湧動；那樣的生機，似乎只應屬於股票市場。

一個學者樣的洋老頭靠近了鄭小三兒。

「有富裕票麼？」他用中文問道。

鄭小三兒看看他，打算走開。

老頭緊跟上來：「我的妻子有票，我沒有。一百塊，怎麼樣？美金！」

鄭小三兒飛快地換算：一百塊幾乎頂上了他一天的銷售額。不過他還是搖頭，向那扇宮殿一樣的大門走去。老頭看出他的動心，兩步跨在他面前。

「一百二十塊！」老頭說。

這時他看見一群男女學生進了大門，他想找她，卻沒找見，他們人太多又太吵鬧。

老頭盯著他再吐出一個數：「一百三！」

他說：「這票是第八排的。最好的座位。」

臺階下的暴民們早已留神到這裡的苗頭。他們很快包圍上來，一個四十來歲的女人把手伸向鄭小三兒，只見那半條胳膊的手鐲子狂動著。她叫著：「我給你一百五！一百五！」她五指攥緊，鈔票在拳心裡。

「一百六！」另一個人叫。

鄭小三兒知道自己眼下的德行：一雙圓圓的眼已在火星四迸，一嘴不齊的牙這會一顆扣一顆緊得天衣無縫。他進入了狀態：機敏、兇狠、除淨慈悲。

「一百六！一百六！」那人已將老頭擠到人群外面，「一百六！」他熱切地看著鄭小三兒。

鄭小三兒看出這人的來路。他不屬於大門內的人們，他是自己的同類。假如他肯以一百六買下這張票，那麼這票的實際價格會遠高於一百六。隨著開場時間的迫近，人群的理性在迅速失去。這是大歌星在北京的最後一場演出。人群被生死離別般的絕望弄得越來越歇斯底

里。

「一百七！」戴半胳膊手鐲的女人尖叫。

「一百八！」另一個人壓住她。

「一百八！……」那喊聲咬牙切齒。

鄭小三兒還在等。一百八不是他的理想。第一遍開場鈴響過，大廳裡的盛裝男女瞬間消失。他感到他被人扯散了一下，又拼裝回來。

「一百八十五！」

到了一百八再往上爬似乎是極其吃力的。但鄭小三兒知道他們還有餘力，只是需要加一鞭子。

「一百八十五！」那個人重複。

許多人已敗下了陣。他們傷心而仇恨地看著最後四個圍住鄭小三兒的實力分子。那個鄭小三兒的同類早已識時務，現在站在鄭小三兒立場上為他督陣。

「一百八十五了！哥們兒！叫不上去了！」

鄭小三兒不理他。加一鞭子，他們還會往上爬，第二遍開場鈴就是那鞭子。

「一百九！……」一個嗓門如同叫救命。

果然。鄭小三兒想。

「見好就收，哥們兒！昨天最高才賣到一百塊！」那哥們體己地勸鄭小三兒。

鄭小三兒覺得自己現在就是個大明星，一招一式，一個眨眼，一個微笑都牽動這群人的神志。

「一百九！……」那個嚎啕般的聲音重複道：「一百九！」嚎啕漸漸變成了賭咒，最後變成了定音鼓一般自信而沉著的宣布：「一百九。」

鄭小三兒卻仍感到他還沒榨乾他們，還是對他們對自己太手軟。

「唉你有票沒有哇？」那哥們兒推推他：「一百九了！你等什麼——等警察？」哥們兒開始對他反感。對他無止無境的貪婪譴責。

鄭小三兒卻欣賞自己此刻的貪婪。正是這貪婪使這樁交易的結果趨於完美。他不要百分之九十，要就要百分之百。貪婪使他那天性中的缺陷；諸如善良、懶惰、得過且過等等，得到了彌補。

幕前曲轟響起來。

那個被人群棄下良久的老學者這時走到鄭小三兒面前，又紅又大的鼻子上是油亮亮的汗。他低聲卻不容置疑地說：「兩百！」

他看著鄭小三兒。

鄭小三兒也看著他。

人群在皇俊般雍容的音樂中沉默著。

「你聽見沒有——老頭給兩百！」那哥們兒恨不得搧他個大耳光。他不忍心看鄭小三兒繼續傾榨這群人，或不忍心看人群最終被鄭小三兒惹惱，離他而去。他扯住鄭小三兒的袖子：「這一開場票價就跌！……你他媽傻帽兒啦？」

「兩百。」老頭知道再不會有人跟他拚，他掏出兩張鈔票。

音樂變得柔和，充滿誘惑。鄭小三兒突然感到肚子一陣飢餓，他今晚為看這場歌劇興奮得忘了吃飯。他還生怕裝了麵條的肚皮把「皮埃爾卡丹」西服繃走了形。他這幾個星期來一直等著的——心誠意篤等著的絕不是到這宮殿的大門口，出賣他進入宮殿的權力。啊，絕不是的！那些坐在宮殿內的人或許比他更短缺這兩百美金。

女大學生完全可以拿這張票換取下月的——下面半年的伙食費。他來，是為了走進那扇大門。

他突然意識到那女大學生和他之間荒唐的尊卑關係，原來是這扇大門所做的分野。

這是張很昂貴的進入許可。既這樣昂貴，我為什麼要把它給你，你們?!……

鄭小三兒在邁向大門時聽那哥們兒叫喚：「你去瞧歌劇——哈哈哈，裝什麼大瓣兒蒜吶哥兒們！……」

他穿過大廳，走進觀眾席。一個領座員輕微帶埋怨地說：「您怎麼這時候才來？」

音樂聲拉開了紅絲絨的大幕，他生平第一次走進如此的輝煌和莊嚴之中。

大歌星在唱出最著名的那段高音時，鄭小三兒睡著了。直到一群大學生在演員謝幕時叫喊：「We love You, PAVAROTTI！老帕！……」鄭小三兒還沒醒。他的確很累了：四五年生意場上征戰，他缺了許多睡眠；入場前的戲票拍賣又耗去他多半腦筋和體力。於是鄭小三兒在空調中，在音樂歌聲伴奏中，睡了多年來最踏實的一覺。

# 士兵與狗

顆韌臉上頭次出現人的表情，是在牠看牠兄姊死的時候。那時顆韌剛斷奶，學會了抖毛，四隻腳行走也秩序起來。

牠被拴著，還沒輪著牠死。牠使勁仰頭看我們；牠那樣仰頭說明我們非常高大。我們這些穿草綠軍服的男女，牠不知道我們叫兵。牠就是把頭仰成那樣也看不清我們這些兵的體積和尺度。牠只看到我們的手掐住牠兄姊的頭，一擰。然後牠看見牠狗家族的所有成員都在樹上吊得細長，還看我們從那些狗的形骸中取出粉紅色的小肉體，同時聽見這些兵發出人類的狂吠：「小周個龜兒，剝狗皮比脫襪子還快當！」

「燒火燒火，哪個去燒火？」

「哪個去杵蒜？多杵點兒！」

顆韌這一月狗齡的狗娃不懂我們的吠叫，只一個勁仰頭看我們。牠看我們龐大如山，漸漸遮沒了牠頭頂一小片天。在這時，牠的臉複雜起來，像人了。

我們中沒一個人再動，就這樣團團圍住牠。牠喘得很快，尾巴細碎地發抖。牠眼睛從這人臉上到那人臉上，想記住我們中最猙獰的一個臉譜。誰說了：「這個狗太小！」

這大概是把牠一直留到最後來宰的原因。

牠越喘越快，喘跟抖變成了一個節奏。牠不曉得我們這些劊子手偶爾也會溫情。

「留下牠吧。」誰說。

「牠怪招人疼的。」誰又說。

誰開始用「可愛」這詞。誰去觸碰牠抖個不停的小尾巴。牠把尾巴輕輕夾進後腿，傷心而不信任地朝那隻手眨一下眼。

誰終於去解牠脖頸上的繩子了。牠靦腆地伸舌頭在那隻放生的手上舔一下；明白這樣做是被允許的，牠才熱情殷切地舔起來，舔得那手不捨得也不忍心抽回來了。

第二天我們結束了演出，從山頂雷達站開拔，誰的皮帽子裡臥著顆韌。打鼓的小周說：「就叫牠顆韌。」都同意。那是藏民叫「爺兒們」的意思。顆韌一來是男狗，二來是藏族。顆韌也認為這名字不錯，頭回叫牠，牠就立刻支起四肢，胸脯挺得凸凸的。

我們的兩輛行軍車從山頂轉回，又路過山腰養路道班時，一條老母狗衝出來，攔在路上對著我們哭天搶地。牠當然認得我們；牠又哭又鬧地在向我們討回牠的六個兒女。昨天我們路過這裡，道班班長請我們把一窩狗娃帶給雷達站。雷達站卻說他們自己糧還不夠吃，哪裡有餵狗的。小周說：「還不省事？把牠們吃了！」進藏讓脫水菜、罐頭肉傷透胃口的我們，一聽有活肉吃，都青面獠牙地笑了。

顆韌這時候從皮帽裡拱出來，不是叫，而是啼哭那樣「嗚」了一聲。牠一嗚，老狗便聽懂了它：那五個狗娃怎樣被殺死，被吊著剝皮，被架在柴上「嘟嘟」地燉，再被我們用樹枝削成的筷子杵進嘴裡，化在肚子。顆韌就這樣「嗚嗚……」，把我們對牠兄姊所幹的都告發給了老狗。

老狗要我們償命了。灰的山霧中，它眼由黑變綠，再變紅。誰說：「快捂住小的！不然老的小的對著叫，道班人一會就給叫出來了！」

顆韌的頭給捺進帽子裡。捺牠的那隻手很快溼了，才曉得狗也有淚。

老狗原地站著，身子撐得像個小城門。牠是藏狗裡頭頂好的種，有匹鹿那麼高，凸額闊嘴，一抬前爪能拍死一隻野兔；牠的毛輕輕打旋兒，尾巴沉得擺不動一樣。

車拿油門轟牠走，牠四條腿戳進地似的不動。要在往常準有人叫：「開嘛！碾死活該！」

這時一車人都為難壞了：不論怎樣顆頡跟我們已有交情；看在牠面上，我們不能對牠媽把事做絕。

顆頡的哽咽被捂沒了，只有嗤嗤聲，像牠被委屈憋得漏了氣。老狗漸漸向車靠攏，哭天搶地也沒了，出來一種低聲下氣的哼哼，一面向我們屈尊地搖起牠豪華的尾巴。牠仍聽得見顆頡，那嗤嗤聲讓牠低了姿態。等老狗接近車廂一側，司機把車幌過牠，很快便順下坡溜了。車拖著一大團塵煙，那裡面始終有條瘋跑的老狗，從黑色跑成灰色。牠沒追到底，一輛從急彎裡閃出的吉普車壓扁了牠。

顆頡恰在這一刻掙脫了那隻手，從皮帽子裡竄出來。牠看到的是老狗和路面差不多平坦的身體。牠還看到老狗沒死的臉和尾巴，從扁平的、死去的身子兩端翹起，顫微微，顫微微地目送顆頡隨我們的車消失在路根子上。

顆頡就那樣獃傻地朝牠媽看著。其實牠什麼都看不見了：車已出了山。

顆頡這下誰也沒了，除了我們。牠知道這點，當我們喚牠，餵牠，牠臉上會出現孤兒特有的誇張的感恩。牠也懂得了穿清一色草綠的，叫兵的人，他們比不穿草綠的人們更要勇猛、兇殘，更要難惹。兵身上挎的那件鐵傢伙叫槍，顆頡親眼看見了牠怎樣讓一隻小獐子腦殼四迸。顆頡目瞪口獃地看著那隻瞬間就沒了命的生靈，良久，才緩緩轉頭，去認識那黑森森的

槍口。

顆韌同時也明白我們這群叫作兵的惡棍是疼愛牠的，儘管這愛並不溫存。這愛往往是隨著粗魯加劇的。牠不在乎「狗日的顆韌」這稱呼，依然歡快地跑來，眼睛十分專注。我們中總有幾個人愛惡作劇：用腳將牠一身波波的毛倒擼，牠一點不抗議，獨自走開，再把毛抖順。有幾個女兵喜歡把手指頭給牠咬，咬疼了，就在牠屁股上狠打一巴掌。

兩個月後，顆韌再不那樣「嗚嗚」了，除了夜裡要出門解溲。有次我們睡死過去，牠一個也嗚嗚不醒，只好在門拐子裡方便了。清早誰踩了一鞋，就叫喊：「非打死你，顆韌！屙一地！」

牠聽著，腦袋偏一下，並不完全明白。但牠馬上被提了過去，鼻子尖被捺在排泄物上：「還屙不屙了？還屙不屙了？」問一句，牠腦門上捱一摑子。起先牠在巴掌搧下來時忙一眨眼，捱了四五下之後，牠便把眼睛閉得死死的。牠受不住這種羞辱性的懲罰。放了牠，牠臊得一整天不見影。從此怎樣哄，牠也不進屋睡了。十月底，雪下到二尺厚，小周怕顆韌凍死，硬拖牠進屋，牠再次「嗚」地吶喊起來。小周被牠的倔強和自尊弄得又氣又笑，說：「這小狗日的氣性好大！」那夜，氣溫降到了零下三十度，早起見雪地上滿是顆韌的梅花瓣足跡：牠一夜都在跑著取暖，或是找地方避風。

四個月大的顆豹是黃褐色的，背上褐些，肚下黃些。跟了我們三個月，牠知道了好多事：比如用繩子把大小布片掛起，在布片後面豎起燈架子，叫作裝舞臺。舞臺裝完，我們要往臉上抹紅描黑，那叫化妝。化妝之後，我們脫掉清一色軍服，換上各式各樣的彩衣彩裙，再到舞臺上比手劃腳，瘋瘋顛顛朝臺下的陌生人笑啊跳的，那叫作演出。演出的時候，顆豹一動不動地臥在小周的大鼓小鼓旁邊，鼓一響，牠耳朵隨節奏一抖一抖，表示牠也不在局外。牠懂得了這些吵鬧的，成天蹦躂不止的男兵女兵叫演出隊的。牠還懂得自己是演出隊的狗。

顆豹最懂的是「出發」。每天清早，隨一聲長而淒厲的哨音，我們像一群被迫躦籠子的雞，一個接一個拱進蒙著帆布的行軍車。逢這時顆豹從不需任何人操心，牠總是早早等在車下，等我們嘟噥著對於一切的仇恨與抱怨，同時飛快地在自己被囊上坐穩，牠便「蹭」地一下將兩隻前爪搭上第二階車梯，同時兩個後爪猛一蹬地，準確著陸在第一層梯階上。再一眨眼，牠已進了車廂，身手完全軍事化，並也和我們一樣有一副軍事化的表情，那就是緘默和陰沉。這時牠和我們一塊等馮隊長那聲烏鴉叫般的「出發！」這聲烏鴉叫使顆豹意識到了軍旅的嚴酷。

過了金沙江，路給雪封沒了。車一動一打滑，防滑鏈噹啷噹啷，給車戴了重鐐一般。我們的行軍速度是一小時七八公里，有時天黑盡還摸不到宿營的兵站。

這天我們的車爬上山頂，見一輛郵車翻在百米來深的山澗裡，四輪朝天。

「司機呢？」有人問。

「找下巴頦去了。」有人答。

聽到此誰呻吟一聲：「嗯……哼……」

回頭，見司機小鄭蹲在那裡，眼球跟嵌在韌爛的牛頭上一樣灰白灰白。我們都看著他。他又「嗯」一聲，鼻涕眼淚一塊下來了。

「頭暈……」他哼著說：「開、開不得車了。」

開頭一輛車的司機班長說：「裝瘋迷竅！」

小鄭一邊哭一邊說：「頭暈得很，開不得車。」

我們都楞著，只有顆韌跑到小鄭身邊，在他流淚淌鼻涕的臉上飛快地嗅著，想嗅出他的謊言。

司機班長上去踢小鄭一腳，小鄭就乾脆給踢得在雪地上一滾。

「站起來！」班長說。

「腳軟，站不起。」小鄭說。

「鄭懷金，老子命令你：站起來！」班長喊道。

小鄭哭著說：「你命令嘛。」他仍在地上團著。

馮隊長說算了，這種屎都唬出來的人，你硬逼他開，他肯定給把車翻到臺灣去。

於是決定把兩輛車用鐵纜掛住，由司機班長開車拖著走。到一個急彎，馮隊長命令大家下車，等車過了這段險路再上。全下來了，包括顆韌。

班長突然剎住車，從駕駛艙出來，問：「為啥子下車？」

馮隊長說：「這地方太險，萬一翻下去……」

班長打斷他：「死就死老子一個，是吧？」

馮隊長意識到失口，臉一僵，忙說：「空車好開嘛！」

班長冷笑：「空車？空車老子不開。要死都死，哪個命比哪個貴！」他將他那把衝鋒槍杵在雪裡，人撐在槍把上，儼然一個驍勇的老兵痞。

馮隊長說：「不是防萬一嘛？」

「萬一啥子？」

「萬一翻車……」

「再講一個翻子！」

馮隊長不吱聲了。他想起汽車兵忌諱的一些字眼，「翻」是頭一個。這時幾個男兵看不下

去，異口同聲叫起來：「翻、翻、翻……」

班長眼神頓時野了，把衝鋒槍一端，槍口把演出隊劃一劃。

男兵們也不示弱，也操出長長短短幾條槍，有一條是舞蹈道具。

都一動不動，只有眼睛在開火。顆韌不懂這一刻的嚴峻，不斷在雪裡撲來撲去，給雪嗆得直打噴嚏。或許只有牠記得，我們槍裡的子彈都打空了，打到那兩匹獐子、五隻雪獺上去了。

馮隊長這時說：「好吧，我上車。我一人上車！」

雙方槍口耷拉下來。

馮隊長一個鷂子翻身，上車了，對車下轉過臉，烈士似的眼神在他因輕蔑而低垂的眼簾下爍爍著。

「開車！」馮隊長喊。

車卻怎麼也發不動。踩一腳油門，它轟一下，可轟得越來越短，越沒底氣，最後成了「呃呃呃」的乾咳。

天全黑下來，四野的雪發出藍光。女兵中的誰被凍得在偷偷地哭。缺氧嚴重了，連顆韌也不再動，張開嘴，嘴裡冒出短促急喘的白氣。

偷偷哭的女兵越來越多，捂在臉上的雙層口罩吸飽眼淚，馬上凍得鐵一樣梆硬。顆韌明白這個時刻叫做「饑寒交迫」。牠曾與我們共同經歷過類似的情形，但哪一次也不勝過這一刻的險惡。牠跟我們一樣，有十幾個小時沒進食了。牠明白所有偷著哭的女兵是因為害怕和絕望。牠還嗅出仍在急驟下降的氣溫有股刺鼻的腥味。牠也感到恐懼，一動不動地向無生命的雪海瞇起眼。這樣的氣溫裡耽兩小時，就是死。

燒了兩件絨衣，仍沒把汽車烤活過來。司機班長用最後的體力往車身上端一腳。他也要哭了。

馮隊長問他：「咋辦？」

班長說：「你說咋辦就咋辦。」過一會他又說：「離兵站還有二十公里，走路去送口信，等兵站派車來拉，肯定是拉一車死豬了！」

「那咋辦？」馮隊長又問。這回是問他自己。

「大家都動啊！不準不動！不然凍僵了自己都不知道！」馮隊長朝我們喊，一面用手拔拉這個，推搡那個，看看是不是有站著就已經凍死的。

小周忽然說：「我看叫顆韌去吧。」

我們都靜下來。

「顆韌跑到兵站只要一小時！」小周很有把握地說。

顆韌聽大家討論牠，站得筆直，尾巴神經質地一下下聳動。這事只有牠來做了：把信送到兵站去，讓人來救我們。牠那藏獒的血使牠對這寒冷有天生的抵禦，牠祖祖輩輩守護羊群的天職給牠看穿這夜色的眼。牠見小周領著我們向它圍過來，在馮隊長一口一個「胡鬧」的喝斥中，將一隻女舞鞋及求救信繫在牠脖子上。我們圍著牠，被寒冷弄得呲牙咧嘴，一張張臉都帶有輕微的巴結。

牠覺出小周在牠的屁股上拍的那一掌所含的期望。

小周對牠說：「顆韌，順這條路跑！快跑，往死裡跑！」

顆韌順下坡的公路竄去。雪齊牠的胸，牠的前肢像破浪一樣將雪剪開。牠那神秘的遺傳使牠懂得向前跑，向有燈光的地方跑。牠跑進藍幽幽的雪夜深處，知道牠已從我們的視野中跑沒了。

顆韌得忘掉許許多多我們的劣跡才能這樣拿出命來跑。牠得忘掉我們把牠的兄姊投進嘟嘟響的鍋裡，忘掉牠母親被壓成扁薄一片的身體，以及從那身體兩端顫顫翹起的頭和尾——那樣慘烈的永別姿勢。牠必須忘了我們中的誰沒輕沒重地扯牠的耳朵，揪牠的尾巴，逼牠去嗅一隻巨大的半死老鼠。那老鼠高頻率的吱吱叫聲，那油膩的黯灰皮毛，以及牠鮮紅紅的嘴

和眼都讓顆韌噁心得渾身發冷。老鼠吱吱叫時呲出的長形門齒使顆韌感到醜惡比兇悍更令牠戰慄。顆韌記得牠怎樣把屁股向後扯，將下巴往胸口藏，卻仍然拗不過我們，我們已將顆韌的臉捺到老鼠鼻尖上了。顆韌的胸膛裡發生沉悶的聲響，這響是向我們表示：牠對我們的作弄受夠了，牠肉體深處出現了咬人噬血的衝動。而我們卻毫不懂牠，一個勁歡叫：「快看狗逮耗子！快看狗逮耗子！」

顆韌最需下力忘掉的是牠的鼻子在腥臭的老鼠臉上一擦而過，猛甩掉了扯緊牠的手。那手幾乎感到了顆韌那兇猛的撕咬。牠當然不會真咬，牠只以這逼真的咬噬動作來警告我們：狗畢竟是狗。狗沒有義務維持理性，而人有這義務。而我們誰也不懂牠那一觸即發、一發就將不可收拾的反叛。我們被牠反常的樣子逗得樂透了，說：「看來好狗是不逮耗子！」

「逮耗子的是婆娘狗，我們顆韌是狗漢子！」

「這狗日的比人還倔！」

「把耗子煮煮，擱點佐料，給顆韌當飯吃，看它還倔不倔！……」

顆韌轉過頭，拿屁股對著我們笑歪了的臉。牠覺得我們無聊空乏透頂，牠這條狗就讓我們囉嗦成這樣。

顆韌吃力地在忘卻那一切。

牠跑下公路最後一道彎彎時，眼前出現幾盞黃融融的燈火。那就是兵站。所有兵站的房舍幾乎一模一樣。最靠公路的一間小房是值班室。我們演出隊的車每進一個兵站，都是從這小房跑出個戴紅袖章的人來跟馮隊長握手，嘴裡硬梆梆的說：「某某兵站值勤排長向演出隊敬禮！」然後這排長會跑進兵站，小聲喊：「來了一車豬啊，又要弄吃的啊！」

顆韌叫幾聲，沒人應，大門緊閉著。牠繞著鐵絲網跑，想找隙口鑽進去。鐵絲網很嚴實，顆韌整整轉了一圈，沒找著一點破綻。牠開始刨雪。雪低下去，一根木樁下出現了縫隙。顆韌塌下腰，伸長肩背一點點往裡鑽，幾乎成功了，卻發現脖子上的舞鞋帶被鐵網掛住，任牠怎樣甩頭，也掙不脫身。饑餓和寒冷消耗了顆韌一半生命，剛才的疾跑則消耗了另一半，顆韌突然覺得一陣鋪天蓋地的疲倦。牠不知那樣臥了多久，貼地皮而來的風雪一刀一刀拉過牠的臉，牠濕透的皮毛被凍硬，刺毫一樣根根乍立起來。牠最後的體溫在流失。

顆韌想到自己的藏獒家族，有與狼戰死的，有被人殺害的，卻從未有過死於寒冷的。想到這兒牠使勁睜開眼，緊扣牙關，再做最後一次掙扭。「咣噹」一聲，那木樁子被牠扯倒了。

而值班室的黃燈火一動不動。沒人聽見顆韌垂死的掙扎和完全嘶啞的吠叫。

顆韌感到自己六個月的生命在冷卻。牠最後的念頭是想我們這幾十條嗓門對牠粗野的暱稱：「顆韌這狗東西！……」

在雪山上的我們把所有的道具箱、樂器箱、服裝箱都澆上汽油，點燃，燒了四大蓬篝火。半邊山都烤化了，還燒掉誰半根辮子。總算沒讓誰凍死。這四蓬衝天大火把山頂二十公里外的道班驚醒，他們給山下兵站發了電報。兵站派車把我們接下山時，才發現倒掉的木椿和被雪埋完的顆韌。

小周把顆韌揣在自己棉被裡，跟他貼著肉。

誰說：「牠死個毬了。」

小周說：「死了我也抱牠。」

誰又說：「咦，小周那狗日的哭了。」

小周說：「你先人才哭。」

我們女兵也都跑來看顆韌，不吱聲地坐一會，觸觸牠冰涼的鼻尖，捏一把牠厚實闊大的前爪。我們一下子想起顆韌從小到大所有的事情。誰把牠耳朵掀起，輕聲叫：「顆韌，顆韌，顆韌……」

叫得幾個女兵都抽鼻子。

下半夜三點了。小周突然把演出隊的衛生員叫醒。

「給顆韌打一針興奮劑！」

衛生員說：「去你的。死都死得硬翹翹的了！」

「牠心還在跳！你摸——」

衛生員的手給小周硬拉去，揣到他棉被裡。衛生員忙應付地說：「在跳、在跳。」

「那你快起來給牠打一針興奮劑！」

「我不打。我沒給狗打過針，慢說是死狗。」

「牠沒死！」

「小周你再發神經，我叫隊長啦！」衛生員說。

小周見他頭一倒又睡著，忙把他那隻大藥箱拎跑了。我們女兵都等在門外，馬上擁著小周進了兵站飯廳。炭火先就生起，一股熱烘烘的炭氣吹浮起我們的頭髮梢。

末席提琴手趙蓓繃緊臉，蒼白細小的手上舉著一支針管。她在顆韌的前爪上找了個地方，只見她嘴唇一下沒了。針戳進去，顆韌仍是不動。我們沒一個人說話。眨眼都怕驚動趙蓓。

「好了。」趙蓓說，嘴唇被放出來。

小周看她一眼，馬上又去看顆韌。他對我們說：「你們還不去睡。」假如這一針失敗，他不願我們打攪他的哀傷。

顆韌真的活轉來。不知歸功於興奮劑還是小周的體溫。小周一覺醒來，顆韌正臥在那兒

瞪著他。小周說：「顆韌你個狗東西嚇死老子了！」顆韌眨一下眼，咂幾下嘴，牠懂得自己的起死回生。牠也曉得，我們都為牠流了淚，為牠一宿未眠。小周領著牠走來時，我們正在列隊出早操，幾十雙腳踏出一個節奏，像部機器。我們把操令喊成：「顆韌、顆韌。」

從此顆韌對我們這些兵有了新認識。牠開始寬恕我們對牠作下的所有的惡。牠從此懂得了我們這些穿清一色軍服的男女都有藏得很仔細的溫柔。顆韌懂得牠對於我們來說，並不是一條無關緊要的畜牲，我們是看重牠的，我們在牠身上施於一份多餘的情感。之所以多餘，是因為我們是做為士兵活著，而不是做為人活著；我們相互間不能親密，只得拿牠親密，這親密到牠身上往往已過火，已變態，成了暴虐。牠從此理解了這暴虐中的溫柔。

雪暴把我們困住了，在這個小兵站一耽四天。從兵站炭窯跑來一隻柴瘦的狗，和顆韌咬了一整天的架。第二天兩條狗就不是真咬了。邊咬邊舒服得哼哼。瘦狗有張瓜子臉，有雙單鳳眼，還有三寸金蓮和尖尖小腳。我們都說這狗又難看，又騷情。不過顆韌認為牠又漂亮又聰明。牠高度只齊顆韌的肩胛，不是把嘴伸到顆韌胳肢窩裡，就是伸到牠的胯下。顆韌享受地瞇上眼，我們叫牠，牠只睜一隻眼看看我們。

「顆韌，過來，不准理那個小破鞋！」誰說。

牠把尾巴尖輕輕蜷一蜷。牠不懂「小破鞋」，也不懂我們心裡慢慢發酵的妒嫉。牠奇怪

地發現當牠和瘦狗一齊在雪原上歡快地追逐時，我們眼裡綠色的陰狠。我們團出堅實的雪球向瘦狗球砸去，瘦狗左躲右閃，蛇一樣擰著細腰。顆韌覺得牠簡直優美得像我們女兵在臺上舞蹈。

瘦狗被砍中，難看地撇一下腿，接著便飛似的逃了。顆韌也想跟了去。卻不敢，苦著臉向大吼大叫的我們跑回來。

誰扔給牠一塊很大的肉骨頭，想進一步籠絡牠。

瘦狗在很遠的地方站著，身體掩在一顆樹後，只露一張瓜子臉。完全是個偷漢的小寡婦。

顆韌將骨頭翻過來調過去地看，又看看我們。牠發現我們結束了午餐，要去裝舞臺了。沒有一個注意牠，牠叼起那塊肉骨頭走了兩步試試，沒人追，便撇開腿向瘦狗跑去。瘦狗呲開嘴笑了，「哈嗤哈嗤」地迎上來。

牠倆不知道我們的詭計。瘦狗則一脫離樹的掩護，我們的雪球如總攻的砲彈一樣齊發。瘦狗給砸得幾乎失去了狗形；尾巴在襠裡夾沒了，耳朵塌下，緊緊貼著臉。

顆韌怔得張開嘴，骨頭落在地上。

牠聽我們笑，聽我們說：「來勾引我們顆韌！顆韌才多大，才六個月！」

「看牠那死樣，一身給跳蚤都咬乾了！」

「勾引倒不怕，怕牠過一身跳蚤給顆紉……」

我們以為顆紉被制住了，卻不知顆紉從此每夜跑五六公里到炭窯去幽會瘦狗。我們發現時顆紉已是一身跳蚤。我們給牠洗了澡，篦了毛，關牠在房裡，隨牠怎麼叫也不放牠出去。下半夜不止顆紉在叫，門外那條瘦狗在長一聲短一聲的呻喚，喚得顆紉在裡面又跳腳又撞頭。牠只聽瘦狗喚痛，卻不知痛從那來的。

我們當然知道。都是我們佈置的。

清早我們跑出房，見那隻捕兔夾子給瘦狗拖了兩尺遠。那三寸金蓮給夾斷了，血滴凍成了黑色。顆紉跑到瘦狗面前，瘦狗的媚眼也不媚了，半死一樣略略翻白。

顆紉急急忙忙圍著牠奔走，不時看我們。我們正裝行軍車，準備出發，全是一副顧不上的表情。顆紉繞著瘦狗越走越快，腳還不斷打跌。我們不知道那是狗捶胸頓足的樣子；那是顆紉痛苦、絕望得要瘋的樣子。

顆紉這時聽見尖利而悠長的出發哨音。

瘦狗嘴邊液出白沫，下巴沉進雪裡。

顆紉看著我們。我們全坐上車，對牠嚷：「顆紉，還不死上來！……」

牠終於上了車，一聲不吭，眼睛發楞。馮隊長那聲烏鴉叫都沒驚動牠。

顆韌一直楞著，沒有回頭。牠明白牠已失去瘦狗，牠不能再失去我們。

過了康定再往東，雪變成了雨。海拔低下來，顆韌趴在小的鼓邊上看我們演出，牠發現我們的動作都大了許多，跳舞時蹦得老高，似乎不肯落下來。

這是個大站，我們要演出七場，此外是開會，練功。

一早顆韌見小周拎著樂譜架和鼓槌兒往兵站馬棚走，頭在兩肩之間游來游去。突然他頭不游了；他正對面走來了趙蓓。趙蓓也在這一瞬也矯正了羅圈腿。小周看她一眼，她看小周一眼。兩人擦肩而過，小周再看她一眼，她又還小周一眼。

小周開始照樂譜練鼓，兩個鼓槌兒繫在大腿上。從每一記的輕重，他能判斷鼓音的強弱。顆韌發現他今天不像往日那樣，一敲就搖頭晃腦。今天他敲一會就停下，轉過臉，眼睛去找什麼。趙蓓的琴音給風刮過來刮過去，小周不知道她在哪裡。

顆韌觀察他的每一舉動。等他轉回臉發現顆韌洞悉的目光。他順手給牠一槌，說：「滾。」

等小周把頭再一次轉回，見枯了絲瓜架後面兩個人走過來。他倆半藏半漢，一把大提琴夾在胳肢窩下面。

小周問：「老鄉，你琴哪找的？」

老鄉說：「偷的。就在那邊一個大車上還多！」兩人說著，大模大樣跨上犛牛。

顆韌感到小周在牠背上拍的那記很重。小周說：「顆韌，不准那兩個龜兒子跑！去咬死他們……」

顆韌沒等他說完已竄出去，跑得四腿拉直。牠追到那兩匹犛牛前面，把身子橫在路上。小周解下一匹馬，現學上馬、使戟，嘴裡嘟囔著驅馬口令和咒罵，也追上來。兩個老鄉策犛牛輪流和顆韌糾纏又輪流擺脫牠。小周喊：「咬他腳！咬他腳！」顆韌不只聽指揮，撲到哪是哪，咬一口是一口。

「咬他腳──笨蛋！」

顆韌見歪歪扭扭跑來的馬背上，小周忽高忽低，臉容給顛得散一會、聚一會。眼看馬追近了，卻一個跳躍把小周甩下來。

顆韌一楞，舌頭還留在嘴外。馬拖著小周拐下了小路。顆韌沒興致再去追那倆人，楞在那兒看小周究竟怎麼了。牠不懂這叫「套蹬」，是頂危險的騎馬事故。

馬向河灘跑，被倒掛的小周還不出一點聲，兩隻眼翻著，身體被拖得像條大死魚。

河灘枯了，淨是石蛋兒。顆韌聽見小周的腦勺在一塊大石蛋兒磕得崩脆一響，石蛋上就出現一道血槽。顆韌認得血。牠發狂地對馬叫著。牠的聲音突然變了，不再像犬吠，而像是轟轟的雷。

馬在顆韌嗓音變的一剎那跑慢了，然後停住。顆韌喘得呼呼的，看看馬，又看看沒動靜的小周。馬這時看見不遠處的草，便拖著小周往那兒蹓，顆韌喝斥一聲，馬只得止步。顆韌開始渾身上下拱小周，他仍是條死魚。顆韌一樣樣撿回他沿途落下的東西：鋼筆、帽子、鞋，牠將東西一一擺在小周身邊，想了想，叼起一隻鞋便往兵站跑。

牠跑到一垛柴後面，趙蓓正在練琴。牠把前爪往她肩上一搭，嗓子眼裡怪響。

「死狗，瘋！」趙蓓說。她不懂牠那滿嘴的話。

牠扯一扯頸子，「嗚」的一聲。顆韌好久沒這樣淒慘地啼叫了。趙蓓頓時停住琴弓，扭頭看牠。這才看見牠叼來的那隻鞋。她認出這草綠的，無任何特徵的軍用膠鞋是小周的。

顆韌見她捧著鞋發怔。牠上前扯扯她的衣袖，同時忙亂地踏動四爪。

趙蓓跟著顆韌跑到河灘，齊人深的雜草裡有匹安詳啃草的馬。再近些，見草裡昇起個人。

趙蓓叫：「小周！」

聽叫，那人又倒下去。

趙蓓將小周被磨去一塊頭皮的傷勢查看一番，對急喘喘跑前跑後的顆韌說：「去喊人！」

顆韌看著她淚汪汪的眼，不動。任她踢打，牠不動。牠讓她明白：牠是條狗；狗是喊不來誰的。

趙蓓很快帶著衛生員和馮隊長來了。

小周的輕微腦震盪，以及嚴重的頭部外傷十天之後才痊癒。十天當中，我們在交頭接耳：「你說，顆韌為什麼頭一個去找趙蓓？」

「你說，顆韌是不是聞出了小周和趙蓓的相投氣味？」

我們都怪聲怪氣笑了，同時把又憨又大的顆韌瞪著，彷彿想看透牠那狗的容貌下是否藏著另一種靈氣，那洞悉人的秘密的靈氣。

顆韌疏遠了我們。牠不再守在舞臺邊，守著小周那大大小小一群鼓。牠給自己找了個事做。牠認為這事對我們生硬的軍旅生活是個極好的調劑。牠很勤懇地幹起來。牠先是留神男兵女兵們的眉來眼去。很快注意到一有眉眼來往，勢必找到藉口在一塊講話。再往後，這對男兵女兵連廢話都講完了，常是碰了面便四周看看，若沒人，兩人便相互捏捏手，捏得手指甲全發了白，才放開。在行軍車上，男兵女兵混坐到一塊，身上搭夥蓋件皮大衣，大衣下面全是捏得緊緊的一雙雙手。有次顆韌見一車人都睡著了，車顛得兇猛，把大衣全顛落，那一雙雙緊纏在一起的手都暴露出來。卻沒人看見，獨獨顆韌看見了。

顆韌每晚是這樣忙碌的：牠先跑進女兵宿舍，在床邊尋覓一陣，鼻子呼嗤呼嗤地嗅，然後叼起一隻紅拖鞋（亦或是綠拖鞋、粉拖鞋，奶白拖鞋），飛快地向男兵宿舍跑。牠不費事

就找到了他——那個跟紅拖鞋的主人暗中火熱的男兵。顆韌仔細將女兵的拖鞋擱在男兵床下，既顯眼又不礙事。然後牠連歇口氣都顧不上，立刻叼起那男兵的一隻皮鞋（亦或棉鞋、膠鞋、舞鞋），再跑回女兵宿舍，將男鞋擺在那女相好床上。有時顆韌興緻好，還會把鞋擱進被窩。再就是牠心血來潮，不要鞋了，改成內褲或乳罩。

到了內褲這一步，我們就不再敢偷偷甜蜜了。我們開始感到大禍臨頭。誰也沒往顆韌身上去想。開始大家都假裝是粗心，錯拿了別人東西，找個方便時間，把東西對換回來便是。久了，這樣的對換便給男女雙方造成一份額外的接觸。於是，渾沌的大群體漸漸被分化成一雙一對，無論我們怎樣掩飾，怎樣矢口抵賴，這種成雙成對仍是一日比一日清晰。我們困惑極了，想不出自己的體己小物件怎麼會超越我們的控制，私奔到男兵那裡。我們甚至想到「宿命」和「緣份」之類的詮釋。當這樣奇事發生得愈加頻繁時，我們不再嘻嘻竊笑，我們感到牠是個邪咒；牠將我們行為中小小的不軌，甚至僅僅是意念中的犯規，無情地揭示出來。

我們怎麼也沒想到顆韌。是牠在忙死忙活地為我們扯皮條。牠好心好意地揭露我們的青春萌動，同時出賣了我們那點可憐的秘密。牠讓我們都變成了嗅來嗅去的狗，去嗅別人發情症候。沒有顆韌的揭示和出賣，我們的出軌應該是安全的。在把內褲和乳罩偷偷對換回來時，我們感到越來越逼近的危險。然而我們控制不住，這份額外的接觸刺激著我們做為少男少女

的本能。

在恐懼中，我們嘗試接吻，試探地將手伸到對方清一色的軍服下面。我們怎麼也不會想到，是顆韌這狗東西使我們一步步走到不能自拔的田地。

顆韌也沒想到，牠成全我們的同時毀了我們。終於有一對人不顧死活了。半夜他倆悄悄溜出男女宿舍，爬進行軍車。我們也悄悄起身，馮隊長打頭，將那輛蒙著厚帆布的車包圍起來。

黑暗中那車微微打顫。

我們都清楚他倆正做的事，那是我們每個人都想做而不敢做的。只有讓他倆把事做到這一步，我們才會像一群觀看殺雞的猴子，被唬破膽，從此安生。我們需要找出一對同伴來做刀下的雞。我們需要被好好唬一唬，讓青春在萌芽時死去。

馮隊長更明白這一點，他的青春在二十年前就死光了。他捺住不斷刨腳的顆韌，看一眼錶。他心沒狠到家，想多給他倆一點時間，讓他倆好歹穿上衣服。他從錶上抬起臉，很難說那表情是痛苦還是惡毒。他說：「小崔、李大個兒兩個同志，砍繩子！」

繩子一斷，車蓬布「嘩啦」落下來。裡面的一對男女像突然被剝出豆莢的兩條蟲子，蠕動尚未完全停止，只等人來消滅。那是很美麗很豐滿的兩條蟲子，在月光下尤其顯得通體純

白。

我們全傻了，彷彿那變成了蟲的男女士兵正是自己；那易受戳傷的肉體正是自己的。

「不準動！」馮隊長的烏鴉音色越發威嚴：「把衣服穿起來！」

誰也不顧不挑剔馮隊長兩句口令的嚴重矛盾。

「聽見沒有？穿上衣服！」

我們都不再看他倆。誰扯下自己的衣服砸向趙蓓。趙蓓嗚嗚地哭起來，赤裸的兩個肩膀在小周手裡亂抖。小周將那衣服披在她身上。

女兵們把趙蓓攙回宿舍，她嗚嗚地又哭了一個鐘頭。天快亮時，她不哭了。聽見她翻紙，寫字，之後輕輕出了門。誰跟出去，不久就大叫：「趙蓓你吃了什麼？」都起來，跑出門，趙蓓已差不多了，嘴角溢出安眠藥的白漿，一直溢到耳根。

趙蓓沒死成。拖到軍分區醫院給救了過來。但她不會回來了，很快要做為「非常復員」的案例被遣送回老家去。小周成了另一個人，養一臉鬍子，看誰都兩眼殺氣。很少聽他講話，他有話只跟顆顆嘮嘮叨叨。

一天，我們突然看見顆顆嘴裡叼著一隻紫羅蘭色的拖鞋。這下全明白了。那是趙蓓和小周的事發生五天之後。

只聽一聲喊：「好哇！你這個狗東西！」

頓時喊聲喧囂起來：「截住那狗東西！截住顆韌！」

顆韌抬起頭，發現我們個個全變了個人。牠倒不捨得放棄那隻拖鞋，儘管牠預感到事情很不妙了。這回賊贓俱在，看牠還往哪裡跑！

顆韌在原地轉了個圈，鞋子掛在牠嘴上。牠眼裡的調皮沒了。牠發現我們不是在和牠逗，一張張緊逼過來的臉是鐵青的，像把牠的兄姊吊起剝皮時的臉。牠收縮起自己的身體，盡量縮得小些，尾巴沒了，脖子也沒了。

牠越來越看出我們來頭不善。我們收攏了包圍圈，在牠眼裡，我們再次大起來，變得龐大如山。牠頭頂的一片天漸漸給遮沒了。

誰解下軍服上的皮帶，銅扣發出陰森的撞擊聲。那皮帶向顆韌飛去。顆韌痛得打了個滾。牠從來沒嚐過這樣結實的痛。

「別讓牠逃了！……」

顆韌見我們所有的腿林立、交叉、成了網，牠根本沒想逃。

「揍死牠——都是牠惹的事！」

腳也上來了，左邊一下，右邊一下，顆韌在中間翻滾跌爬。小周手裡被人塞了條皮帶。

「揍啊！這狗東西是個賊！」人慫恿小周。

小周不動，土匪樣的臉很木訥。紫羅蘭的拖鞋是趙棓的，她人永遠離開了，鞋永遠留下了。他從地上拾起鞋，不理睬我們的攛掇：「還不揍死這賊娃子！……」

我們真正想說的是：揍死顆韌，我們那些秘密就從此被封存了；顆韌是那些秘密的唯一見證。我們拳腳齊下，揍得這麼狠是為了滅口。而顆韌仍是一臉懵懂。牠不知道牠叛賣了我們；牠好心好意地撮合我們中的一雙一對，結果是毀了我們由偷雞摸狗得來的那點可憐的幸福。

小周「唰」給了顆韌一皮帶。

我們說：「打得好！打死才好！」

小周沒等顆韌站穩又給它一腳。

顆韌被踢出去老遠，竟然一聲不吭。勉強站穩後，牠轉回臉。

一線鮮血從牠眼角流出來。牠看我們這些殺氣騰騰的丘八從綠色變成了紅色。

「這狗是個奸細！」

「狗漢奸！」

血色迷矇中，牠見我們漸漸散開了。牠不懂我們對牠的判詞，但牠曉得我們和牠徹底反

目。第二天清早出發，我們一個個板著臉從牠身邊走過，牠還想試探，將頭在我們身上蹭一蹭，而我們一點反應都沒有。哨音起，我們上了車，牠剛把前爪搭上車梯，就捱了誰一腳，同時是冷冰冰的一聲喝：「滾！」

牠仰著臉，不敢相信我們就這樣遺棄了牠。

車開了。顆韌站在那裡，尾巴傷心地慢慢擺動。牠望著我們兩輛行軍車駛進巨大一團晨霧。我們都裝沒看見牠。我們絕不願承認這遺棄之於我們也同等痛苦。

中午我們到達瀘定兵站，突然看見顆韌立在大門邊。猜測是牠被人收容了，新主人用車把牠帶到這裡。然而牠那一身紅色粉塵否定了前一個猜測：牠是一路跟著我們的車轍跑來的。沿大渡河的路面上是半尺厚的喧騰紅土，稍動，路便昇起紅煙般的細塵。牠竟跑了五十公里。

我們絕不願承認心裡那陣酸疼的感動。

牠遠遠站著，看我們裝舞臺，彼此大喊大叫地鬥嘴、抬槓，就像沒有看見牠。牠試探地走向小周，一步一停，向那一堆牠從小就熟悉的鼓靠攏。小周陰沉地忙碌著，彷彿他根本不記得這條風塵僕僕的狗是誰。

小周的冷漠使顆韌住了步。在五米遠的地方，牠看著他，又去看我們每一個人，誰偶爾

看牠一眼，牠便趕緊擺一擺尾巴。

我們絕不願與牠稀里糊塗講和。

演出之後的夜餐，我們圍坐在一起吃著。都知道牠在飯廳門口望著我們。也都知道牠整整一天沒吃過東西。但誰也不吱聲，讓牠眼巴巴地看，讓牠尷尬而傷心地慢慢搖尾巴。這樣第二天牠就不會再死皮賴臉跟著了。

然而第二天牠仍跟著。

到了第三天，我們見牠薄了許多，毛被塵土織成了網。這是最後一個兵站，過了它，就是通往成都的柏油大道。意思是，我們長達八個月的巡迴演出告終了。絕不能讓這隻喪家犬跟我們回營區，必須把我們與牠的恩怨全了結在這裡。

幾個往西藏去的軍校畢業生很快相上了顆韌。他們不知道牠與我們的關係，圍住牠，誇牠神氣英俊。其中一人給了牠一塊餅乾，顆韌有氣無力地嗅嗅，慢慢地開始咀嚼。畢業生們已商量妥當，要帶這隻沒主的狗去拉薩。他們滿眼鍾情地看牠吃，像霸占了個女人一樣得意。我們都停下了化妝，瞪著畢業生們你一下我一下地撫摸顆韌。我們從不這樣狹暱地摸牠。

小周突然向他們走去。我們頓時明白小周去幹嘛，一齊跟在後面。

「嗨，狗是我們的。」小周說，口氣比他的臉還匪。

「你們的？才怪了！看你們車先開進來，牠後跑來的！親眼看到牠跑來的！」一個畢業生尖聲尖氣地說。

另一個畢業生插嘴：「看到我們的狗長得排場，就來訛詐！」

小周上下瞥他一眼：「你們的狗？」

所有畢業生立刻形成結盟，異口同聲道：「當然是我們的狗！」

小周轉向我們，說：「聽到沒有：他們的狗！……」

「你們的狗，怎不見你們餵牠？」他們中的一個四眼兒畢業生逮著理了。

我們理虧地緘默著。

「就是嚒，這個狗差不多餓死了，」另一個畢業生說：「才將我看見牠在廚房後頭啃花生殼子！」

得承認，顆韌的消瘦是顯著的。我們不顧馮隊長「換服裝！換服裝！」的叫喊，和畢業生們熱烈地吵起來。不會兒，粗話也來了，拳腳也來了。

馮隊長大發脾氣地把架給拉開了。他把我們往舞臺那邊趕，我們回頭，見那四眼兒正在餵顆韌午餐肉罐頭。

小周站住了，喊道：「顆韌！……」

顆韌倏地抬起頭。牠不動，連尾巴都不動。

四眼兒還在努力勸餐，拿罐頭近一下遠一下地引逗牠。畢業生們不知道這一聲呼喚對顆韌的意味。

我們全叫起來：「顆韌！」

牠還是一動不動，尾巴卻輕輕動了，應答了我們。

馮隊長說：「誰再不聽命令，我處分他！……」

我們把手籠住嘴，一齊聲地：「顆韌！」我們叫著，根本聽不見馮隊長在婆婆媽媽威脅什麼。

顆韌回來了，一頭扎進我們的群體。牠捱個和我們和好，把牠那狗味十足的吻印在我們手上、臉上、頭髮上。隊伍裡馬上恢復了牠那股略帶臭味的、十分溫暖的體臭。

這樣，顆韌和我們更徹底諒解了。我們日子裡沒有了戀愛，沒有了青春，不能再沒有顆韌。

顆韌進城半年後長成一條真正的藏獒，漂亮威風，尾巴也是沉甸甸的。牠有餐桌那麼高了。牠喜歡賣弄自己的高度，不喝牠那食缽裡的水，而是將脖子伸到洗衣臺上，張嘴去接水龍頭的水滴。牠還喜歡向我們炫耀牠的跑姿；馮隊長訓話時，牠就從我們隊列的一頭往另一

頭跑，每一步騰躍出一個完整的拋物線。漸漸地，軍區開始傳，演出隊改成馬戲團了——院裡不曉得養了頭什麼猛獸。

有了顆韌我們再沒丟過東西。過去我們什麼都丟，樂器、服裝、燈泡，丟得最多的是軍服。正是軍服時髦的年代，有時賊們偷不到完整的軍服，連爛成拖把的也偷走，剪下所有的鈕扣再給我們扔回來。炊事班則是丟煤、丟米、丟味精。自從顆韌出現在演出隊營地，賊們也開始傳：演出隊那條大畜牲長得像狗，其實不曉得是啥子，兇得狠！你一隻腳才跨過牆，牠嘴就上來了！那嘴張開有小臉盆大！咬到就不放，給牠一刀都不鬆口，硬是把褲子給你扯脫！

一個清晨我們見顆韌胸脯血淋淋地端坐在牆下，守著一碗鹹鴨蛋，嘴裡是大半截褲腿。幸虧牠毛厚，胸大肌發達，刀傷得不深，小周拿根縫衣針消了毒，粗針大麻線把刀口就給牠縫上了。

夏天，我們院外新蓋的小樓變成了幼兒園。常見巨大的司令員專車停在門口，從裡面出來個黃毛丫頭，瘦得像螞蚱，五六歲了還給人抱進抱出，那是司令員的孫女，腮幫子上永遠凸個球，不是糖果就是話梅，再不就是打蛔蟲的甜藥丸子。所有老師都撅著屁股跟在她後面，捏著喉嚨叫她「蕉蕉」(亦或嬌嬌)。

演出隊和幼兒園只是一條窄馬路之隔。那輛氣宇昂軒的專車一來，整條街的人都給堵得動不得。我們也只得等在門口，等那螞蚱公主起駕，才出得了門。是個星期六，我們都請出兩小時假上街去洗澡，寄信，照相，辦理一個禮拜積下來的雜事。我們等得心起火，卻不敢罵司令員，連他的車和他的小公主也不敢罵。我們只有忍氣吞聲地看著蕉蕉被一個老師抱出來，轉遞給了警衛員。正要將她抱進車，她突然打打警衛員的腦殼，叫道：「站住！」

她看見了在我們中間的顆韌。她兩腿踢著警衛員的腦巴骨，表示要下來。這黃毛公主倒不像一般孩子那樣怕顆韌，或許她意識到天下人都該怕她的司令員爺爺，因此她就沒什麼可畏懼了。她停止咀嚼嘴裡的糖果，眼睛盯著我們這條慓悍俊氣的狗兄弟。

「過來！」蕉蕉說。神色認真而專橫。

顆韌不睬。牠不懂司令員是什麼東西。

「過來——哎，狗你過來！」蕉蕉繼續命令，像她一貫命令那個塌鼻子警衛員。警衛員真的過來了，狗裡狗氣地對她笑，請她快上車，別惹這野蠻畜牲。

蕉蕉朝我們這邊走來，一邊從嘴裡摳出那嚼成了糞狀的巧克力，極不堪入目地托在小手心裡，朝顆韌遞過來。

顆韌感到噁心，兩隻前爪猛一退，別過臉去。牠還不高興蕉蕉對牠叫喚的聲調：「哎，狗！你吃啊！」牠從沒見過這麼小個人有這麼一副無懼無畏的臉。

「哎你吃啊！吃啊！」蕉蕉急了，伸手抓住顆韌的頸毛。顆韌的臉被揪變了形，眼睛給扯吊起來。

我們聽見不祥的「嗚嗚」聲從顆韌臟腑深處發出。

「放了牠！」誰說。

「就不！」蕉蕉說。

「牠會咬你！」

「敢！」

警衛員顛著腳來時已晚了。顆韌如響尾蛇般迅捷，甩開那暴虐的小手，同時咬在那甘蔗似的細胳膊上。

蕉蕉大叫一聲「爺爺！」一屁股跌坐在地上。她的哭喊把一條街的居民都驚壞了。

顆韌並不知道自己闖下的塌天之禍，冷傲地走到一邊，看著整個世界兵慌馬亂圍著公主忙。牠聽我們嚷成一片：「送醫……快找……院急救……犬咬藥……室去……打電……怕是狂……話給可……犬症……令員……叫救命……狂犬症……車快來不然……電話占……司令

員……線，鬼醫生談戀愛去了……司令員來了……」

司令員來時，顆韌已被我們藏好。怕牠出聲，我們給塞了四粒安眠藥，加上些燒酒。司令員大罵地走進大門時，顆韌已裹在毯子裡睡得比死還安靜。

我們全體站得像一根根木樁，屁股夾得生疼。司令員個頭不高，肚子也不像其他首長那麼大。他站在我們隊伍前面，眉毛是唯一動作的地方。那眉毛威嚴果敢，像兩支黑白狼豪混製的大毛筆。

「狗在那裡？」他拿眉毛把我們全隊掃一遍。

不吭聲，連鼻息都沒有。

「那隻狗在哪裡？嗯？」司令員大發雷霆。

我們中的誰壯了膽說：「不曉得……」

馮隊長向司令員打個千兒：「我剛才找過了——樓上樓下都找了，不知牠跑那兒去了。」

司令員說：「屁話。誰把它藏了。」

馮隊長笑笑：「藏是藏不住的，您想想，那是個活畜牲，不動牠至少會叫……」

司令員想了片刻，認為馮隊長有點道理。馮隊長並不知道我們的勾當。司令員這時意識到如此與我們理論下去也失體統，更失他的將軍風度。他準備撤了。臨走，他懇切由衷地嘆

口氣，說：「像什麼話？我們是人民的軍隊，是工農子弟兵！搞出什麼名堂來了？鬥雞走狗，這不成了舊中國的軍閥了？兵痞了？……幸虧咬的是我的孩子，要是咬了老百姓，普通人家的孩子，怎麼向人民交待？嗯？」

我們心情沉重地目送司令員進了那輛黑色的巨型轎車。事情的確鬧大了，我們停止了練功、排練，整天地集體禁閉，檢討我們的思想墮落。司令員給三天限期，如果我們不交出顆韌，他就撤馮隊長的職，解散演出隊。

第三天早晨，馮隊長集合全隊，向我們宣布：中午時分，司令員將派半個警衛班來逮捕顆韌，然後帶牠到郊區靶場去執行槍決。

馮隊長說：「我們是軍人，服從命令聽指揮是天職，……」

我們不再聽他下面的訓誡，整個隊列將臉朝向左邊——左邊有個大沙坑，供我們練跳板的，此時顆韌正在那兒嬉沙，嬉得一頭一身，又不時興高采烈地跳出來，將沙抖掉。這是牠來內地的第一個夏天，招不住炎熱，便常常拱進沙的深處，貪點陰涼。牠漸漸留心到我們都在看牠，也覺出我們目光所含的水分，牠動作慢下來，最後停了，與我們面面相覷。

它不知道自己十六個月的生命將截止在今天。

馮隊長裝作看不見我們心碎的沉默，裝作聽不見小周被淚水噎得直喘。他布置著屠殺計

畫：「小周，你負責把口嚼子給牠套上，再綁住牠的爪子。……小周，聽見沒有？它要再咬人我記你大過！」

小周哼了一聲。

「別打什麼餿主意，我告訴你們，躲得了和尚躲不了廟，司令員是要見狗皮的……都聽清楚沒有？」

我們都哼一聲。

顆韌覺出什麼不對勁，試探地看著我們每一張臉，慢慢走到隊伍跟前。

「你們那點花招我全知道——什麼餵牠安眠藥啦，送牠到親戚老表家避一陣啦。告訴你們，」馮隊長手指頭點著我們，臉上出現一絲慘笑：「今天是沒門兒！收起你們所有的花招！」

顆韌發現這一絲慘笑使馮隊長那人味不多的臉好看起來，牠走過去，忽然伸出舌頭，在馮隊長手上舔了舔。這是牠第一次舔這隻乾巴巴的、沒太多特長只善於行軍禮的手。馮隊長的臉一陣輕微痙攣。顆韌突至的溫情使他出現了瞬間的自我迷失。但他畢竟是二十幾年的老軍人，已是扼殺情感的老手。他定下來，踢了顆韌一腳；那麼不屑，彷彿牠已不是個活物。

顆韌給踢得踉蹌一步，定住神，稍稍偏過臉望著馮隊長。那樣子像似信非信，因為馮隊

長在踢的這一腳裡流露的無奈，牠感受到了。

午飯時我們的胃像是死了。小周把他那份菜裡的兩塊肉放進顆韌的食缽，我們都如此做了。顆韌一面吃一面不放心地回頭看完全獃掉的我們。牠看見我們的軍裝清一色地破舊，我們十六、七歲的臉上，有種認命之後的沉靜。

我們都看著顆韌，想著牠十六個月的生命中究竟有多少歡樂。我們想起牠如何圍著那隻苗條的小母狗不亦樂乎，以及牠們永別時牠怎樣捶胸頓足。

我們無表情地拍著牠大而豐滿的腦袋，牠並不認識小周手上的狗籠頭，但牠毫無抗拒地任小周擺佈，半是習慣，半是信賴。就像我們戴上軍帽穿上軍服的那一刻，充滿信賴地向馮隊長交付出自由與獨立。

直到牠看見自己的手腳被緊緊縛住時，顆韌才意識到牠對我們過份信賴了。牠眼睛大了起來，漸漸被惶恐膨脹了。牠的嘴開始在籠頭下面甩動。發出尖細的質疑。隨後牠越來越猛烈地掙扭，將嘴上的籠頭往地上砸，有兩回牠竟站立起來，以那縛到一塊的四肢，卻畢竟站不住，一截木頭似的倒下。牠不明白我們為什麼要這樣對牠，將眼睛在我們每一張臉上盯一會。

我們都不想讓牠看清自己，逐步向後退去。

顆韌越來越孤獨地躺在院子中央，眼睛獃了，冷了，牙齒流出的血沾溼了牠一側臉。一個下午等掉了，警衛團沒人來。顆韌就那麼白白被綁住，牠厚實的毛被滾滿土，變成了另一種顏色。

我們都陪著牠，像牠一樣希望這一切快些結束。馮隊長來叫我們去政治學習，一個也叫不動。他正要耍威風，但及時收住了：他突然見這群十六七歲的兵不是素來的我們，每人眼裡都有沉默的瘋狂，跟此刻的顆韌一模一樣。馮隊長怕我們咬他，悄悄退去。

下午四點多，那個拉糞的大爺來了，見我們和狗的情形，便走上來，摸兩把顆韌。

「你們不要牠就給我吧。」大爺說。

我們馬上還了陽，對大爺七嘴八舌：『大爺，你帶走！馬上帶走，不然就要給警衛團拉去槍斃了！……』

「牠咬人？」大爺問。

「不咬不咬！」小周說。

「那牠犯啥子法了？」

「大爺，我擔保牠不咬你！」小周懇求地看著這黑瘦老農。

「曉得牠是條好狗——種氣好！」大爺又拍拍顆韌，摸到牠被縛的腳上：「拴我們做啥

子，我們又不咬人。」他口絮叨著，開始動手給顆韌鬆綁。

顆韌的眼神融化了，看著大爺。

「有緣份哟，是不是？」大爺問顆韌，「把我們拴這樣緊，把我們當反革命拴哟！……」

我們都感到解凍般的綿軟，如同我們全體得救了，如同我們全體要跟這貧窮孤苦的大爺家去。

小周也湊上去幫大爺解繩。我們對大爺囑咐顆韌的生活習性，還一再囑咐大爺帶些剩菜飯走：一向是我們吃什麼顆韌吃什麼。

大爺一一答應著。也答應我們過年節去看顆韌。

繩子就是解不開。我們幾個女兵跑回宿舍找剪子。剪子來了，卻見五六名全副武裝的大兵衝進院子，說是要馬上帶顆韌去行刑。

馮隊長不高興了，白起眼問他們：「你們早幹啥去了？」

小周說：「狗已經不是我們的了，是這個大爺的了！」

「管牠是誰的狗，司令員命令我們今天處死牠！」兵中間的班長說。

「狗是大爺的了！」我們一起叫囂起來：「怎麼能殺人家老百姓的狗！……」

「你們不要跟我講，去跟司令員講！」班長說，臉上一絲殺人不眨眼的笑。

大爺傻在那裡。

小周對他說：「大爺，你帶走！天王老子來了，我們擔當就是了！」

班長冷笑：「唉，我們是來執行命令的，哪個不讓我們執行，我們是丈人舅子統不認。」他對幾個兵擺頭：「去，拉上狗走路！」

大兵上來了，小周擋住他們：「不准動牠——牠是老百姓的狗……」

我們全造了反，嚷道：「對嘛，打老百姓的狗，是犯軍紀的……」

「打老百姓的狗，就是打老百姓！」

班長不理會我們，只管指揮那幾個兵逮狗。

顆韌明白牠再不逃就完了。牠用盡全身氣力掙斷了最後一圈繩索，站立起來。

我們看見牠渾身毛聳立，變得驚人地龐大。

大爺也沒想到牠有這樣大，怔地張開嘴。

顆韌向門口跑去，我們的心都跟著。大兵們直喳呼，並不敢跟顆韌交鋒。班長邊跑邊將衝鋒槍扯到胸前。

「不准讓牠跑到街上！……」班長喊，「上了街就不要想逮牠回來了！……」

顆韌閃過一個又一個堵截牠的兵。

「開槍！日你媽你們的槍是軟傢伙！……」

班長槍響了。已跑到門臺階上的顆韌楞住。牠想再看我們一眼，再看小周一眼。牠不知道自己半個身子已經被打掉了，那美麗豪華的尾巴瞬間便泡在血裡。疼痛遠遠地過來了；死亡遠遠地過來了，顆韌就那樣拖著殘破的後半截身體，血淋淋地站立著。牠什麼都明白了。

我們全發出顆韌的慘叫。因為顆韌一聲不響地倒下去。牠在自己的血裡沐浴，疼痛已輾上了牠的知覺——牠觸電般地大幅度彈動。

小周白著臉奔過去。他一點人的聲音都沒有了，他喊：「你先人板板——你補牠一槍！」他扯著屠夫班長。

班長說：「老子只有二十發子彈！……」

小周就像聽不見：「行個好補牠一槍！」

顆韌見是小周，黏在血中的尾巴動了動。牠什麼都明白了：我們這群士兵和牠這條狗。

小周從一名兵手裡抓過槍。

顆韌知道這是為牠好。牠的臉變得像趙蓓一樣溫順。牠閉上眼，那麼習慣，那麼信賴。

小周餵了牠一顆子彈。我們靜下來；一切精神心靈的抽搐都停止了。一塊夕陽降落在寧靜的院子裡。

大爺吱嘎吱嘎拉著糞車走了。

小周年底復員。他臨走的那天早上，我們坐在一塊吃早飯。我們中的誰講起自己的夢，夢裡有趙蓓，還有顆韌。小周知道他撒謊。我們都知道他撒謊。顆韌和趙蓓從來不肯到我們軍營的夢裡來。不過我們還是認真地聽他講完了這個有頭有尾、過分完整的夢。

# 領袖扮演者

找上門來時，錢克正和女朋友談散夥。他光著腳丫，蓬亂著頭；女朋友也光著腳丫，蓬亂著頭。來人看看他倆的樣，一清二楚他倆剛做過什麼。被窩團得有姿有態，像人；他倆沒了精神，窩在那兒像被子。

來的是舞劇團的編導，姓沈，耳朵上總貼滿小膠布塊兒，每塊裡面都是一根針，每一根針都治一個病。沈編導以為人們在她背後也叫她沈編導，不知道她一轉背人全叫她「後勤部」，意思指她那個天真活潑的大臀。

「有件重要的事跟小錢單獨談。」沈編導對錢克女朋友說。

錢克臉更灰了，明白她要談什麼。讓他弄得連打三胎的菜場女售貨員肯定找到劇團門上來了，不然就是她丈夫找來了。

等女朋友一退出去，沈編導馬上眉開眼笑。錢克糊塗起來，氣氛裡沒有算總賬的意思。

「〈妻山關〉裡缺一個重要角色。」她說，一臉細皺紋魚一樣游動。

〈妻山關〉是沈編導新編的一個現代舞劇，裡面有一段領袖獨舞。近兩年電影裡不少過世的偉人再世，但讓領袖舞動起來，是個絕對創舉。劇團的人議論：「後勤部這下子非打紅不可！」

「這個重要角色就給你！」沈編導說。

錢克正在那兒無聊的蠕動，聽到此猛一靜，險些閃了脊梁。錢克二十九歲，早年學舞蹈沒能兼顧學文化，因此他出落成一個不完全的文盲。他的文盲素質使他沉靜，不愛加入是非，不爭奪角色，有種原始的高貴。他甚至是有詩意的：對某件東西空瞪一會眼，但沉醉之極、心亂之極的嘆口氣。有次去拉薩演出，他很長時間的看著天空，嘆出詩來：「啊，藍藍的天空一絲不掛！」

錢克拿他晴空一樣透明的眼睛看著沈編導：「給我重要角色？」

「對，你。」沈編導笑得像個婦女主任。

「我……我一年多沒咋練功，一身肉，重了二十多斤……」

「重才好，」沈編導說，隱喻無限的。

錢克是唯一不曉得她那創舉的人。他對劇團正進行的活動一向是超脫的。他跟沈編導這樣的劇團首腦幾乎沒有往來；不像其餘的人，生殺大權給這女人掌握著，當她面認她做皇母娘娘，背地又屈得慌，一口一個「後勤部」的復仇。錢克從不像這些人，對沈編導把臉翻襪子一樣翻，他一向對舞蹈和做人方面的進取抱渾然超然態度。抑或他根本沒有態度。對沈編導的全部印象就是她有個尖下巴、大眼睛的十四歲女兒，懷抱一隻尖下巴、大眼睛的白貓。

沈編導已搜尋出一面鏡子，此時正用巴掌抹去浮灰。「忽」的一下，她像推出電影大特寫一樣把鏡子推到錢克眼前。

「你看你長得像誰？」沈編導說。

錢克認為自己長得像爸，那個在自行車行蹲著轉車軲轆至少三輩子的爸。還有一點像舅舅，教了至少五輩子小學二年級的舅舅。錢克的臉因發胖而線條豐厚，連鼻子也壯實不少。過去沒人覺得他有副大個子，自他胖起來人們驀然間意識到他的存活是頗占地方的。他發胖是因為一年前派他去拉幕，不必練功的緣故。

「沒看出來？」沈編導作惱又作嗔的笑，將他一垛草般的頭髮往後一捋，露出龐大一個額頭和已經開始大撤退的髮際，「再好生看一下！」

「嗬嗬，」他憨厚的笑了。菜場女售貨員問他要錢打胎，他就這樣笑。「嗬嗬嗬，」他

笑著點頭，躲開鏡子，表示看出他相貌中的偉大潛在。這個相似讓他汗毛直豎。

「像吧？嗯？」

「嗬嗬。」

沈編導把鏡子掛回臉盆架上方的釘子上，但她前腳鬆手鏡子後腳就「啪嗒」掉地上八瓣子。地上是一堆結滿蜘蛛網的舞鞋，牆角有個小煤油爐，上面的鍋和爐身都裹一層黑絲絨般的油垢，鍋沿拖出一根長一根短的麵條來。錢克在食堂賒賬太多，三個月工資都不夠還，他這禮拜起不吃食堂了，自己在小鍋小灶上下麵條。沈編導覺得錢克在這環境裡像荒廟裡一尊半塌的菩薩，人人都在新樓裡占了房，錢克竟給遺忘了。

沈編導告辭後，女朋友拿鑰匙開門就進來了。錢克正在對沈編導留下的一本共產黨黨史，一本舞劇大綱出神。大綱封面上印著毛澤東的狂草〈婁山關〉，這一段詞錢克一個字也看不懂。

女朋友說：「我都聽到了！」

錢克說：「你回來幹啥子？」

「我都聽到了——叫你演毛主席！」女朋友也把他前額的頭髮捋乾淨，莊嚴的瞪著他，就像前些年的人瞪著那些巨大的石膏像、銅像、大理石像。女朋友說：「你龜兒要出名了！」

他指著下巴：「這裡還要加上那個疣子。」

女朋友手舞足蹈：「西風烈，長空雁叫……」

他問：「啥子？」

「婁山關啊！紅軍在婁山關打了一仗，打慘了！你不曉得？紅軍差點全軍覆沒！沈編導講的——馬蹄聲碎，喇叭聲咽。」

「你才說的啥子？啥子西風？」

女朋友指著舞蹈大綱：「你完了。毛主席詩〈婁山關〉都不曉得！沈編導講的，婁山關一戰，毛主席心情很不好，才寫了這首詩！」

「哦。」錢克大致記得這舞劇最初講給大家時，他正在跟菜場女售貨員為打胎的錢惱火、發愁、討價還價。那時他心情也很不好，把幕都拉錯亂了：應該先關大幕，後拉軟景；他弄反了：大幕沒關，軟景的大松樹先給他吊上去，觀眾眼睜睜看大松樹連根拔起。過後每個人都跑來罵他，女朋友聽不過去，乾脆住進他房裡臭罵他三天三夜。連跟他睡覺都罵。罵完了她就和他仔細的談起散夥。

「我就不信後勤部學過這麼厚一本共產黨黨史。」錢克說。

「不管她。反正你龜兒要出名了。」女朋友說。

一天，沈編導把全部人馬集合到排練廳。沈編導穿一件海藍無袖連衣裙，頭髮吹成對稱的十二朵大波，自兩個太陽穴一朵朵排下去。

她對人們很有故事的笑一下，說：「注意啦——」

從側門走進一個人。那人頗魁偉，一身潔淨的灰布軍服，腳上是雙蔴窩草鞋。他背上那個竹斗笠伸出一根篾纖，戳在他耳朵上，他不能輕易動頭。他一路走過來，沈編導就一路退下去，他最終取代了她的位置。

沈編導忽然拍起巴掌來。

隊列裡有幾個男演員說：「錢克！錢克！」

沈編導笑了，說：「我不用宣佈這個重要角色的扮演者了吧？用舞蹈形象來表現領袖，從來沒人嘗試過！敢嗎？誰敢！……」她鋒利的眼神從人頭上一刮而過，雙手罵街似的掐在腰上。

錢克不知該怎樣招呼大家的審視，索性把臉仰起，目光從窗子上一個破洞伸出去。那抽象的目光使錢克有了雙古典雕像上的無眼珠的眼睛。他頭髮事先讓沈編導塑製過，抹了雞蛋清之後它很有可塑性。蛋清違反了頭髮天然的走向，勾銷了他先天的懶散、輕浮。他看去的確像毛澤東長征時攝的那張憂鬱、憔悴、充滿憂患感的相片。

「嘿，錢克，少個疣子，少個疣子！下巴上、下巴上！……」有人叫道。

大家便開始評頭論足，笑得嘩啦嘩啦的。

「錢克，對嘛，長好長醜不打緊，要長得對！……」

「錢克肉沒長對！長一肉伙伕肉，咋要得？要長將軍肉！……」

錢克目光並不收回，噴出一蓬唾沫星子說：「錘！」（注：「錘」即四川俚語中最粗俗的穢語。）

幾名男演員回他：「錘！」

沈編導心一抖；這樣「錘」來「錘」去，到登舞臺那天還是個叫錢克的二百五；她的創舉不僅成不了創舉，還有政治官司要吃。這時她才突然意識到，自己想搞出的這一記轟動，是身家性命的賭注；不是大成功，就是大毀滅。已有劇團領導反對她，說讓領袖在舞臺上「劈叉大跳」太不成話，說沈編導太想譁眾取寵。再看看眼前這個錢克，根本無法讓人對他生出半點尊重。即便他下苦功學出幾套領袖招式，內裡還是這麼個半人半仙的二流子。他腳上的草鞋——這一會就給他踩塌了幫子，舒舒服服趿成拖鞋。他忘了剛才走進來時的儀態，歪脖樹似的斜插在那裡，手指頭輪流去鼻孔裡挖。沈編導想，一定得讓錢克脫胎換骨。這個舞劇不成半碑，就一定是滑稽雜耍。

從事情宣佈後，錢克就不跟大家過一個日子了。沈編導把他隔離到樓頂上一個房間，原先是間小排練室，共三十平方。房間一頭安了張小床，一張小桌兩把太師竹椅。小桌上放一盞三十年代的鄉村油燈，燈下是書、紙、筆。牆上掛一張巨大的軍用地圖，「婁山關」三個字被濃重打了圈圈。對過牆上是塊銀幕，供錢克自己放映毛澤東的生活紀實電影。沈編導不許錢克見任何人，不然他閉門修養的「偉人」氣質會在他和別人胡打渾鬧的頭一秒鐘給毀完。錢克對著鏡子做各種高瞻遠矚的表情，心裡默念：「我不是錢克，我不是錢克。」漸漸的，他一點也不覺得「不是錢克」這念頭彆扭了。第三十天的早晨，他從床上起來，走到鏡子前，身上「唰」的一陣麻酥。他發現鏡子裡的人非常陌生，那眼神的沉重，那舉止的不可一世，絕不屬於錢克。這一刻他披一件舊軍大衣，下襬掃來掃去像個大氅；手指間夾一截香煙，往唇間送時，那微微凝結的眉心透出一抹兒輕蔑。唯妙唯肖。他已不記得錢克是怎樣走路；現在他走的步伐，叫做「龍行虎步」。最初幾天沈編導幫他總結這步伐的特徵，並編出三種節奏，以操令喊著他練。昨天他仍需要自己給自己喊操令，而這一會他走得如此自然，如同精靈附體。錢克納悶這個脫胎換骨竟在一夜間完成了。

除此之外，他讀書、寫字、練書法。共產黨黨史總算讀完，一本字典從方的給他翻成了圓的，並且每一頁都飛張起，闔不住了。他每天還寫一百遍〈婁山關〉，現在只要他一碰那枝

毛筆，不必他手動，筆自己就認得往那兒走，一走就是一整篇〈婁山關〉。他將寫得滿意的貼上牆，牆貼沒了，就貼上天花板，無起無止，天地一色的〈婁山關〉。他的書法也見長進，雖然醜惡，但醜得不卑瑣不零碎，醜得氣吞山河。他感覺自己跟錢克越來越遠，除了夜裡還做錢克那些沒出息的夢。

偶爾，他聽錢克這名字被人喚時，會一陣子神志飄忽；飄忽之後，他還會遲疑。他不情願認領這個「錢克」了。

食堂的王師傅和小朱司務長仍是錢克長錢克短；他遲疑，他倆就拎著刷鍋把子攆他：「錢克你裝不認得我？你五個月不交伙食費你就不認得老子了？」他總在所有人吃完飯之後才進食堂，獨坐在狼藉的餐桌上吃剩菜。沈編導禁止他跟大家一塊吃飯，一塊練功，尤其禁止他進公共澡堂。澡堂是最沒有神秘的地方，沈編導想以隔離來營造大人物特有的距離感與神秘感。

他於是決定不去食堂吃飯。食堂很破壞他的情緒。他對沈編導說應該吃炒米、炒麵，或者紅米粥、蕎麥粑粑。沈編導一打腦袋，說：「對了，毛主席當時就吃這些！……」她當天中午讓女兒把飯給送來了：一個粗瓷大碗，兩塊蕎麥粑粑，漆黑爛炭，上面堆著鮮紅的醃辣椒。毛澤東當年往往只吃一塊粑，把另一塊省給警衛員或馬伕吃。他便也只吃一塊，瞪著第

二塊心思像翻燒餅：吃，還是不吃？

沈編導的女兒叫小蓉。小蓉從沒把他當個人，來了把碗往門臺階上一跺。他聽見這聲跺就來端碗，對她笑笑。小蓉從不回他笑，眉心一蹙，大眼睛便死一樣垂下。他不甘心，伸手去拍她頭；她不必看，頭便十分準確的躲過了他的手。然後她轉過身，脊梁朝他，一會兒仰頭看看天上的鴿子，一會低頭看馬路上跑的車。她趴在走廊欄杆上，脊椎骨像一串珠子。有時他從她脊梁上看見她在笑，安靜的、夢一樣的笑。

然而這個第三十天的早晨，小蓉對他的態度變了。她把那碗紅米粥放在門階上時還如舊：那麼厭倦的一跺。但她眼睛從他的腳、他的腿、他巍峨猶如雕像的軀幹昇上去。她終於微仰起臉，看到了他的面龐。她戰慄一下。她看見的是一張自負的臉容；是那種認清自我使命、立志普渡眾生的自負。她看到那雙眼微開微闔、似笑非笑，一切盡收眼底，一切又不在眼中。

小蓉怯生生的笑了一下，將兩手扶住門框，臉倚在手上。他從沒見過如此嬌憨的小姑娘。他走過來，舊軍大衣揮灑出他的神威。他像一隻猛虎一樣步態持重，有一點慵懶。猛虎急什麼？整個林子都是牠的。

小蓉的臉一哆嗦。他想，小蓉千萬別脫口叫出「錢克」來。小蓉把指甲放到嘴裡去啃。

他走到小蓉跟前，兩人被一扇鐵柵欄隔開。小蓉突然開口，說外面大街上貼了許多〈婁山關〉演出廣告。廣告是他整個的臉，背景是毛澤東那首詞通天貫地的狂草，寫在金色的烽火上。一個省的人都曉得他了，他成了大名人了。小蓉變得十分伶牙俐齒，也不是一貫的孤傲、病懨聲調。她見他微笑，又說：「演出的票全部預定完了！頭一個月的票全部賣完了！……我媽說黑市上十張雞蛋票（注：七十年代許多副食需憑票購買，如雞蛋、白糖、豬肉。一張雞蛋票可買十隻雞蛋，是一戶人家一月的定量。）才能換一張足球票，十張足球票才能換一張〈婁山關〉票！」

他點點頭。他生怕他一張嘴又變成了錢克。

小蓉穿著雪青毛衣，淡藍褲子。褲子是她九歲那年做的，因此褲腳有五道折痕，一道比一道新。顯然是每年按她長高的尺度放長一截，一共放長了五次。所有在成長發育盛期的孩子都有這種「五年計畫」褲子。褲子使她更顯得細高細高。當天夜裡，他坐在古老的鄉村油燈下，腦子裡遲鈍的浮現小蓉病貓似的美麗模樣。

他瘦了。

此後小蓉每天來跟他講外面的事，告訴他那家報紙登了他的照片，那家雜誌刊了他的舞蹈造型。小蓉一邊講一邊伸出細細的手指摸他胸前的懷錶鏈條。漸漸的，她細細的手指摸到

他腮邊，摸在他特意蓄起的長鬢角上。

他突然把滿是心事的目光灑向小蓉。

小蓉看著他，佝下腰，讓白貓從她懷裡下地，鑽過鐵柵欄，進了他的房。

他不再顧得上沈編導的禁令，拔掉門栓。小蓉把鐵柵欄擠開，跟一股新鮮的風似的進來了。小蓉看著一屋子領袖的用品，眼光全是敬畏。

他雙手撐在腰後，讓軍大衣撐起，再垂下，一個俯瞰古戰場的大將軍。

白貓「喵喵」的叫，蹭他的腿，又去蹭小蓉的腿。白貓覺得這地方杳無人煙，牠不習慣。白貓越叫越累。

小蓉訓牠：「咪咪討打！」

小蓉這時在打開那張巨大的作戰地圖。有些字太高，她得吃力的踮起腳跟；她整個人就那樣立在她兩個大腳趾頭上。她立不住了，身體顫起來。他一步上去，從她身後將她抱離地面。他被派去拉大幕之前，他常常托舉女演員。這是他的舞蹈生涯中唯一的驕傲。每個女演員在他手上都自我感覺最佳，因為他從不抱怨她們重，即使她們早上多喝一碗粥他也不抱怨。他的托舉使她們誤認為自己輕如鵝毛。但他從來沒有此一瞬的美好感受：他舉著小蓉，如同一枝壯實雄厚的蓮藕舉著一枝荷花，那樣自然和諧。

他使勁感覺小蓉的輕盈和她細長的一雙腿。他心裡充滿一個字也沒有的詩。

小蓉心裡明白有件事會發生，但她不明白它具體是什麼事。她閉上眼，雙臂向下垂盪，嘴邊掛一絲笑。

他抱著這隻垂死的天鵝向床邊走。

小蓉說：「不嘛。」

他什麼也不說。

小蓉又說：「不嘛。」

他還是什麼也不說，他把連鬢鬍子貼在小蓉臉上。小蓉渾身亂動，像不敢下池子游泳的人突然被潑一身水，被激得痛苦而快活。

白貓的叫聲充滿威脅。

「小蓉！……小蓉啊！」那是沈編導在遠處叫。

白貓一聽這呼喚，「嗚啊嗚啊」的答應起來。

小蓉睜開眼看他。他憔悴、憂鬱，一個月的紅米蕎麥吃得他如此憔悴、憂鬱。

沈編導順著白貓的指引漸漸摸著了方向。沈編導的叫聲隨樓梯盤桓，上昇，逼近。

白貓知道牠正在得逞，越發與沈編導一唱一和。牠還不停的用爪子去抓緊閉的門。

他起身，一共三大步就跨到了白貓背後。他將白貓的頸皮一把扯起，看白貓在空中放大縮小。沈編導一叫，牠便將四肢硬硬的撐出去，嗓音變得低沉渾厚。

小蓉的眼睛睜成了兩枚黑色圍棋子。

沈編導已上了三樓，還有一層，十八階樓梯，她就到這門口了。白貓突變的嗓音使她預感到不妙。她上到四樓時白貓的叫聲戛然而止。

「小蓉……！」她沒方向了，急促的扭轉脖頸，手裡的小手絹搧得她兩眼冒火星。

「小蓉你死那去了！……」

小蓉以一隻胳膊撐起身子，看他用枕頭捂住白貓。白貓整個被捂沒了，只剩衝天豎起的尾巴。他面無表情。只是看著小蓉。那根尾巴鞭子一樣抽打他的兩個手腕，之後它越抽越軟，終於停息下來。

小蓉恐懼的等待。他鐵青的一雙手仍捺在枕頭上。

沈編導在他緊閉的門口站了兩秒鐘，便折回了。她看到那個角色已在他身心中成長起來，一天天消滅了錢克。這正是她所期待的。她不能在這角色徹底成活之前使他受到橫來的打擾。

當時他揭開枕頭。白貓已死去，睜著兩隻小蓉式的大眼睛，一個粉紅鮮嫩的小舌頭露在嘴外。

小蓉一個淚瓣也沒掉。她不能當著他的面還原成一個為貓掉淚的小姑娘。她覺得她的懂事成熟來得這麼偉大、轟然，並帶粉碎性，因此白貓的死很合氣氛。小蓉自始至終沒說一句話，她起身將白貓摟住——她摟住的是犧牲的自己。

他偉岸的立在門口，目送小蓉。他想，小蓉是他唯一愛的女人，對小蓉，他不再有一貫的胡鬧心情。他看著小蓉細小細小的走著，走遠，他要等她長大，等一棵許了願的櫻桃樹以開花來還願……。

這天晚上的合樂彩排，他回到人群中來了。他不再像從前那樣，趿著鞋，叼著煙，甩著一月不洗的頭髮，兩眼一路調戲著女演員們就走來了。沈編導對他說：「記住，你不再是錢克。」

這是第九十天。他不是錢克已經九十天了。進排練場時整七點，燈一齊打開，十二月的冬霧在燈光裡縈繞得有形有色。他披著那件舊軍大衣大步走進場地，樂隊轟的奏起樂來，他頓時看見自己頂天立地的陰影。

所有人都轉臉向他，目光遙遠，似乎與他隔著一重歷史。

果真沒有一個人叫他錢克。連伙房的王師傅（這會坐在觀眾席裡瞧熱鬧）也停止叫他「龜兒錢克」了。沈編導見他到場，飛快跳上舞臺，胸口的哨子彈跳不安；那圓而大的「後勤部」

此時是個穩健有力的舵盤，時而把她推向左，時而向右，調動著眾舞蹈的位置，舞臺上此時是一群「火焰女神」，各執兩柄火炬做情緒伴舞。他屹立在舞臺中央，所有人對他驚人的相似大抽一口冷氣。

他邁著舞蹈化了的「龍行虎步」走到臺前。火焰女神之一是跟他散了夥的女朋友，她一邊跳一邊咳嗽，激動得不知哭笑。她既慶幸又懊悔和他散夥，若不散，她眼下會不知怎樣待他。對待他不能像對待錢克：吵、罵、擰大腿。她只知道怎樣待錢克。

他的確感到自己不能再回去做錢克了。回去，他就沒有小蓉。小蓉每天從她手掌大的筆記簿上撕一張紙，方方正正寫一首詩給他。詩有關痛苦、海、愛情和死，這四樣東西沒有一樣是她見過的，而十四歲的她只對沒見過的東西著迷。小蓉坐在最遠的一排座位上，安靜的為他發瘋。

他跨上樂池上方的平臺。一池子黑腦袋隨他的舞步傾搖。他感到呼風喚雨的氣韻，感到那隻向前揮去的胳膊伸進了歷史。

然後是一個急轉身舞向天幕。

隨他手的疾書動作，天幕上現出閃電似的一行行狂草〈妻山關〉——

沈編導意識到自己成功了。她嚴酷的角色培養成功了。她的嘴一陣一陣的啜泣；終於成

功了；再過一個星期，〈婁山關〉就將正式公演。

「後勤部哭了！」人們交頭接耳。

「她曉得她要打紅了！」

沈編導開始講演出紀律、化妝要求，全部燈熄掉了，除了火焰女神的假火炬——那裡面是一支中號手電筒。

沈編導指一個男演員喊：「你，去叫電工！」

那男演員拍了拍一個年輕的男演員：「哎！你去找電工，老子累慘了！」

年輕男演員說：「你少拍我，你狗日的了不得啥子？」他說著一巴掌拍回去。前者見這一巴掌來勢不善。忙躲，卻被拍到耳根子上，耳朵給拍背了氣。人們還沒弄清頭尾，兩人已打成了一個人了。女演員們又歡喜又嫌惡的「嘔嘔」尖叫，一邊往後靠，給兩人騰場地好好打。

沈編導在臺下喊：「咋個回事？嗯？」

沒人答腔。

沈編導又喊：「那個在打？站出來！」

伙房王師傅也喊：「好生打喲，打死丟到鍋裡頭，我水都燒響了！」

沈編導再喊：「旁邊的同志，看看打架的是那兩個，我記他們過！」

光靠假火炬那點光亮，的確很難看清地上翻滾的是誰和誰。

沈編導急了，嗓音成了碎瓷片：「別打了！李大春同志！我看見你在打！」

安安份份觀戰的人群立即有反應了，對沈編導喊回來：「誰打了？我在這看得好好的！」

「噢，不是李大春，那是誰？到底那個在打？」沈編導邊問邊爬上舞臺。

某人說：「是錢克！錢克在打！」

人群楞一下，轟的笑了。他也無聲的笑了，像是笑別人。

沈編導走攏，只見昏黯的火炬光亮裡一大團塵光，硝煙一般。

「別打了！別打了！……」沈編導嗓音越來越碎，已成了瓦礫渣子。她根本走不進那團灰光裡去。

他這時走過來，走進硝煙。他兩手仍架在後腰上，軍大衣兜滿風。

「不要打了。」他說，聲音和悅，低沉。

兩個打得不知東南西北的人都停下手。

他又說：「快起來吧。」

兩人一會也沒多耽誤，爬了起來，看他一眼，對他的那種奇特的指揮力和控制力不太懂

得，卻十分服貼。

他對自己身上出現的這種權威性還不很習慣，也對大家那敬而不親的眼神不很習慣。

他又說：「你倆相互道個歉吧。」

兩人照做了，他笑笑。習慣來得很快，他已嚐到被人服從的快感。快感和著一口辣絲絲的煙聚在鼻腔，薰著腦子，再擴向全身。他幾乎忘了是沈編導給他點的煙。點煙時她對他說：「好極了。出神入化。你復活了毛主席──他們都把你當成真的了！……」

電工跑來了，說當夜修不了，劇場電路太亂太舊，修不好要起火災，一定要到天亮才能修。沈編導說：「搞啥子名堂？好幾塊景要修改，還有兩幕戲要重排……去修！」

電工曉得她一不管開工資二不管發獎金，回她：「你急你自己去……」

「去修吧。」他突然說。

電工頓時不吭聲了，看他一眼，轉身猴似的爬上梯子。

往後的日子，沈編導碰到她威力不夠用的事就請他出面。她說：「你去告訴樂隊，讓他們節奏慢一點！我講了四、五遍，他們不聽！……」她又說：「美工組的人頂不好管，你去給他們下個命令！恐怕他們只聽你的……」

就在公演的前夕，省裡各家報刊全派了攝影記者來，一百多人哄在他房間外的走廊上給

他照相。

一名記者說：「請談一下您創造這個角色的心得！……」

沈編導說：「關於毛主席再現於舞蹈……」

但她馬上被幾張嘴打斷：「能不能請他本人談？」他們表示對於她完全無興趣。

他微微笑著，目光浩然的將一百多張急切的嘴臉打量一番。所有麥克風、筆記本都靜得痙攣。他直到將這局面把玩夠，才說：「你們該聽沈編導的。」

一百多張面孔一齊轉變方向，朝向了沈編導。她感激而敬重的看他一眼。

「只有一句要說，」她手捏著胸前的哨子，頭微低，顯出些許靦腆，「以舞蹈來塑造主席，求神似為主，求形似為輔。」

記者們說：「能不能談得具體些？舉例子說明！……」

沈編導說：「我們馬上要開始最後一場合樂彩排，實在沒有時間！……」

記者們不滿意了，大聲請願，甚至表現出對她的責難。

「能不能讓我們參觀一下你們的彩排？」一記者問。

「不行，我已經一再向諸位解釋過，公演之前，謝絕參觀！」沈編導以微笑向四面八方作揖。

記者們更吵鬧了：「參觀彩排，有什麼了不得？……」

沈編導已不止十遍的說：「我們已經把『謝絕參觀』的理由貼在劇場門口了！理由之一……」

記者們此時已聽不進任何道理，盲目的憤怒起來，全拿出了社會代言人的腔勢。沈編導的聲音被淹沒到最底層，僅從她的面部表情判斷出她在聲嘶力竭。

他看著這場大暴動正在排山倒海。他抬一下手——

人們頓時斂了聲。

他眼睛的餘光瞄到了自己抬起的那隻右手，它是所有巨大塑像的那個標準手勢：在號召又在指路，在點撥歷史又在昭示未來。

「請回吧。」他低徊而從容的說。

記者們的暴動情緒完全被熄滅了。

「請大家回去吧，大局為重。」他又說，同時奇怪自己心裡怎麼會有如此的字眼。三個月的閉門讀書畢竟對他的原質地做了些補救。

記者們的大撤軍既迅速又靜穆。他們很快下了樓。他憑欄往樓下看，見舞劇團所有人都聚在那兒；他們似乎跟記者們一道受了他的接見和檢閱。

他看見立在人群外的小蓉，他想對小蓉遞一個親暱的眼色，但克制了自己。他還想好好摳一摳腳；腳上的濕氣惡癢，但他也克制了。「偉大的人性是與人本性中的低級趣味相悖的。」他不記得在那裡讀了這句話。

他感覺著權力、威信那魔似的魅力。他第一次感到如此的尊嚴；這尊嚴使他突然詰問自己：沒有尊嚴的生命算是什麼東西？

公演那天，劇場門口貼了張他的全身相，比他本人還巨大。

而就在他化妝完畢，徹底不再是錢克，從內到外變成了毛澤東時，沈編導發現了小蓉的秘密。她先是在小蓉泡在洗衣池的衣服中看見他抄寫的一篇〈婁山關〉，那是他當信物給小蓉的。沈編導沒費勁就搜出一堆信物；他的一枝舊毛筆，一把不剩幾根齒的木梳，還有一張人物造型的相片。

小蓉以女烈士的輕蔑眼神看著大哭大叫的母親。

「他糟蹋你了，你個小婊子、賤胚子！你就送給他去天天糟蹋？……」

沈編導哭得幾乎昏厥。她一想到他不僅偷了小蓉也竊取了她的信賴和鍾愛，她心粉碎了。

小蓉淡淡的搖頭。她說母親褻瀆了她和他；她和他是以心相許的戀人；是準備赴湯蹈火的神聖的戀人，而不是母親狹小、卑微心目中的男嫖女娼。

沈編導這時把離了婚搬到樓上的丈夫叫來，叫他宣佈，小蓉這樣的行為已不配再做他們的女兒。

小蓉站起身，憐憫的看看這對為利益而合又為利益而離的男女。

「好嘛，」小蓉說：「我現在就走。我現在就去跟他過。」

小蓉被父母五花大綁的扔在浴室裡。沒人聽見她的呼救，所有人都去了劇場，早早等〈婁山關〉開演。

沈編導怎樣也制止不住前夫的盛怒，兩人一追一趕的向舞臺最底層那間「特別化妝室」走來。

他在裡面沉思默想，醞釀角色。

門外三步遠，站著臨時僱來的守門人。守門人的職責是禁止任何人進入這間「特別妝室」，他被僱來時就知道，守這扇門就要像守天安門一樣負責。守門人不管沈編導的前夫怎樣破口大罵，衝鋒吶喊，就是不讓他靠近那扇門。

這時觀眾已全部入場。菜場女售貨員拿出半個月工資買了張黑市票，此刻正坐在觀眾席飛快的嗑著瓜子兒。

報幕員退場，音樂起奏，燈光一時紅一時藍。有人突然叫：「大幕起煙子嘍！……」

人們發現的不僅是煙，一排火舌從幕的底邊翻卷而起。

在電機室的那個電工明白這火是沒得救的，因為整個劇場的電路是火的源起。這劇場根本無法承受如此巨大的電力負荷，它太老了。

觀眾們從各個門窗往外逃時，「特別化妝室」門外是另一番熱鬧。沈編導的前夫已和守門人火拼起來，扭住彼此，連黑莽莽的煙子都拆不開他們。

混亂向外撤的演員們把他倆拉出劇場。

整個劇場的椅子都著火了。撤出去的人們呼喊著一些名字。

演員和觀眾早已混得不分彼此。興奮而恐怖的東跑西竄。誰都認不出誰，誰都和誰熟諳。每聽見一根柱子倒塌，人們就「嘓」一聲。

沈編導突然想起那扇始終緊閉的「特別化妝室」。她在人堆裡扒拉著，想證實他沒被遺忘，或者他沒有遺忘他自己。她在尋找的路途中看見了小蓉，小蓉告訴她那五花大綁其實什麼都沒拴住，扭動扭動就鬆了綁。

沈編導問女兒：「你看見他了沒有？」

小蓉說她也在找。

沈編導扔開小蓉，去問一個滿臉黑煙的人：「你看見他沒有？」

那人眨眨很白的眼珠，沈編導發現這是她前夫。她喪氣的扔開他，繼續往前找去。

他還在「特別化妝室」裡，火暫時還沒攻到這裡。一片黑黯中，他從容的掏出一根紙煙。點煙時，他瞥見鏡子裡一閃即逝的折射。像，真像。一個神化般的復活。面容、輪廓，以及人為的黏在他下巴上的那顆疣子，都是完美的臨摹複製。更要緊的是那抽煙的手勢，那神情，那體態，連他自己都看不透如此的酷似竟只是一場扮演。不，這不是扮演。

他知道火舔上來了，濃煙灌進了緊閉的門縫。

他不願逃生。他手指摸著那顆疣子，不斷咳嗽。他一旦出去，小蓉的父親會第一個上來撕他的臉。沈編導也會上來撕，所有的人都會上來撕。那以百餘天培養出來的角色，就會在剎那間被撕得連渣兒也不剩。人們邊撕邊罵：「混蛋！流氓！你咋個忍心對小蓉……」「流氓——他一貫是個老流氓！」菜場女售貨員也牆倒眾人推地跳上來。

「龜兒子——欠了四個月伙食賬了！」這回是王師傅。

人們撕啊撕啊，終於誰叫道：你扮演毛主席吶！就你這個混帳二百五——錢克？」

他不能再回去做錢克。他知道被人看成偉大的、神聖的人物之後，世界是個什麼面目。世界是僕從的、溫馴的。世界是有頌歌和鮮花的。世界是充滿尊嚴的。是的，尊嚴。

他被煙嗆得幾乎滿地打滾。但他緊抓著那根木柱，使自己站直。

沈編導領著一群人來救錢克，不管怎樣，錢克沒犯死罪。他們披著水淋淋的棉被，打著手電，邊喊邊向煉獄般的舞臺走來。

那「特別化妝室」的門被氣流衝開。

「錢克！錢克！……」人們喊。

一根火刑柱般的大梁塌下，路被切斷了。救援的人再不能前進一步。

在路被切斷前，人們看到一個魁偉的身影，仍立得巍然峨然。那身姿、體型、頭髮都相像得無與倫比。一個有關復活（複製）的神話。

「錢克！錢——克！……」

他不答。

他們不知道他是故意不答。

人們見他晃了晃，卻沒倒下。

人們最後看見大火失禁了，自由的揚向天空。他動也不動，完整如塑像。就像滿城貼的廣告：他立著，背景是沖天的金色烽火。

# 我的美國同學與老師

我的學校是一座藝術院校，私立的，在芝加哥。冬天它比城市別的部份更寒冷、多風，因為它面對密支安湖。沿路看到些神態落魄、衣衫襤褸的年輕人，都是我們學校的學生。最早我把其中一些人當成了乞丐，後來眼看乞丐們都上課去了。我的同學都是些不好辦的人，世道上總是有足夠的東西供他們反對：死刑、人工流產、種族主義、共和黨或民主黨。對於一切事物，他們不喜歡的比喜歡的多。比如，他們就不喜歡我的一身裝束。在他們看來，我的淺藍牛仔褲，白網球鞋，淺粉紅毛衣不見任何獨創性，象徵保守、規範、呆板，如此的芸芸眾生。

於是，在我們文學寫作系，我很扎眼，不僅因為我是該系一百多年歷史上唯一的東方人，包括出版量頗大和掠走系裡面額最大的一筆獎學金。我扎眼的主要原因是因為我渾身上下太

沒什麼扎眼的了。我意識到這點是第一節課。頭一個男生走進來，我想這人怎麼把棒球帽戴反了——帽簷兒在後腦勺上？我趕緊在肚裡做英文造句，準備用一個隨意溫和的句型提醒他。而他看見我先一瞪眼，然後疑惑著往外走。事後他告訴我他以為走錯了教室，走到什麼教育系或財金系去了。接著進教室的三個男女馬上讓我放棄了對帽子正反的追究。最高大的女同學包了塊花頭巾，一看就知道它下面沒一根頭髮。她的褲子更不得了，臀部上方被掏了個窟窿，露出一塊皮膚，上面紋了隻蜘蛛。她叫瑟拉，後來發現她是個挺出色的作家。

最後進來的是老師。他姓漢尼格，叫黛爾，全班都叫他黛爾。黛爾上第一堂小說形式課的時候穿什麼衣服，我這兒有記錄：首先是深紫色風衣，幾乎拖地，有巫師之風；再就是淺紫色西裝，領子破了一圈，褲腿也對稱的破了一圈。皮鞋還算正常，而不穿襪子的腳部讓它們顯得多少有點荒謬。不久發現無論芝加哥多麼冰天雪地，黛爾永遠不穿襪子。黛爾也不繫領帶，取而代之的是一條黑絲繩，中間的結頭是個雕刻逼真的骷髏，有大拇指甲的尺寸。黛爾身高一米六的樣子，上了講臺他便搬了把椅子站上去，仔細擦了一遍黑板，一個高個同學要幫他，他說：「別過意不去，我掙的錢裡包括這項服務。」

我很快發現黛爾特別喜歡描寫性的小說。任何一個同學唸到這方面的描寫，他就半佝下背，脖子略向前伸，兩隻手在膝上不安份，像個橄欖球守門員期待當胸飛來的球。然後他會

咯咯笑起來，稱讚這段描寫「挺見鬼」，或稱讚它的作者：「狗娘養的！」

黛爾還有一套手勢用來開掘學生的想像。他把右手放在腦後，左手舉向前，兩手同時伸縮，嘴裡唸著：「來呀，來呀……」看上去很像跳得很壞的新疆舞。學生們果然被開掘出一串不凡的聯想，一堆別致的用詞。

有一次他也如此來開掘我。

我的任務是接在瑟拉後面把描寫某女孩脫衣的一段感覺寫完。該承認瑟拉開了個很好的頭，她寫到被脫下的「淺白、半透明的長襪慢慢在地上攤開，像一攤淌著的牛奶……」瑟拉把女主人公的外衣全脫了，包括絲襪，輪到我就剩內衣了，我卻不知打那兒下手去「脫」。

而黛爾招魂一樣對我手舞足蹈，我始終是啞的。

我怎麼可以把這個女主人公脫得精光？等脫光了，我能夠迴避而不描寫某些局部嗎？我瞪著跳大神般的黛爾，看他稀薄的頭髮下頭皮油潤起來，漸漸形成汗珠。他已十倍的加大了「新疆舞」的動作，並從講臺一直逼近到離我一步的地方。我乾脆洩掉勁，對他說：「我實在不成。」

黛爾將舞瘦了的手臂放下來：「什麼問題？」

我說：「大概是語言……」

黛爾說：「你的語言從來沒出過問題？」

我又說：「英語不是我的母語，在感覺和表達之間，當然會出現障礙……」

黛爾退回他的講臺，笑了笑。笑是把他不便在課堂上講的話收了回去。課後他說：「知道嗎？是觀念問題。你在你的觀念引導下，給許多東西定義。邪惡，美好，等等。其實一個物體，一個生命的各個部分都是平等的，都是美的，也可以都是醜的。一個人身體的其他部分難道不和臉平等嗎？為什麼你只描寫臉呢？」

我說我是個中國人，他說這不能永遠成為我的藉口。他還說在觀念接受上最有彈性的人，該是最有創造力的人。如果你想到一切僅僅是個觀念，你就可以不斷否定它原有的定義。為什麼衣服該外長裡短？裡長外短，我看也沒錯。

我想，難怪我們的同學個個裡長外短；最短最小的穿在最外面。裡長外短是不是保溫，是不是舒適，是不是賞心悅目，另說。他們否定那個「該」字——臀部就該被遮掩起來嗎？一幅畫就該由顏料和畫布組成嗎？馬歇爾・杜香的抽水馬桶不照樣是劃時代的藝術作品？安迪・沃赫的伏特加瓶子不是徹底革掉了顏料和畫布的命？

有一次，我寫了一個乞丐的故事，在裡面我表達了我的同情。

「乞丐是一種職業。」班裡一個叫大衛的男同學發言道。

「是種很可悲的職業。」我說。這總是不容否定的吧？

「為什麼可悲？」大衛問。他的神情說明他已嚴密的埋伏了我。

「因為他的報酬是出賣尊嚴得來的。」

「什麼是尊嚴？」

我有把握的看著他：「尊嚴是使你不去乞討的東西。」

「不對！」他說：「使我不去乞討的是職業區別；對乞討我不在行。而且，你怎麼知道我不乞討？我從老闆那兒乞討一份工作，又用累死累活的每天八小時從他那裡乞討到工資。老闆呢——我們是個廣告公司，要從客戶那兒乞討到生意。還有總統、議員、各級官僚，他們乞討選票，乞討競選的財政支持，不是最明顯的乞討？」大衛戴上他的深不見底的墨鏡。他在班裡口述自己的故事時，與別人爭辯時，一律戴這副墨鏡。它使他有種人物感，劇情感，離間感，以及敵手感。這副墨鏡的邊和腿都細極了，他每次使用，都是以食指和拇指捏住鼻架，輕輕抖開鏡腿。這尤其使它顯得精細。兩個小圓鏡片正好蓋住大衛兩隻深凹的眼眶，使他的面孔看去像副劇毒藥劑符號。這副墨鏡是大衛從舊貨店買的，是本世紀初的樣式。

全班同學都在舊貨店買東西。有時他們花的錢比買新貨還多。只有舊貨店才有近乎絕跡的東西。他們瞧不起任何新東西；任何大批量生產的東西。只有舊貨店的東西才不使他們擔

心，在某個聚會上碰上個穿戴一模一樣的人。而且每件衣服飾物的曖昧來歷，複雜氣味，都形成一種價值；而它的污穢破損陰黯，都流露一股現實生活不可能提供的情調。在這個情調中，我收起了淺粉紅的毛衣，並不是我接受了他們的情調，而是我也有人的合群本性。

卻在一次上課中，我再次陷入圍攻。那是我在聽完某同學寫的有關同性戀的小說。

「你認為同性戀是變態嗎？」有人問我。

即使我心裡這樣認為，口頭上也絕不能承認，認可同性戀象徵開明、寬容。

「那你指的『異常』是什麼？」另一個人問。

我說：「就是不普遍，不尋常。」

「誰在尋常和不尋常之間畫了界線？」

「百分比。百分比大的，是尋常和普遍。」我說。

「那麼，吃米飯的百分比遠遠大於吃奶製品的百分比，你能不能說吃奶製品的種族異常呢？」

我被打悶了。

然而我絕不可承認我對同性戀反感，這可太得罪我的同學們了。

「同性戀沒什麼不好啊。」我一攤雙手：「你們怎麼了？……」

同學們靜了一會，誰緩慢的說：「是沒什麼不好，可你說到同性戀字眼時，臉上表情怎麼這麼滑稽呢？」

黛爾班上的學生作品上交後，我的一篇小說被校刊選了去發表。學校的傳統是，暑假前一天，各系都推選學生表演自己的代表作，比方我，就得上臺朗讀我在校刊上發表的小說。同學都很為我驕傲，嚷嚷著要帶我去舊貨店買件像樣的衣服。瑟拉為我設計髮型：剃掉部份頭髮，頭頂留出一片長髮來梳馬尾巴。還有人為我設計了面部造型：將我的兩眼用黑顏料畫到太陽穴。黛爾老師則堅持：我該在脖子上繪一條圍巾，生波絲圖案的。我表示很對不住他們，我暫時還想保持一個牛仔褲、白網球鞋的形象。

代表作表演會上，一個美術系女生把自己綁在一架古舊風車上。風車遲鈍的轉，她隨著它邊轉邊哼一支斷斷續續的歌。另一個舞蹈系的學生將飯店裡各種小作料袋搜集起來，有紅色的番茄醬袋，黃色的芥末袋，棕色的醬油袋，用尼龍將它們一長串一長串連綴，一頭釘在天花板上，一頭釘在地板上，當人用力踏動地板時，所有的小袋子便瑟瑟打顫。相比之下，我的代表作什麼也不代表。

暑假中間我碰到嘉莉，她也是黛爾班上的，長著一頭淺色金髮，身材好極。她的端莊像我的衣冠周正一樣，引起同學們或多或少的輕蔑。

嘉莉告訴我，她每晚上工作，九點到下半夜兩點。這是什麼工作？我趕緊避開談別的。

她笑嘻嘻的看著我：「你也不問問我是什麼工作！」

我只好問：「是什麼工作？」

她說：「脫衣舞蹈演員。」

我大驚失色。同時怨恨自己太鄉巴佬。我馬上調整表情，似乎嘉莉考上了律師或當上了會計，沒一點不正常的。談話正常繼續下去，而我卻在心裡拍哄自己：別怕，別怕，不過是個觀念問題。

# 書荒

二十多年前，一天早起，扒窗看外面霜特別重，整個世界都凍得硬梆梆。偶爾見鄉下人拖糞車過去，車尾上綴著渾黃的冰掛；車怎麼打顛，它們也不給震落。

祖母宣佈今早起要在屋內生爐子。九歲的我開始蹊蹺，上哪兒去弄炭呢？父親給捉了去勞動改造，不然他是會動出腦筋來去弄些配給之外的炭回來，暖和我們一家。

還在孵被窩，見祖母和媽合力抬進一口大爐子。不久它給置在了屋中央，上面接一根煙囪，通窗外。祖母坐在爐旁，腳邊是些書；她並不坐在那兒讀它們。而是拿它們做柴草。火蓬在爐膛裡，祖母的眼鏡上映出火色。

「奶奶，我來燒吧？」哥哥請願，他覺得這事在他沒有玩具沒有學校的童年還算個刺激。

奶奶說：「你不會的，書哪裡有那麼好燒？要一頁頁往下拆呢！」

屋子暖了，我跟哥哥都圍在了爐邊。祖母和顏悅色地將一本書的硬封面先拆下，實在拆不動，便動剪子。先是把扉頁上的簽名燒乾淨：那是祖父生前的朋友們作的書，簽了名贈送給祖父的。正是那些名字會給我們已經有不少罪狀的父親招來牽累。也有不少是父親友人們的贈送，也都是些比父親還罪過大的「反革命」、「黑幫」，不少自盡了，不少囚在牢裡。祖母正是不想讓任何人看見父親曾跟他們同飲過酒，放肆過言辭。不覺地，我和哥哥都開始讀那些尚未被投到火中的書頁。「馬上就好；馬上就讀完這頁了……」我們都跟祖母苦求，一面催自家的眼睛，恨不得渾身汗毛都幫著認字。祖母奪不到哥哥就來奪我的，我便討著饒，跌著足，一本本書這樣不求滋味不論生熟地被讀下來。一個冬天過去，我和哥哥讀了幾堆子書，讀了的，都記得牢極了，因為知道它們被讀過之後就得被焚，沒得第二次機會再讀了，所以讀得十分生離死別。好比一個某某很快要死，只容你瞧他一眼，這一眼瞧了，你再甭想忘掉他。那些成了灰燼的書就這麼著，在我和哥哥的心靈中作了永久的鬼魂。

沒有任何簽名的書就被封掉了。不是正經帶朱印的封條，是我祖母和母親自製的。一夜間，書櫃全成了大白臉。祖母對我和哥哥說：「從此我們家沒書啦！」她指著遮羞布般的白紙，以及隱隱透露白紙的書的脊背。之後祖母對我和哥哥從白紙後面偷書出來看，只裝不看見。她自己也偷，她只偷契可夫的全集、魯迅的全集、郁達夫的全集，一偷便是全的。全掖

在她褥子下，直到她病死，還有一套《紅樓夢》跟她作著伴。

我們家便誰也不揭誰偷書的短兒，各自偷偷地，飛快地讀書。不幾年，哥哥有一點駝，我呢，有一點斜視，自然都心裡明白，是讀書讀的。直到現在我對書仍有種奇特的恐慌感；得到本書便慌慌張張地讀，像是不讀完不安全；讀完了，它才是我的。

也因為書交了不少朋友。有一個大塊頭女孩是個書賊，因為她家沒有書，她便到處偷。她看中了我對書的癮頭，知道我有那賊膽，便邀我（只邀我一人）去市立圖書館行盜。她肥大的身軀竟出奇地靈巧，獾似的竄進書庫的窗洞。圖書館關門有四五年了，這一庫房的書全霉臭霉臭。我學她的樣兒，脫下上衣將書捆在胸前背後，又褪了褲子，往腿上裹書，套上衣褲後，我倆都渾身不打彎。出了書庫沒多遠，聽人喊：「捉賊呀！」我倆分頭跑，她給捉住了。原來人不想捉書賊，捉的是偷書庫外果林裡青果的賊。但她畢竟也是個賊。「你和誰一道來的?!」兩個看果園的男人拷問。她說她一人來的。他們不信，開始拿樹條子抽她。我躲在林子深處，也看見她臉上倏地出來一道血杠，凸著。我趕緊冒出來，對那倆人說我便是同夥。書統統給收繳了，我倆一路回家，只剩得一身書的霉臭。

她突然上來給我一巴掌，說：「你怎麼那樣沒種?!」

我給她揍傻了，一心都是委曲。我要不把自己供出來，你臉上何止落一條血杠？

「我寧可給他們打！能把我打死？……」她說：「那都是好書啊！給我看一本，打我一百下我都情願！」那一剎那我似乎寬恕了她，因為她兩隻眼瞪出的全是飢餓，剛到手又失卻的彷彿是塊饃，是瓢粥，而不是那吃不得喝不得的書。

或許是那種不甚幸運的閱讀導致了我謊述故事的習慣。我從來不能忠實地，照本宣科地講述一篇小說。大概我從來沒那份從容把一本小說囫囫圇圇讀下來，沒讀的，接不上的，我就編。有時也因為不滿意作者們編的，認為我的更好些，便把一個故事拆了，加進去我的期冀，我的破譯，講給我同齡的夥伴們聽。那是沒書的年代，因此，我添鱗去爪的講敘竟始終未被識破。那時我也沒意識，我那破碎的閱讀，竟在我生命中埋下了第一顆作家的種籽。童年，我蜷在爐邊，親眼看著我讀完或未讀完的書一頁頁化在火中，這情景使我永遠有一種恐慌，一種對於書無力占有的恐慌。

這恐慌使我總嫌讀不夠書。我在車上讀書，在排隊買豆腐、買機票、買一切需要排隊才買得來的東西時讀書。因為有書，我不憎恨排隊。因為有書，我不憎恨許許多多本該憎恨的事情和人物。

近五年的留學生活，書籍像錨，它拋在哪兒，我便定在哪兒。有時發現，不同語言的書，卻疏導著相同的心思。人都是很一樣的，儘管世界很不一樣。

去年回了北京，很自然去了書店。那裡竟又像我童年時一樣清寂，兩個售貨員在聊昨夜的電視劇。書架上沒有小說，沒有散文，沒有詩。有一些裝潢用的古籍。剩的就是編織書、烹飪書、如何如何做生意的書。當然，還有電腦和英語書。據說英語書很好賣。我有什麼廢話？我這類自稱寫國學的都出了國，不與別人也學了英文考了「托福」奔個國際前程去？我啞著口蕩在空蕩的書店裡。這可不像從前：書被禁了，被封了，被焚了，這是人們的自由選擇——不讀書；起碼不讀你那種書。有功夫弄文學？看來你是有吃有喝。「還在讀小說、寫小說?!」有人這麼問我，意思似乎在說：「還沒從良？還沒改邪？」

一個長髮女子倚在空書架的角落，似乎已讀到書裡去了。她顯得很扎眼，如同荒漠中禿立著的一枝樹芽。有她，這書荒更是荒得殘酷。也許是我看走了眼，根本沒那女子；那女子是我編造了添加進去的。編了不少故事了，讀了更多故事，自己也弄不清是否又在編造。編造的目的在於把一副情景、一個事件弄得更傳神。也許這書荒中的女子就是我自己，在沉思默想——

書在被焚燒時才會有趣；書是偷盜來的才會有趣。

# 出國出國出國

## ——記我一生中難忘的一件事

古人說：「三十未娶，不應再娶；四十未仕，不應再仕。」我三十那年忙得最緊的是出國，似乎在不合宜的年齡幹不合宜的事，不大好受，也不大好意思。雖是安詳地忙，心裡「出國出國」的念頭，是歇斯底里的。這是一九八九年七月，一些朋友的朋友死了，長安街旁的電線桿上的血手跡都發了黑，我給捲進了北京公安局門外等護照的人群裡。一夜槍鳴，並不是一夜雷鳴，這個人群蓬發得像春雨後泛濫的蘑菇。

毒日頭下，排隊領申請表格的人全是一副死心塌地模樣。在當今中國，大概唯有出國這件事值得人們付出如此耐心和毅力。彷彿在離開這個國度前，他們寧願最大限度地吃苦，否

則一出國便難撈到這份苦吃了。能有資格到這裡來吃苦已是莫大幸福，已值得中國百分之九十九的芸芸眾生羨慕了。

每個人的嘴都乾得發臭，像一洼沼澤；警察敞著制服領口，不斷朝攢動最猛烈的一顆頭上敲一記：「擠！擠！我可認識你啦，一會兒可沒你的表格！」這個警察是我朋友的朋友的朋友的弟弟。

他沒表情地問我：「東西帶來了嗎?」

「什麼東西?」我問。

「沒告訴你?!」

我一下明白是什麼了。我這麼空手來求助，是很得罪人的。我說事成之後準不虧他，他說事成之後是另一份。我看著他想，人俗到極處反而不俗，卑鄙到極處反而瀟灑了。

「我幫不上你。」他說：「我得托人。」他大拇指朝身後一搗。

第二回我曉事了，好聽話一句不講，只把一只夠份量的信封揣給他。信封裡的錢數決定我拿到護照日子的早晚。一個半月過去，沒任何消息來，我一點食欲也沒了，頭髮一把一把地落。聽說警察們正把每張申請表上的照片去核對錄影帶上的「暴徒」，那晚上北京人中有一百多萬「暴徒」，我恐怕很難類屬到「暴徒」之外。

「怎麼樣？把我跟錄相上哪個暴徒核對上啦？」我在電話上說。

「還沒有……」電話那頭蟋蟀交耳一樣說。

「還差多少？」我說。

他知道我指的是賄賂款數，不吱聲了。我在這頭等。他當然知道每個想出國的人都抱定傾家蕩產的決心，只要放條生路給他，你榨乾他的骨頭都行。他卻用更鬼祟的聲音問：「那些天你上天安門廣場瘋去啦？」

「那些天不去天安門廣場的才真瘋。」我說。「到底還差多少？」

他又沒腔了。那頭一屋子人，他不方便跟我要價，只有我說，他哼出個是或否。我問他要現金還是要洋煙，聽到煙，他哼出個「是」。聽朋友的朋友說，這位警察仁兄要結婚，收的賄賂包括鋼琴家俱電視冰箱，現在只缺進口煙招待婚禮來賓。煙送進去，他說他擔保我下星期名字「上榜」。來自中國大陸的人都明白「上榜」什麼意思。你的出國申請被批准，沒人勞駕通知你：給你個電話或寄張卡片，而把你的名字與成百上千名字一同抄寫在一張紙上，由你自己去認，名曰「看榜」。你完全無法估計你被批准或被拒絕，被批准的時間和被拒絕的理由，所以你只有天天勞駕自己去看榜。

榜貼在公安局門外一間小屋裡。屋小到這程度：一有人進門出門，屋裡的人群就是一陣

東倒西歪，因為人擠成了一個整體，任何個別動作都對它有所牽制。於是人們就這麼不分彼此地擠著，頸子引很長，眼瞪很大，認真讀每個名字。看漏了眼，不歸警察們負責，它們隔天換張新榜，就此就沒你了。偶爾聽到悶悶一個：「啊！」（「哎！嘿！喲！……」）那便是「上榜」。

終於也看到了我的名字，給寫得不像了，那麼醜，但它很昂貴，基本上是我的全部家當。我擠出那個瘟臭的小屋，接下去，得排進長極了的隊伍裡，從一個小窗口領出境卡。小窗口裡的人要有足夠的時間端詳你的嘴臉和你所有的身份證件，因此隊伍幾乎是靜止的。太陽曬得人們溶化了一樣淌汗，兩個賣雪糕的小販黏著隊伍，生意極好。下午四點，眼看要輪上我了，一個學生模樣的男青年與窗口裡的人高起嗓門來。

學生：「……您看，我排趟隊也不容易，從早上到現在……」

窗裡：「不行不行！重新到你們學校保衛處開張介紹信！」

隊伍裡有人嚷，抗議他們耽誤時間。學生討饒一樣向眾人解釋：「他們說我的介紹信不合格，是三天前開的……」

「又不是肉，三天前的就不新鮮了！」一個人刻薄道。

「三天前的肉，在北京還得瘋搶呢！……」另一人跟著哄。從窗口裡伸出一張戴警帽的

女人臉，人群立刻安份了。

女警察：「說風涼話找涼快地方去！三天前是好人，三天後可不見得！三天，七十二小時，夠查出多少罪證來呀！」

「告訴你們，在這兒話多可沒你們什麼好處……」一男警察在窗裡說。

警察男女縮回去，隊伍吞聲了一兩分鐘，各種低聲咒罵便開始了。學生仍在努力說服，臉上堆滿討好的笑。不知出於什麼目的，裡面的警察妥協了。學生將載有出境卡的護照仔細揣進口袋，斯斯文文離開那窗口，忽然一個轉身，對窗口揚起嗓子道：「我操你八輩祖宗！」然後便揚眉吐氣地甩手走去。隔許久，隊伍才反應過來，笑出「轟」的一聲。一句粗鄙至此的話出自一個如此文弱的學生，真動聽極了。

近下班時分，馬路上自行車多起來，隊伍早被曬餿了。一個中年婦女騎車靠攏，饒有興趣地打量了我們一陣，鎖好自行車便排到隊伍末尾。「買什麼呀？」排了一刻，她才笑瞇瞇地問。

一隊伍人都扭頭看她笑，什麼也不問，她先踏踏實實排上隊。

「還用問？這年頭排隊準有好事！」女人自信地說。等她弄清排隊緣故，仍笑瞇瞇的，一邊推她的自行車一邊對大家說：「我沒說錯吧，凡是排隊準有好事，不過這好事沒咱份兒，

咱排也排不來就是了！」說著便扭著腰蹬車走了。

來了場猛雨，沒人動，躲雨的就是兩個賣雪糕的小販。雨後，空氣薄了，一隊伍人也似乎瘦了。紅紅一朵夕陽，隊伍帶著一股濁氣，向前挪動了一點兒。

# 中篇

# 倒淌河

這樣一個人在河岸上走。這是一條自東向西倒淌的河。草地上東一片西一片長著黃色癬斑，使人看上去怪不舒服。

十多年後，他又從河岸走回。這時他已知道，那些曾引起他生理反感的黃茸茸的斑塊，不過是些開得太擁擠，淤結成片的金色小花。

誰把它當做花來看，誰就太小看它了。這個人交了好運後忽然這樣想。

交好運後他還想阿尕（注：「阿尕」發音為ㄍㄚˇ，此字僅用於西藏女孩的名字。）。阿尕是個女人。在那地方隨便碰上個女人，她都可能叫阿尕。

我回來了。人們給我讓路。他們自以為在給一個老人讓路。他們對這只把我壓得弓腰駝

背、腥膻撲鼻的牛皮口袋投來好奇的目光。好了，讓我解開這口袋上的死結。

張開你的大口吧，講講你那個老掉牙的愛情故事。

他進門後就去解那只皮囊，他全部家當似乎都裝在那裡頭。他是一副不好惹的樣子，據說這個叫何夏的人在那塊地老天荒的草原呆得返了祖，茹毛飲血，不講話，只會吼。幾天後，當他變得略微開朗時，也談談他的事。說起草地深處那一彎神秘的弧度，還說：「很怪，我就從來沒走到那一彎弧度以外去，馬會把你帶回來。」

你們圍著我，釘上我了。別老這樣逗我，我呢，就是變了一點形。有這樣的鼻子和臉，這樣的怪樣子，你們就甭相信我口是心非的故事。

真實的故事我不想講，嫌麻煩。你們自以為在訓練一隻猿猴，讓牠唱歌和生發表情。

好好，我就來唱支歌。那種歌！誰知道叫不叫歌。老實說，我可沒耐心用唱歌去跟哪個姑娘扯皮。「何羅，我們來生個娃娃。」阿尕就這樣直截了當瞅著我，她那時自己還是個娃娃。我跟她沒有一來一往唱過什麼情歌，有一天，我突然發現她特別順眼，一切一切都很帶勁，我就覺得是時候了。跟著我什麼也不囉嗦就勾銷了她的童貞，在毒辣的太陽下，非常隆重地。

要是沒有那條河，我說不定會找個法子把自己殺掉。我原想找個地方重新活一次，但一來，發現這猶如世外的草地最適合死。這樣荒涼、柔軟，你高興在哪裡倒下都行，沒人勸你，找你麻煩。在那天就可以下手，借那些遍地狂舞的火球殺死我。真是一個好機會呀，就去追隨那些金球樣的閃電，死起來又不費事又輝煌。怪誰呢，一剎那間我變卦了。不知因為看見了河，還是因為看見了阿尕。

她有哪一點使我動心是根本談不上的。我呢，我抱過她。我抱她不光為了救她，在那當口上，我就是要摟住一個實實在在的活東西。摟住歡蹦亂跳的一條命，死起來就不那麼孤單。她求生，我求死，我們誰也征服不了誰，在那裡拼命。怎麼說呢，我希望她身上那些活東西給我一點，我摟得她死緊，為了得到她的氣，她的味兒，她動彈不已的一切。我背後就是那個死，因此我面對面抱住她，不放手也不敢回頭。我一回頭就會僵硬，冷掉，腐爛。

實際上我還是救了她。只有我那糟透的良心知道，我一點也不英勇，救她完全為了讓她救我。人在決定把自己結果掉的同時，又會千方百計為自己找活下來的藉口。她正是我的藉口，這個醜女孩。

這裡的男人都是愛美人兒的。他們說，有一種姑娘，長著鹿眼，全身皮膚像奶裡調了點茶。可他們個個都懶得去尋覓這種鹿眼美人兒，就從身邊拉一個姑娘，挺好，一身緊鼓鼓的

肉，走來走去像頭小母馬，就你啦，什麼美人兒不美人兒，你就是美人兒。所以到後來，這地方祖祖輩輩也沒見過真正的美人兒。等不及，到了時候誰還等得及她呢。阿尕眼下還很瘦，等她再大幾歲，長上一身肉，那時，也會有許許多多男子跑來，管她叫美人兒。

供銷社有條很高的門檻，阿尕一來就坐在那上面，把背抵在門框上，蹭蹭癢，舒舒服服地看著這個半年前抱過她的漢人。

她暗淡無光，黑袍子溶化在這間黑房子裡。假如我不願意看見她，那就完全可以對她視而不見。她一笑，一眨眼，那團昏暗才出現幾個亮點，我才意識到，她在那兒。明白這意思嗎？就是說你愛呆在那裡就呆在那裡好了，並不礙事，我不討厭也不喜歡，隨你便。難道我悶得受不住，會跟你說，喂，咱們聊聊？談我那個一塌糊塗的身世？談我那個死絕了的美滿家庭？談我如何對我父親下毒手，置他死地？再談我瞪著血紅的一雙眼，要去殺這個殺那個，但我很廢物，到最後只能決定把自己殺了，談這些嗎？要不是碰上你，這會兒已經乾淨啦。這一帶的人早把來自遠方的這樣一堆糟粕處理掉了。

他們會一絲不苟地幹。程序嚴謹，規矩繁多，雖然我是個異鄉死者，他們也絕不馬虎半點。先派兩個大力士把我僵硬的屍體窩成胎兒在母腹裡的半跪半坐姿勢；再把我雙臂插進膝蓋。這樣搬起來抬起來都順手，看起來也很囫圇圓滿。當然，沒人為我往河裡撒刻著經文的

石頭，沒人為一個異鄉死者念經超度，他的靈魂不必去管。

只是一念之差，我躲過了原該按部就班的這套葬儀。我竟站在這裡，在這個黑洞洞的屋裡無聲無息，無知無覺地活下來、活下去，連我自己都納悶。我想，原來我也不是那麼好殺的。

我萬萬沒想到會有這樣一條河，它高貴雍容，神秘地逆流。真該把我割碎，一塊塊去餵它。偏偏是它，挽留了我，一種遙遠的、秘不可宣的使命感從它那裡，跑到我身上。我想起，我還有件事沒幹，具體什麼事，我還一點不知道，但它給我了，肯定給我了，一件無可估量的重大事情。在此之前，我沒做過任何有用的事，沒幹過什麼好事，這它知道，它讓我活著，似乎它跟我之間早有什麼偉大契約。我的預感一向很靈。

就像阿朶出現的瞬間，我就預感她不會平白無故冒出來。她，我一輩子也不會擺脫了。

她搓著赤腳，牛糞嵌在腳丫縫裡，一些沒有消化的草末子一搓，便在地上落了一層。她知道這漢人在看她的腳，便搓得越發起勁。她喜歡一天到晚光著腳亂跑，沒哪雙靴子有她腳板結實。她光腳追羊追牛，跳鍋莊跳弦子。光腳在河灘上跑，圓的尖的碎石硌得她舒服無比。她差點追上了那些遍地亂滾的火球，要不是當時被這漢人抱住。

那天她拿出最大的勁頭來跑，他對她喊什麼，她無法聽見。因為到處都在轟轟響，天狠狠撲下來，壓住生養過多而激情耗盡的地。它們漸漸向一塊合，這樣，一顆金光閃閃的火球迸射而出，然後又一顆，再一顆。它們放肆地在草地上竄來竄去，帶著華麗的災難。她追趕它們，只是一心想把它們其中的一顆捉在手裡。她以為會像捉她自己的羊那樣容易。

她恨透這個趁她摔倒撲上來抱她的人。碰上這事不是頭一回，阿尕卻沒讓他們得逞過。踢打都不管用，好吧，那就讓我在這雙手上好好啃一口。可她不動了。

阿尕的牙收攏了。這手？這地方沒有這雙手。它白、細嫩、靈巧，像剝乾淨皮的樹根。阿尕認識草地上所有的手，因此她斷定，它是從一個遙遠而陌生的地方來的。

她覺得這雙手不是靠她熟悉的那種蠻力制服她的。就依你了，你抱吧。

然後她被半拖半抱地弄到一塊凹地，不知哪個牧人在這裡留下一圈牆基。早有人在這裡繁衍過，留過種。她被放到地上，下一步，她沒嘗過，但她是懂的。她很小就懂得小羊不會無緣無故變出來。只是天太不美好，下起雀卵大的冰雹，雲壓著，像頂髒極了的帳篷。

他緊貼她，一雙白手變了形，每根手指都彎成好多節。她扭過頭，看見一張瘦長的、蒼白的臉，還有臉上兩隻痴呆無神的眼睛。沒人。她試著掙了一下，掙不脫。

「你想死？」他突然說。

阿尕稀里糊塗地瞪著他。她懂的漢語很少，但「死」是懂的。冰雹砸得頭皮全麻木了，她見這漢人縮著頭，又白又長的臉像快死的馬。他就這樣摟抱著她，一切都現成，誰知他還在等什麼。

他又說：「那叫球雷，碰到人，人就死啦！」

「死？……」她大聲重複道。

「死。」

「死？……」她搖搖頭，笑了，「死——？」她突然揚起脖子，嘹亮地喊了長長一聲。

她把小時看見燈的事講給我聽，就在那凹地牆基裡。起初我以為她在講一個神話，我只能聽懂很少幾句。她一個勁重複，表情激烈，用手再三比劃。小小的一團火，一團光，一個太陽。我終於弄懂，那是電燈。她眼睛直直地看著不可知的前方，嘴鬆弛地咧著，像笑，又有些兇狠。我一留神，她瞳仁裡真的有兩個光點。

我突然嗅到她身上有股令我反胃的氣味。就是將來使我長得健壯如牛的那股味兒。那味兒很久很久以後被我帶回內地城裡，使文明人們遠離我八丈，背地罵我臭氣薰天。我立刻抽回手，這才感覺到已抱了她很長時間。我已沾上了她的味兒。

她站起身，回頭看著我，像要引我到什麼地方去。我還坐在那裡，不想跟她同路。當然，那時我死也不會想到，走來走去，我和她還是走到了一起。從一開始，到最後，我都不能講清我跟她的感情是怎麼回事。誰又能講清感情呢？假如我說我愛她，我們之間有過多少浪漫的東西，那我會肉麻。那樣講我覺得我就無恥了。

她，我是需要。哪個男人不知道什麼叫「需要」？女人也會「需要」。「需要」誰都懂，都明白，可誰都沒認識過它。「需要」就是根本，就是生，是死的對立。硬把「需要」說成愛情，那是你們的事。

如果非要我談愛情，那我只有老臉皮厚地說：從阿尕一出現，我的愛情就萌生了，不過當時我並不知道。

她慢慢朝前走，又停下，回頭，仍用那種招引他的眼神瞅著他。她滿心喜悅，因為她感到自己突然從渾頑的孩童軀殼裡爬出來。那軀殼就留在這男性漢人懷裡。後來，在河邊，又一次奇遇，他說他一定要在此地造出她見過的那種小太陽，她就開始老想他，做些亂七八糟的夢。再後來她就每天跑上許許多多路，到他的供銷社，坐在那個高門檻上，看他。

她又黑又小的身影走遠了。我看見她骯髒的腳，一對很圓的、鮮紅的腳後跟。草地淺黃，遠處有一道隆起的弧度。她朝那裡走，永遠不可能走出我的視野。我也在走。我覺得她是個精靈，在前面引我。

可能就與她同時，我看見了河。河寬極了，一起一伏，呼吸得十分均勻。天被它映得特別藍。它被天染得格外藍。我不知道這魔一般的藍色最先屬於誰。剛才的球電、冰雹、雨全沒驚擾它嗎？這大度量、好脾氣、傻呵呵的河吔。

這樣一個人被它驚呆了、驚醒了，就是我。我想起剛才的事，小姑娘說起燈、神火。我腦子裡把她的話跟這河不知怎麼就胡亂扯到了一塊。她一直往前走，看樣子走得很快，可又像寸步未移；河在奔騰，十分洶湧，可也是紋絲不動。我覺得她和它在這裡出現，都是為了等我。

阿尕一張嘴，先是長而又長地喊了一聲，那一聲起碼在草地上轉了三圈，才回去。她兀突地收攏住聲音。像拋出的套馬繩，套中目標，便開始猛勒住繩頭，完全是個老手。她再次張嘴，便不再是一味地狂喊，聲音大幅度顫動，漸漸顫出幾個簡單的音符。她狡獪地把一支歌已經藏在了這酷似長嘯的聲音裡。

阿尕曉得，這地方的人都唱歌，但沒一個人能像她這樣唱。有次她下雪天唱，跑來一隻孤狼，遠遠坐在那裡，跟她面對面。許多人圍上去打，牠也沒逃。後來發現牠已經凍僵，和地面難解難分了。有人說，他親眼看見那頭凍僵的狼在哭。

你跟我來，我給你水喝，
你再看看，那是我心擠出的奶。
你這外鄉人，你活該你活該，你不趁早，奶變成了髒東西，
你活該，你活該。

那時我對她還一點都不了解。不，到最後我對她還是一無所知。她給我的，我只管一古腦拿了、吃了、喝了，消化掉了，從來不去想，那都是些什麼。只有到沒有她了，什麼都沒了，我才想起我成了個窮光蛋，我揮霍、糟蹋得太兇了。她一開始就對我唱「你活該」，後來想想簡直讓我害怕，令我毛骨悚然。她那超凡的預見比我更準確更強烈。那時她還小，可她已意識到一種悲慘和必然的結局在等她。她那麼小，就意識到宿命的力量，不知怎地，我總覺得這種先覺來自她神秘的身世。她從哪裡來，我從來沒搞清過，草地上所有人都搞不清。

她自己就能一口氣說出十多種不同的履歷。好在草地之大，那地方對誰誰的來歷或檔案是從不糾纏的。那裡，你告訴人說，你從墳墓裡來，也會博得一片信任。

跟你怎麼說呢？就這樣一個小姑娘，黑黑瘦瘦，小不點兒，你簡直就不明白她憑什麼活著，她活著對誰有用呢？她根本談不上美不美，應該先把她放到十只大盆裡好好洗上十天，再來看她的樣子。但她是個女孩，要命的是，她早晚要長成個女人，就這點，對我已夠了。我苦苦在她身邊伺候，等著她長大。那時我並不意識到，我在等她，像守著一棵眼看要開花結果的樹。哎，我的黃毛丫頭，我的阿尕。

想忘掉她，已經太晚了。這關鍵不在於我，而是她，她有那個本事叫我對她永世不忘。現在你來了，說你也等了我十好幾年。好像我真有那麼卑鄙，糟蹋了一個又耽擱了一個。其實你過得蠻正常，結婚生孩子，當管家婆，你踏實著呢。你哪天有功夫想我？你帶著那些原打算跟我合蓋的緞子被，跟另一個男人過了。說老實話，我可沒等你，我又不痴。

明麗，看在我和你二十年前有場情份，別逼我。關於阿尕，我一個字也不會對你講。

真怪，這女人還是這樣乖巧秀氣，像隻小貓。她說她還那樣愛我，想不愛也不行。好哇好哇，你這撒謊的貓，找死來啦？

我對我的前任未婚妻說：「行啦，你來看我，我就夠高興了，有什麼哭頭？」這是我半

晌來講得頂像樣的一句話。「你沒變老，還挺漂亮。走在馬路上，你丈夫大概特別得意吧？」我突然嬉皮笑臉起來。

明麗一下就止住了淚，猛抬頭看我，不知我出了什麼毛病。我又說：「你真沒變。你孩子多大了？」

「大女兒九歲了。」她無精打采地說。軟綿綿的目光在我醜怪的臉上摸來拂去，弄得我怪舒服。「你的鼻梁怎麼搞的？」

我按按它，說：「像個樹瘤吧？我兒子今年也不小了，七歲，該上學了。」

她大吃一驚，肯定大吃一驚。但臉上還好，神情大致還正常。她心亂如麻，肯定是心亂如麻。

「你兒子叫什麼名字？漢族的還是……」

她在試探，看看我是不是跟哪個她概念裡的女人搞到一塊了。她還抱一線希望，認為我不於於那麼瘋。依她的觀點，要真那樣，我就毀了。

「他有倆名字，一個漢族的，一個……」

她聽到這裡就不往下聽了，夠了。

可我還接著往下說，瞎話連篇過扯謊的癮：「我那小子有這麼高。」七歲的男孩，我從

來不曉得他們一般該多高。我的手在空中上下調整一會兒。「長得特棒，踢不死打不死沒病沒災，頭髮是卷的，眼睛又圓又黑！」我描繪一個我從未見過的天使。

杜明麗知道自己在硬撐著微笑，做出為他幸福的樣子。一會兒，她就一個人到馬路上去哭，去捶胸頓足，想到他那個混雜著兩個種族血液的兒子，她就怕起來。他是他父親的後盾，是他的靠山。他正在發育，飛快地成長，剎那間就會像堵牆一樣擋住她的視線。他將把這門堵得嚴嚴實實，截止了她要跨進來的企圖和可憐巴巴的顧盼。無論她怎樣伸頭探腦，也不可能再看見他身後的他的父親。何夏，別把你兒子拿出來鎮壓我，我可是膽兒小。我並沒對你幹下太大的壞事。一個女人，還要她怎樣呢？我愛你你不信，我等你你不在意，我來看你，你抬出你兒子。一個女人，你要想過癮解恨，就上來把她掐死算了。

「何夏，」杜明麗壓住一肚子陰鬱，說：「你爸死前給我一個手鐲，是很貴重的玉。」

「那你好好收著吧。那是我媽的，我媽死的時候，臨埋了，他都沒放過，把它擼下來了。」

何夏齜牙咧嘴地笑笑，「我爸可真叫『人為財死』。」

「他死的時候，你知道有多慘，渾身抽筋，抽得只有這樣短……」

「別說了別說了，你過去信上寫得夠詳細了。他要活到現在，我跟他也是敵我矛盾。」

「我看你太狠了。就那麼恨他？未必。當時你為啥鬧下那場事，差點打死人，就是為你爹。你是為你爹拿出命來跟人拼命，別看你嘴硬。你現在變得我摸不透了，可那時你什麼什麼念頭我都曉得。你為什麼跑到那個偏遠的鬼地方，我能不明白嗎？」

從前，有個人叫何夏，因血氣方剛好鬥成性險些送掉一條老工人的小命。當初我逍遙自在地晃出勞教營，看到偶然存下來、撕得差不多了的布告，那上面管何夏叫何犯夏。很有意思，我覺得我輪迴轉世，在看我上一輩子的事。勞教營長長陰濕的巷道，又將我娩出，使我脫胎換骨重又來到這個世道上造孽了。誰也不認識我，從我被一對鐵銬拎走，人們謝天謝地感到可以把我這個混帳從此忘乾淨了。包括她明麗。我就像魂一樣沒有念頭、沒有感情地遊逛，又新鮮又超然，想著我上一輩子的愛和恨，都是些無聊玩藝兒。

我已不記得我當時怎樣踏上了草地。也許有人對我介紹過它，說它如何美麗富饒又渺無人煙；也許是我想碰碰運氣，盲目流浪到那裡的。總之，我為什麼要去那裡，當時的動機早被我忘了。抑或說它有種奇異的感召力，不管它召我去生還是召我去死，我沒有半點不情願就朝它去了。一去幾千里。

「你父親臨死的時候說：咱們家敗完了，就剩了何夏一個人，你要照顧他……」

「這就是他的臨終遺囑？」

杜明麗點點頭。老頭兒可怕地抽搐，嗓子裡發出類似嬰孩啼哭的尖細聲音。她簡直想拔腿就逃。而老頭兒卻伸過痙攣得不成樣子的手，抓住她。她不顧一切地大叫起來。老頭瞪著眼，想讓她別叫，別對他這樣恐懼嫌棄。不一會，她的手碰到一個冰冷的東西，是只玉手鐲。他用另一隻手拼命把手鐲往她手上套。等他死後，她才發現他並不可怕，十分慈祥。眼邊深溝似的縐紋裡滲滿了淚。

但她永遠也不想把這個真實的結局告訴何夏。她內心是抗拒那種無理束縛——那只手鐲的。但她沒有講。她講的是一個合乎常規，為人習慣的尾聲。什麼臨終遺言，娓娓相囑等等。那屍體奇形怪狀到什麼程度，那手鐲讓她怎樣寒徹骨髓，她沒講。

我們仨，明麗、我、阿尕不知我們究竟誰辜負了誰？真滑稽。我愛明麗是可以理喻的，而對阿尕，卻是個秘密，我也妄想揣度它。她就坐在那裡，黑暗一團，幾乎無形無影，但我知道，她永遠在那兒。

看看她這臉蛋是怎麼了？像瓦壺裡結的斑剝的茶垢。這就是阿尕。她光著腳，踝骨像男

人一樣粗大，長頭髮板結了，不知成了一塊什麼骯髒東西，這就是我的阿尕。她永遠在那兒。

這地方的人開始注意這漢人奇怪的行為了。三五成群的男人撮著鼻煙，不斷衝太陽打個響亮的噴嚏，他們中有人指著他的背影竊竊私語。真該上去抽他一頓鞭子，這頭傲慢無禮的內地白驢。他到我們的地方，卻沒朝我們哈過腰，連笑也沒笑過。他每天跑到河邊去，瘋瘋傻傻站在那裡看。他在河裡找到什麼了？這河裡從來沒有金子。

太陽一落，便沒人再去管他。家家帳篷中央攏堆牛糞，一半是黑暗另一半還是黑暗，這一刻是他們祖祖輩輩金不換的幸福。

阿尕卻偷偷跟在他後面。她這樣幹已經不是頭一回。她像條小蛇一樣輕盈地分開沒膝的草。河岸上放著一只牛皮船。這種船並不稀奇，此地人要渡到河對岸去，就得乘它。不過很少有人對河那邊動過心，為什麼要渡到那邊去呢，這邊已經夠廣闊了。一旦有人想過河也很簡單，就做一只這樣的牛皮船，用木頭扎成框架，用五六張牛皮連綴起來，再繃到木架上，船就有了。有人說，這條河一直流到地下，通另一個世界。從前，這地方有個懶漢，過膩了牧畜生活，就那樣幹了。他把老婆孩子和吃的放在一只船裡，自己和酒放另一只船，兩船相繫，就漂走了，永遠沒見他回來。

阿尕見他上了船，便拔腿追上去。她跑近，船早已飛向河心。船在河裡一高一低，有時轉個圈。河底潮汐把浪花從深處採來，白花花的舉在船的前面。她開始朝他喊。浪把船沖得轟轟響，他一點也聽不見。她便在河灘上狂奔，眼睛死盯住船。她要這樣一追到底；即便他要離去，要在這河裡消失，她也得親眼看著。

阿尕跑啊跑。她在追完全瘋掉的白色馬群。馬群馱著死到臨頭都不屈服的騎手。再往下她知道會怎樣，船會頭朝下直豎起來，將船裡的或人或物一剎那間拋乾淨。她急了，從腰間抽出「拋兜兒」。「拋兜兒」在她頭頂嗖嗖尖叫，飛旋出一個光環。

我被擊中了。這是我頭一回領教她的武器，曉得她的厲害。她和她的民族，是如此善用武器。再來瞧瞧她的繩槍，他們叫「拋兜兒」的玩藝，我聽見嗖嗖響時已晚了，卵石劃著一道白色弧光在我腿上已終止了旅程。這塊卵石實在不小，足能打斷一頭犍牛的犄角。我的腿骨「梆當」一響，全身都震麻了。我什麼也來不及想就從牛皮舟裡翻出來，掉進河裡。我的腿在河裡才開始疼，疼得我以為它已沒有了，手去摸，還好，它還在。我是會游水的，水性不賴，可遭人暗算的憤怒使我全身抽風一樣亂動，手腳完全不被理性控制。再說受傷的腿使我身子老往一邊偏。還有這河水，誰接觸過這樣冰冷的水？它不是在我體外流動，而是灌進

了我體內，更換了我全身的熱血；我的每根血管都凍得發硬，正在嗶嗶剝剝地脆裂。我開始渾身發紫發白，很快就要明晃晃地腫脹起來。可我依然憤怒得不能自持，她這樣害我毫無緣故。我的四肢差不多喪失知覺。我想下一步，該是有個人把這具滿腔憤怒的屍體打撈起來了。

當然，我不承認是她把我打撈上岸的。雖然她的確在呼呼呼地喘，長髮上和全身的水淌在河灘上，淌成一條小溪。我聽見她的尖聲嚎叫，那是在我落水的瞬間。後來我恍惚看見一個黑東西掉下岸，極慢極慢地向我靠近。我們在水裡撕扭了好一陣，我用抽筋的腿把她蹬開，等她再次撲上來時，我死命揪住她的頭髮。剎那間，我恨透了這個黑鬼似的女孩，她老是無端地跟蹤我。她被水嗆得直翻眼睛，鼻子和嘴掛著黏液。無數條黑髮辮軟軟張開，像某種水族動物漆黑可怖的觸手。現在知道了吧？我跟她的開頭就不好，就異常。從那一刻，我跟阿尕纏不清、攪不完的感情便開了頭，或不如說我們的自相殘殺便開了頭。

我沒料到她有這本事。她蛇似的在我懷裡扭啊扭，突然扭頭咬我一口，咬在我肩上，使我不得已鬆開揪她頭髮的手。然後我們無分勝負地雙雙上了岸。河在前方發出奇特而恐怖的聲響，像有成千上萬的人在那下面歇斯底里地大笑。這兒離我放船下水的地方已很遠，草地變得陰森起來。河在一眨眼間把我送到這裡，流速可想而知。我想起從上船時就無法自持。

有種莫名其妙的後怕使我軟了，全身沒一點勁，隨她拖。我看見她又黑又小，拼死拼活

地搬弄我這條讓水泡肥的大死魚。這河裡有種肉乎乎的魚「水菩薩」，一經打撈上來，魚頭就奇怪地變成一張老頭臉，又陰險又悲哀。跟我此時的樣子極像。她跑到遠處拾來乾牛糞，有的牛糞表面已乾得出現密密麻麻蜂窩樣的孔。然後她就跪在那裡「嚓嚓」地用火鐮打火。真可笑，這只比鑽木取火先進一步。我躺在這裡突發奇想：順著這條倒淌河走，一直走，就能走到遠古。愛因斯坦幾乎要否定時間的不可逆性。我想，這條河流倒著流，其中必有它的奧秘。想像一下吧，整個歷史就是這條河，它在某個地方不為人知地來了個徹底的轉折，好比一條繩帶的一頭向另一頭對折過去，於是現代與原始便相逢了。將看見的，便是化石和累累白骨的復活。

火點著時，天已全黑了。我懶得去看她怎樣費力地將火種培植壯大。火投在我和她的臉上，使其變形，變幻出野性和怪誕的影子。我們一聲不響，完全是一對人類最純粹的標本。

他忽然站起來，阿尕也跟著站起。除了獐子，草地上找不出比她更敏捷的東西，她敢打賭。她知道事情沒完，水裡那場惡鬥還沒有結束。上啊上啊。她拿出架式，身體略弓著，鼓滿力。這樣又瘦又高的對手打起來最方便，只要攻他下三路，只需猛一撞，他就得倒。阿尕想著，忽然格格地笑起來。草地上的人，摔摔跤、打打架是很快活的事。

他沒上來，大惑不解地看她笑。一邊脫下衣服、褲子，舉到火上烘。她看他是副好架子，就是太瘦，這裡那裡都看得見漂亮的骨骼在一層薄皮下清清楚楚地動。不過幾年以後，她使他壯起來。是她餵肥了他，使他有一身猛勁，用來摧殘她。

「你為什麼用石頭砸我？」他問道。

她笑得輕了，說：「石頭？」她對他的話多半靠猜。誰知道呢，恐怕聽懂他的話靠的並不是聽覺。

「砸得太狠了，你瞧，這兒。」她停住不笑了，兩膝著地爬過來，湊近去看他的腿。沒什麼，這個白臉皮漢人就是不經打。她碰碰那傷處，他「嗞」的一聲，她立刻也學著很響的「嗞」了一聲，又笑起來。

「你說說看，你幹嘛對我投石頭，手那麼毒？」他把她的頭用力一扳，把她臉都扳變了形。

她呆了一會兒，便像小狗那樣左右扭動著腦袋，嘴裡尖聲尖氣地發出「哼哼呀呀」的聲音，又撒嬌又撒賴。她覺得他這種虐待挺舒服，等於愛撫。

「你想害我嗎？想把我打到河裡淹死?!」他擰住她腦袋不放，臉上出現那種因作踐小動物而產生的快感。

「死?!」她大吃一驚。這漢人為什麼總說死，她不懂。她粗魯地打了一下，把他的手打開。

我不知要費多大勁，才能把這些話跟她講清楚。來，我跟你講一種很妙的東西，它的確很像你去追逐的那種火球，它不是神火、什麼小小的太陽，那不過是種簡單極了的東西，叫電燈。我還講，能造出它來，我就行。這野姑娘用一雙亮得發賊的眼盯著我，恐怕碰上個騙子。

我說，我是在工作，不是吃飽了撐的去玩那條船。你不是要個小小的太陽，要它掛到每個帳篷裡去?我就是專門造太陽的。我嘛，過去在發電廠做工。她忽然問，是用水造太陽?我知道我這樣唾沫橫飛也是白搭，要她懂得這些簡直妄想。可她貌似開了竅，不斷點頭，「哦呀、哦呀」地答應著。管它呢，我自顧自講下去。實際上，我也在說服自己。這條河太棒了，建個水電站沒說的。有這樣的河，你們還在黑暗裡摸來摸去真該把你們殺了。就這樣，你看，在這裡築條壩，把水位提高，當然還得有機器有設備有挺複雜的一套玩藝兒。現在我只是先了解河的性能，搞一手資料。我幹的就是這個。我可不是這方面專家，只是個工人。這些也得幹著瞧，也說不定會幹砸，但總勝過在黑咕隆咚的破供銷社裡等死。在那裡跟等死是一回

事。

太陽，就這樣造出來的，小丫頭。

這時我見她腰上有什麼一響，仔細看，是幾枚銅錢，古老但不舊。

「你發誓。發誓啊！」她吼道。他剛才那些晦澀難懂的話使她又振奮又恍惚。它就是那樣的，會亮會滅，隨你。嘁，真值得為之一死。她要他發誓賭咒。其實她已經相信他了：他幹得出來，什麼都不在他話下。正因為相信，她便害怕，怕這個人，對他具有的智能和力量產生出不可名狀的一種恐懼和擔憂。

「我把手放在這上面，問你——騙我是罪過的。你說你造太陽，真的嗎？」她手托住胸前那只小盒，裡面有尊不知什麼像。哎呀，他沒有聽懂嗎？

我模模糊糊懂了。

可惜我沒有她頸子上吊著的那東西。那東西自然是她的偶像，看她嚴肅兇狠的樣子，我對她如此舉動不敢嬉皮笑臉了。她要我發誓，要我像她這樣把舌頭伸出老長。我不知道自己伸著舌頭是否像她一樣醜。我沒偶像，從不認為那樣東西神聖得不得了，但我得依她。阿尕，

你瞧，我這樣，還不行嗎？把手放在胸脯偏左一點，那個蹦個沒完的活物上，回答你，我的話全是真的。我決心要給你造個太陽。

然後，她講給我聽，關於這條河。

阿尕最早的意識中，就有條河。它在她記憶深處流，是條誰也看不見的地下暗河。她那時三歲？五歲？不知道。沒人負責記住她的歲數。反正她只有一點點大。阿爸將兩條牛皮舟相繫，要去發財，去找天堂。那年草原上的牛羊死得差不多了，整個草地臭不可聞。阿爸說他看夠了牛羊發瘟，要離開這裡。陽光、草地、鄉親都飛快向身後閃去，河越來越黑。她終於聽見天堂的笑聲，成千上萬的人一齊狂笑，笑得氣也喘不上來。

「你聽見了嗎？笑！」她把他緊緊拉住。遙遠的恐懼使她瑟瑟發抖，渾身汗毛變硬，像毫刺那樣立起來。

「就這裡嗎？」他呆了半天才說。

「有一家人，很早了，」她說，「男人帶上女人，女人抱上娃娃，裝在船裡，就在這兒。聽見笑——嘎嘎嘎。一下子，船就沒了呀……你去問問，那家人，這兒都曉得。」

我發現她被某種幻覺完全懾住，樣子古怪而失常，當時，我還沒往那方面猜，沒去想這故事很可能是她真正的身世。

當然，這裡確實有覆舟的危險，但決不像她講得那樣神神鬼鬼。我後來就試過，只要有勇有謀，它也不那麼容易就吃了我。

我可不是吹噓我當年的英勇。找刺激想冒險是青春期一種必然心理狀態，就好比情欲。冒險也是發洩情欲的一種方式，是一種雄性的方式。我坦率告訴你們吧，情欲是黑暗一團，你不知道自己在裡面怎樣碰撞、跌打、發脾氣，總之想找個缺口，沖出來就完事。冒險就是一個缺口。在激情沒找到正常渠道發洩之前，冒險就是一個精壯男子最理想的發情渠道。

我這樣講恐怕太露骨了。你們想聽的是愛情或傳奇故事。關於我和阿尕，我是失去她之後才發覺自己對她的鍾愛。行了行了，根本就沒什麼他媽的愛情，你們多大？二十五六歲？這就對了，這個歲數就是扯淡的歲數。什麼愛情呀，那是你們給那種男女之事強詞奪理地找出的美妙意義。要是我把我跟阿尕的事講出來，你們準否認那是愛情。其實那就是。

所以我才在失去她的日子裡痛心不已。

那時我也年輕，我也誤認為這不是愛。結果貽誤終生。

何夏一談到愛情就緘口、裝聾。這就更使人預感他發生過一場多偉大、多動人的愛情。何夏並不遲鈍，一點不笨。他能很圓滑地抹開話頭。每逢他一陣長久的沉默之後，會忽然講一件有趣而怪誕的事，就把別人的興頭調開了。

他說：「我認識那裡一個老太婆，人家叫她禿姑娘。不用說，她不止禿了三年五年。她會講許多奇奇怪怪的故事。她講，有個女人懷孕五年，生下一塊大石頭，把它扔到河裡。後來有個又醜又窮的男人把它抱走了，天天摟懷裡，捂在袍子裡，有一天，他發現石頭上長出了頭髮！……」

聽的人有怕有笑。

他又說：「那地方過節，老人們必然聚在一塊唱歌。曲調一點聽頭都沒有，單調極了。但他們唱的時候全都莊重得很。聽著聽著，你就知道這歌不一般了。他們唱千年前大雪天災使一族人流浪；唱外族人一次次侵擾他們的草場；還唱朝廷奪去千匹良馬卻要茶葉（注：清朝政府曾有「茶馬」政策，即以茶葉易牧民的馬。）來付償。很久以後，我才明白，這歌謠就是他們民族的一部「荷馬史詩」。這歌不用教，等孩子們長大，青年人變老，自然而然也就會以同樣悲壯的感情來唱它了。不過這部「史詩」被祖祖輩輩唱下來，不斷添加神話，搞得誰也甭想弄清它的真偽比例。比如剛才說那男人娶石頭為妻，他們的「史詩」也一本正經

記載過。他們這一族人只有幾千，為什麼呢？他們認為必定是祖先娶石為妻的緣故。」

人們又問還有什麼還有什麼。

「還有種草，火燒不死。有次雷火把所有草木都燒光了，只剩這種草，牲口吃了全大笑著死掉；人吃了死牲口肉，也都大笑，笑到死。這倒不是聽他們唱的，是我從他們縣一本野史上看來的……」

大家離去時哈哈著說那鬼地方實在愚昧。

阿尕，你不知哪個時候誤吃過那種毒草，所以你一笑就發癲。你會笑得渾身亂顫，遍地打滾，像鬧瘟的牲畜那樣使勁蹬腿。我真煩你那樣笑。可我踢你打你，你也止不住要笑。值得你笑的事怎麼那樣多？比如我說我爹死了，按當地風俗，入土前晚輩要披麻戴孝，再弄了瓦盆給他摔摔，你就笑啊笑啊，我那一點懷念，半點憂傷一下讓你笑沒了。

現在我常在夢裡被阿尕的笑聲吵醒。

明麗來了。那麼乾淨得體地往辦公室門口一站，真讓我有些受用不住。傍晚，這個雪白皮膚的女人若是你妻子，對你說：呀，我忘了帶鑰匙。那你福氣可是不小。她也不是什麼美人兒，但這樣就差不離了。往同事中一帶，這是我愛人，她的禮貌、溫雅，略帶小家子氣的

容貌，再加一點點嬌羞和賣弄風情，都好，都合適，簡直太給我撐門面了。儘管她已有些發胖，皺紋也逐漸顯著。我在這裡心醉的一塌糊塗，一剎那間，真巴心巴肝地渴望一個和她共有的家。

杜明麗被他少有的溫存目光給弄暈了。甚至在他們初戀時，她也很少被他這樣看過。他是那種缺乏情愫的人。她跟他初認識，他就是一副惡狠狠的形象。那時他和她都剛進廠不久。他是工會的活躍分子，羽毛球乒乓球樣樣行。她什麼球也不會，總站在一邊看，有球落下來，她就跑上去撿。有次他打完球忽然叫住她：喂，以後你別撿球了。她說為啥。他虎著臉說，你撿球老貓腰。她笑了，你這人真怪，撿球哪能不貓腰。他氣鼓鼓的，憋一會才說：你襯衫裡穿的什麼？她說，背心呀。背心裡呢？他又問。她臉一下紅了，又羞又惱。他說：我全看見了，你這襯衫領口開那麼大，一貓腰，誰還看不見裡面。她氣得說不出話。

如今他這樣對她瞅著。墨綠的裙子，白襯衫，對一個三十八歲的女人來講，是較本份的穿著。她可沒打算來誘惑他。

她不斷在他身上發現倍受傷害的痕跡。就說臉，那些痕跡使他的臉比以前耐看。這臉孔上的一切變化都是非常的，無所謂缺陷和長處，美和醜早在這裡混淆，誰也講不清到底對它

是個什麼印象。它就是它，就那樣，放在那裡，讓人觸目驚心。它的變化不是一朝一夕完成的。很早很早，那種侵蝕他容顏的因素，他心裡就有。他對他父親破口大罵時，那因素就已開始起作用。「你這老賊坯！老盜墓賊！」那時他的樣子多可怕，多殘忍。他現在不過是把當時的爆發性神態保存和固定了下來，又加上風雨剝蝕，歲月踐踏，等等等等。

於是就造出來這副尊容。這臉若湊近，像從前那樣跟她親熱，不知她會不會放聲大叫，就像當年被他垂死的爹捉住手腕，碰到那個冰冷的手鐲那樣慘嚎。

老頭死後，她很後悔，覺得那樣叫太傷他心。她知道老頭並不壞，反倒是兒子太不近情理。老頭甚至很善良，最後的念頭，還是想成全這個毀了他的兒子。想用那手鐲，為兒子套住一樁美滿婚姻。

杜明麗替何夏收拾房間。她是個愛潔如癖的女人，一摞碗筷，就夠她慢條斯理，仔仔細細收拾半天。她把小木箱豎起來，食具全放進去後，又用白紗布做了個帘。

我看她幹這一切，完全像看個小女孩過家家。似乎她能從收拾東西布置房間這事裡得到多大幸福。二十年前就這樣——總是她輕手輕腳在我房裡轉來轉去，沒什麼話，有的也是自言自語：書該放這裡嘛，放這兒好，瞧瞧，好多了。我呢，從來不去理會她，從不遵守她的

規矩，等她下次再來，又是一團糟。但她從不惱，似乎能找到一堆可供整理的東西，她反倒興奮。我的屋裡早不是最初那副寒酸相，那個囊括一切家當的牛皮口袋被她拿到鞋匠那裡賣了，然後，我屋裡便到處添出些小擺設，害得我在自己屋裡縮頭縮腦，常常迷路。

她說她對我情份未了。我說何必。她說那不行，我不能對你撒手不管，除非你跟別的女人成家。說到成家，她聲音直打顫。然後她笑著說，這樣，也免得你老恨我。

明麗，你知道，這個世界上我不是最恨你的，有個人恨不能把你殺掉。阿尕，她讓我領教了她那古老種族火一樣的嫉妒。

阿尕問我：「你愛這個女人？」她指那張夾在書裡的小相片。

我說當然愛。

猜她怎樣？她一頭朝我胸口撞過來，等我站穩後，正要痛揍她，她卻搶在我下手前又猛撞一下。這次她不是撞我，而是撞在粗圓木的牆上。她要再來那麼兩下，她要不死我的屋就得塌。要不是那結果，我就不是人。

後來她見到你，明麗，就是你去跟我結婚那次，你居然能從她手裡逃生，真是你的造化。

我哪裡知道，那時我在她小小的肉體和靈魂裡已生了根。從河裡爬上來，聽了我那番造太陽的玄說，她就打定主意，要給我當牛做馬。可憐她那時只有十六歲。從此她常常跑許多

路，赤著一雙烏黑的腳，披頭散髮站在我面前。她出現在這裡，使得黑暗一團的供銷社格外像個洞穴。她呆在這兒很合適，破破爛爛的一堆，提示著我的處境。我很少理睬她，有時會突然煩躁，要她走，滾出去。有次她沒有立刻滾出去，而是磨磨蹭蹭走到櫃臺前，指指那一束敗了色的頭繩：我買那個。她給我一枚帶著她的味兒的硬幣。從此她開了竅：只須一枚硬幣就有權飽看我一頓。像城裡人看雜耍，或進動物園，只須一個硬幣。一旦我來了脾氣，要她滾，她就從身上摸出一枚早準備好的硬幣，買一根頭繩。我因為她的一枚硬幣而不能發作，有這點小錢，她便有藉口跑來，理直氣壯地瞪眼瞅我。想想看，把我跟她的開頭說成一見鍾情，有多噁心。

我們最初的關係就是這麼回事，談得上什麼男女之情呢？我們也有好的時候，我說，阿朵，你會唱一百支歌吧？她笑著說，哦，一千！我們能用漢語和當地話混雜的語言交談了。你的歌全是哇哇亂喊，聽不出名堂。她說，哪支歌都有名堂。她馬上唱起來，用手把臉捂得十分嚴實，膝蓋一上一下地顫，我從她膝蓋的動作，看清這支歌活潑的節奏。她反反覆覆地唱，不像平常那樣拉長音調，而是跟講悄悄話差不多。

我最愛的人，假如你是樹，
我就是你身上的葉子，

你死了，我就落了。

我聽後哈哈大笑。阿尕，你這傻瓜，樹葉落了，第二年又會長新的呀。她一下鬆開捂在臉上的手，露出一張大夢初醒的臉。我見她胸脯一鼓一鼓，低頭急促地往四面八方尋視，我知道，這時她要真找到什麼得心應手的家什，準照我砸過來。可草地到處都是柔軟的，連石頭也沒有。她衝我做了個齜牙咧嘴的兇相，轉身就跑了。這回我把她惹得不輕，挺好，她不會再到供銷社來煩我了。

對她發脾氣、喝斥、罵甚至搧幾巴掌，都不礙事，她仇恨的就是嘲弄。她專心專意在那裡唱，在那裡傾訴，醉心得不得了。我這麼不屑地一笑，她就受不了這個。她出於她那個民族的自尊或說自卑，有根神經特別敏感脆弱。她最終離開我，恐怕也出於同一緣故，出於自尊心被我折磨得遍體鱗傷再也不堪忍受。但我發誓，這類精神上的虐待全在於我的無意識。

怎麼能說我就是個混帳呢？我和她矛盾痛苦之深，並非兩個人的問題。這涉及到兩種血統，兩種文化背景的差異。我們屈服感情，同時又死抱著各自的本質不放。我愛她，但我拒絕走回蠻荒，去和一個與文明人類遙遙相隔的女性媾合。後來的一些夜晚，她睡在我懷裡，我嗅著她極原始的氣味，會突然驚醒。我害怕，感到她正把我拖向古老。人類艱辛地一步步走到這裡，她卻能在眨眼間把我拖回去。假如說我混帳，我大概就混在這裡，每當我幹完那

事，總要懊惱不已，一種危機感使我心煩意亂。

至於我後來設計水電站，也談不上什麼為那裡的人造福。有一半是為我自己，或說為救她。我認為救她唯一的辦法是改變她的生存環境。我愛她，怎麼辦呢？

從她唱歌，我把她得罪後，她再來看我時已十七歲。那是春天，是個最傷腦筋的季節。雖然草地的春天還蓋著厚雪，但雪下面的一切生靈都不老實了。種種邪念都在這一片純白的掩蓋下開始騷動。

一開始，還是那樣。她跑許多路，只買一根頭繩，就走。她不怎麼講話，剛學會羞答答。她常常是我唯一的顧客，屋前屋後，處女般的白雪上只有她的腳印。她臉盤大了，穿件皮袍，挺臃腫，但不那麼小不點兒了。我覺得她變了個人，怎麼說呢，有點像回事了。當然，依舊不漂亮，只是捂了一冬，捂白了，嘴唇特鮮豔。我見到她，頭一回感到莫名其妙的快活。

我說，還是買一根頭繩？

她說，呀。

她匆匆跑掉時，我看見那雙腳依舊，還是光著，兩隻滾圓通紅的腳後跟靈巧極了。不知怎麼，那腳後跟使我渾身一陣燥熱。我想，壞事了。這天有許多人在店堂裡買東西，每逢我從縣城運貨回來，氂牛脖子上的銅鈴家家戶戶都聽得見。冬天歸牧，牧人全回到冬屋子，都

閒呆著。從牛鈴一響我就不得清靜了。阿尕等最後一個顧客出去，才從門檻上站起來。是的，我這幾天的確在等她。她不來，我就像條瘋狗，在這洞穴裡轉來轉去。誰都知道，這不僅僅是感情，沒那麼純。男人，到了歲數，就這麼個德行。我對阿尕，從這兒開始，感情裡就摻進了一點髒念頭。我在她臃腫的大袍子上找，終於找到那下面我想當然的一些輪廓。

她走上來，猛朝我吐了一下舌頭。她就用這種頑劣的方式向我表示親熱，像條小母狗。

「又來搗亂啦？」我說，我決定今天不馬上攆她走，好好跟她胡扯一會兒。可她很快把預先攥在手心裡的硬幣扔到櫃臺上。「買什麼呀？」我跟她逗。她慌慌張張地瀏覽所有貨物，裝模作樣地好像最後才發現那束頭繩。她飛快地伸手一指。我說：「你瞧你的腳，都凍壞了！你瞧你瞧，流血呢！」我說這話是真的疼她，我剛發現她一雙腳已爛得大紅大紫。

她卻怒氣沖沖地瞪著我，兩隻腳相互藏，但誰也藏不住誰。她的窘樣十分可愛。我不知她是否末梢神經麻木，這麼一塌糊塗的爛腳，她竟不知疼，照樣到處跑。

「阿尕，買雙靴子怎麼樣，城裡剛運來的氈靴，你穿穿看有多漂亮！」我把靴子放到她眼前。

「我沒錢買。」她看一眼靴子後說。

「怎麼會沒錢呢？冬天誰沒幾個錢？」她沒父母，和那個叫禿姑娘的老太婆住在一起。老太婆待她不錯，只是愛偷她錢，她無論把錢藏在哪裡，老太婆都能找到，偷乾淨，去放高利貸。阿尕究竟為什麼跟她在一起過，這是個謎。就像草地上的白翅鳥為什麼和「阿壞」（注：「阿壞」即草地上一種老鼠，形象類似松鼠，尾巴卻像兔子。）生活在一起，誰也猜不透。草地上謎多了，就沒人費神去猜。阿壞早晨馱著鳥出洞，鳥去覓食，阿壞打洞。晚上鳥回來，捎回食物給阿壞吃，然後阿壞又馱著鳥進洞歇息。誰能說牠們過得不合理不幸福？因此，我從來沒干涉過阿尕與禿姑娘的生活方式。

「我沒錢買。」這回她說得更乾脆，不留餘地。

「可是你看，你老是有錢來買頭繩哩。」我笑著說。我那天心情實在好得異樣。

她一下紅了臉。實際上她那點小伎倆我清楚極了。鬥心眼，她哪鬥得過我。我只想讓她自己講，講講她到底對我怎麼回事。

她說了，她什麼也不能買，錢要一點點地花。她說，我的錢反正不能一次都花了。

她充滿委屈地嘟噥著，猛一抬頭，我發現原來她是個很美的女孩。她說，等我沒錢，你就會吼，走吧走吧，不買東西別到這裡來。她的眼睛還是可取的，黑得很深，看你久了，像要把你吸進去。我糊里糊塗就拉住了她的手。她還在嘟嘟噥噥地講，講。什麼也講不清。讓

我來替你講吧，你喜歡我，一天到晚想跟我纏，就使了那麼個小手段兒，一個小錢兒，跑許多路，什麼也不為，只為看看我。是這意思吧，實際上我早清楚她的意圖，可我此時卻像恍然大悟般大受感動。我真想把她馬上就抱到懷裡來。

這麼看我比較無恥。那其實是整整一冬的寂寞和壓抑，使我一剎那間熱情激蕩，想在處女的雪地上踐踏出第一行腳印。整整一冬，河封著凍，遠處近處都是冷酷單調的白色，我不能再去看河，不能再到草地上去打滾，不能看公羊母羊調情，我差不多成了隻冬眠的熊。所以此時，我才強烈地體味到春天！

我拉著阿尕到供銷社後面我那個狗窩似的寢室。我說，我請你做客。她高興地格格笑，連她露出那麼一大截粉紅色牙床，我都沒太在乎。對不起，我那會兒心情真是太好了。我的屋子是裡外跨間，外面歸兩頭馱貨的牛住。因為沒有及時清除它們的排泄物，我屋裡也充滿暖洋洋的臭味。我已想不起，我當時把她帶到寢室，是否心懷叵測。

她往我床上一坐，簡直歡天喜地。她長這麼大頭一次認識床這玩藝兒。你們漢人睡這樣高，掉下來跌死才好哩。她一會兒躺下一會兒爬起，裝著打鼾，又拍拍枕頭，摸摸被子，我那個髒得連我自己都膩味的窩，真讓她好歡騰了一陣。

隨後她看見我桌上堆的書。那是我苦苦啃了一冬的有關水利的書籍。我已不復停留在空

想和探險的階段，這些枯燥得讓我頭疼欲裂的書把我初步武裝起來，使我有了第一批資本。阿尕一本一本地翻著書，一邊搖頭晃腦裝念經。按突厥文自右向左的行文習慣，她把我的書一律倒著捧。我呢，端著一缸子快結冰的奶茶，請她喝。我順勢在她身邊坐下，看著她單純明朗、蠢裡蠢氣的側影。

要說完全是情欲所驅，我不同意。因為她畢竟可愛。有時去愛一個屁也不懂、傻呵呵的女孩，你會感到輕鬆，無須賣弄學問，拿出全部優良品質來引她上鉤。她已經上了鉤，我的傻阿尕。不管好歹，我和她已有了一年多的感情鋪墊。於是我把胳膊伸過去，摟住她的腰。她回頭看我一眼，神情頓時嚴肅了。

我的另一隻手更惡劣，順著她空蕩蕩的外衣領口摸下去。她越來越嚴肅，我的手只得進進退退，遲疑得很。

「阿尕……」我是想讓她協助一下，自己把外衣脫下來，免得事後我感到犯了罪。可我不知怎麼叫改口了，說：「來，你唱支歌吧。」

「我不唱，你笑我。」她渾身發僵，手還在飛快地翻書。她的緊張是一目了然的。她知道今天是逃不過去了。

「你唱，我不笑。」我和她都在故作鎮靜，話音又做作又虛弱，真可笑。是啊，現在想

想真可笑。我怎麼會搞出那種甜言蜜語的調調兒?不不，一切都到此為止了，轉折就在眼前。

她忽然問：「她是誰?」一張小相片從書裡掉出來，被她捏住。就是這張小相片，使我猛然恢復了某種意識。她呢，她無邪的內心從此便生出人類一種最卑瑣的感情——嫉妒。

杜明麗知道，怎樣巧妙地問關於他跟那個女人的事，他都不會吐露半個字。他整整一晚上都在東拉西扯。一會說起那地方計數很怪：從十一到十九保存著古老氏族的計數法。一會又說起那裡的氣象。說在山頂上喊不得，一喊就下雨下雹子。他興致勃勃，好像在那偏僻地方十幾年沒講話，活活憋成這種口若懸河的樣子。

杜明麗突然問：你不想她?他懵懂地說：想哪個?她，你兒子的媽呀。他又問：誰?你妻子嘛，你那個會騎馬的妻子嘛。

「我沒妻子!」他沉下臉：「我根本沒結過婚!」

可是，你有兒子。那又怎樣?他說，誰敢妨礙我養兒子?她不作聲了，還是默默地替他整理這兒，收拾那兒，輕手輕腳。

過一會他說：「你不是見過她嘛?!」

「就是她?!」一個粗蠻的、難看的女子在她腦子裡倏然一閃：「就是她?!……」

「很簡單，後來你嫁了個軍人，我就跟她一塊過了。你別信我的。那地方沒什麼痴情女人愛過我，我是胡扯八道，沒那回事。」他咬牙切齒地說，「我也沒有兒子。狗屁，我天生是絕戶，什麼兒子，我是騙你的。」

這種顛三倒四、出爾反爾的話使杜明麗感到她正和一個怪物呆在一起。「何夏，你願意我再來看你嗎？」她忽然問。

你願來就來吧。

我不會再來了，你放心，今晚是最後一次。她說。

那也行，隨你。我這人很可惡，你少沾為妙吧。那麼讓我親你一下，就徹底完蛋，好嗎？

她走近他，低著頭。他正要湊上來時，她卻說：「有時想想，誰又稱心過幾天呢？」然後她把他推開了。她知道他沒有熱情，倒是一種報復。

杜明麗臨走時說：「你爹臨死前……」

「別提我爹。」

別提我爹，別提。他現在躺在那裡？一截鼻骨，兩個眼洞，整副牙齒？他還能安然地躺多久？不等他的骨骼發生化學變化，不等有人如獲至寶地發掘一堆化石，就會被統統鏟平削

盡。每段歷史，將銷毀怎樣一堆糟粕啊！

那些未及銷毀的，便留下來，留給我爹這類人，好讓他們不白活著。我們全家都中了他的奸計。我和媽，我的三個好妹妹。我是在一夜間弄清了他的圖謀：他把全家從城裡遷到這個窮僻鄉村的真實意圖。裝得真像啊，我們全家要當新農民。那是五八年，幹這事的騙子手或傻瓜蛋不止我爹和我們一家。那時我戴著沉重的大紅紙花，和全家一起，呆頭呆腦地讓記者拍照。其實這個城市已把我們全家連根拔了。

我那時啥樣兒？個頭已和現在差不多，體重卻只有現在的一半。就那鬼樣子，已肩負起全家生活的擔子。爹呢，幹什麼？他放著現成的大學考古講師不做，跑到這裡來吃我的、喝我的，後來拉不下臉吃喝了，才到民辦小學找個空缺。他幹得很壞，三天兩頭找人代課，自己卻神出鬼沒到處竄。誰能說他游手好閒，他很忙，忙得不正常了。我的印象裡，他總是風塵僕僕，眼珠神經質地鼓著。他跑遍方圓百里，把成堆的破陶罐爛銅鐵弄回來，拿放大鏡看個沒夠，完全像個瘋子。

有天他興奮地對我們說：戰國某個諸侯的墓就在這一帶。過幾天，他灰溜溜地又說：那墓早被人盜過了。其實這樣也罷，那樣也罷，我們才不管呢。他說墓應該保護起來，那就保護吧。他給省裡文物單位寫了許多信全沒下落，然後他決定進城跑一趟。回來痛苦不堪地對

我們說：沒人管。那是全國的饑饉年代，人們主要管自己肚子。我們都鬆了口氣：這下妥了，你老老實實歇著吧。沒想到事情會惡化。

他半夜爬起來，跑進老墳地。那墳地老得不能再老，千百年鬼魂雲集，並不缺少我爹這個活鬼。他在那被盜過的墓道裡用手電束照西照，完全不是白天教書那副沒精打彩的樣兒。我毛骨悚然地跟了他一夜，這才明白他為什麼愛上這塊貧瘠得可怕的土地。

在我動身進城到發電廠當學徒之前，我向全家揭露了他的勾當。我說，看看他那雙手吧，十個指甲全風化剝蝕了。這一點，就能證明我沒撒謊。

即便他活著，又怎樣？他膽敢對我的個人生活發言嗎？我從窗口看見明麗穿過馬路，一個素淡姣好的影子。我倒要看看，歲月怎樣在這個美妙的容顏上步步緊逼，以致最後收回它曾賦予她的美麗。我等著這一天，她老得難看了，虛腫的臉，再也無法像現在這樣居高臨下地來憐憫我這條糙漢子。到那時，她跟阿尕並排擱著，她不會再占著絕對優勢了。走著瞧，你，使勁挺著你的胸脯吧，過不了多久，你就會發現它們空癟了。那時，我再提起我跟阿尕的事，你就沒資格再做這副要嘔的表情了。

她知道自己現在不比從前了。從前是沒一點看頭。不知從哪天起，她身上有了種酵素，

不然，到這個夏天，她怎麼會被自己的樣子嚇一跳呢？她脫下厚袍子，看見兩只乳房倔強地向前挺著；小腹不再凹陷於兩胯間的深谷，而是剛從海底世界誕生，新鮮而年輕，圓溜溜鼓著，在與胸部相接的地方，顯出兩道淺淺的皺褶。大約她的身體被男孩子們偷看過，他們開始對她著迷。托雷和尼巴它兩個壞透的東西，竟半蹲著蹶著屁股跟她跑：「阿尕小阿媽，」他們喊，「小阿媽小阿媽，餵我們喝點奶呀。」她把托雷揪住，一左一右總打了有十幾個耳光，尼巴它溜了。

入春開始就有了一個接一個的節日，無非是跑馬和跳舞。夜裡，點一堆火，男男女女圍成圈。禿姑娘戴起面具，在人群裡橫穿豎穿。她年輕時浪蕩得有名，能在一只木酒桶上跳著轉圈圈。她的舞不是隨便跳跳的，每跳一次，阿尕發現家裡就會多幾樣貴重東西。有時是一只手鐲或一串珊瑚珠，有時是一兩個鑲銀小碗或精緻腰刀。她邊跳邊偷，誰都了解她這非凡的本領，卻沒人防得住她。她不光利用這舞蹈行竊，還能幹別的。哪個女人若得罪過她，她跳著跳著便猝不及防一伸手，那臉蛋就會被抓花。往往是一場舞跳下來，她報了仇又發了財。沒人敢惹她，因為她是個「底羅克（注：即死而復生的人）」。據她自己說她幾經輪迴轉世，清清楚楚記得上幾輩子的經歷。她會講多種語言正是她活過幾世的證明。

老太婆跳了一圈，找到阿尕，對她悄聲說：「去找托雷，不要尼巴它。托雷是個真正的

棒男人。」不等阿尕明白她的意思，她又怪模怪樣地跳遠了。

為了那張照片，阿朵和我鬧翻了臉。之後這一年，我們保持著不即不離的關係。只是逢當地大年節，她必客客氣氣請我到她家吃頓奶豆腐之類。有時我也拿拿架子，表示城裡人不是什麼東西都吃得慣的。見我這樣，她很識相很體諒地笑笑，就走了，把我留在那間冷清的黑屋裡，反省文明人的虛偽。在那地方呆了幾年，還講得清你吃慣什麼吃不慣什麼嗎？我懼怕她將我拖進她的生活環境，但我明白，若不那樣，我會活不下來。這地方一草一木無不在生存大背景認可下得到苟活。

只有一次我爽快地跟她去了。大概實在耐不住寂寞或提不起虛勁獨自糊口。她家的冬屋和別家沒什麼區別，好像更小更黑。我很愛聽禿姑娘談天說地，胡扯八道。老婆子總是用根骨製的大針，縫縫補夏日的帳篷，一邊說些怪誕不經的事。從她那裡我了解到「底羅克」一詞來自藏語，而她常掛在嘴邊的「阿寅勒（注：阿寅勒意為「游牧聚落」。）」卻來自蒙語。她愛把幾種語言混著講，你聽得越糊塗，她越得意。最讓我吃驚的是，她偶爾會哼出幾句阿宮腔（注：阿宮腔是皮影戲一個劇種，流行於陝西永泉、富平一帶）。並且是很舊的腔調，完全用閉口的鼻音和喉音唱。這讓我想起人們對她的傳說：有次她哭鬧抱怨，說千里之外有

人想害她，整得她夜夜冰冷猶如泡在水裡。終於，她說服一個人為她跑到內地，果然那地方在開渠，水沖了一座老墳，墳裡是個死在多年前的女人。難道我信？我自然不如這裡的人天真。但從此，我對鬼老婆子的經歷，再不敢等閒看了。她說著說著便在我手心裡畫一個莫名其妙的圖案，我奇怪她什麼時候把我的手抓了去。趁阿尕背身取酥油炸果時，老太婆對我飛了一下禿光的眉毛說，阿尕這女子也不凡，死過一次又復活的。我嘿嘿打諢的同時，意識到她並非無端在我手掌上畫，她反覆畫的，是古老笨教中象徵永恆的「卍」字。

我驀然縮回手。

夏天，我在河邊見到阿尕。我還幹我的老一套，在供銷社幹完活就到河邊來，調查河的性能。我添置了一些儀器，但工作進度慢得驚人。一方面我全憑瞎摸，另則這條河有三分之一時間是冰封雪凍。

自那次去她家吃酥油炸果，我有半年沒見阿尕了。她穿了件絳紅的單袍，也許本來無袖，也許袖子朽爛被截成這式樣。反正她是露著兩條粗黑圓潤的胳膊。她又豐滿了許多，臉蛋又大又紅，眉梢眼角有了點風騷勁。我拎著儀器走過，她坐在草地上，看兩個男人打架。一邊看，一邊梳理著濕淋淋的頭髮。她光著腳，兩隻腳丫子拍來拍去。我別過臉去，怕她這副放肆的樣子惹我生厭。

阿尕看見我，立刻向我跑過來。領口也跑散了，露出一塊光潔的胸脯。

我不搭理她，一心一意看著我的流速儀。我想，她哪怕能稍微把那副野蠻樣改改多好。我明白我實際上也在嫉妒。她光著的腿，光著的臂膀我只想一個人看，獨吞，別的男人不行。

她站在我背後編辮子。搞出各種響動想讓我注意她。我就是不理會。過一會兒，我沿著河向前走，她不一聲不響地跟著。走很遠，她一直跟著。我心硬得像塊生鐵。

「喂，喂。」她小聲叫我。

我回過頭，見她把從我這兒買走的一大把各色頭繩全纏進辮子裡，收拾得光彩照人。她瞪著我，這樣側一下頭，那樣側一下頭，好像我是她的梳妝鏡。大概她得意透了，突然像白痴那樣笑起來。

真該上去給她一頓拳打腳踢，擰她胳膊上肥肥的肉。讓你浪！可我沒這樣幹，這是她將來丈夫的差事。

我感到痛心。我在辛辛苦苦為她造個太陽，她卻賴在一片荒蠻的黑暗中死不出來。

托雷和尼巴它為阿尕打了一架，然後兩人鼻青臉腫地並肩來到阿尕家帳篷裡。他們一聲不吭，就地一坐。老太婆明白了。阿尕從容在他倆中間來回走，腰晃一晃，他倆眼神就亂一

亂。禿姑娘心花怒放地閉上眼：阿尕呃，兩個算什麼，我年輕時看著五個男人在我跟前打架。「我呢，就在一邊燒茶。等茶滾開了，我把我的戒指扔進去。對他們五個說：誰把這個戒指給我撈出來，我就跟了戒指去。」說到這裡，禿姑娘睜開灰濛濛的老眼，看看托雷，又看看尼巴它。阿尕抱著光溜溜的胳膊，一邊傻笑，一邊煮茶。

托雷慢慢站起來，尼巴它一看，也連忙站起來。托雷鷹一樣的面孔，朝阿尕俯衝下來。她「呀」的一聲，耳環已被他奪去。然後，他往茶鍋裡噹啷一扔。茶咕咕響，在鍋中間翻成一朵花。托雷挽起袖子，尼巴它遲疑一會，也學他的樣。老太婆眼瞪成兩只黑洞，抱著膝蓋，像坐在翹翹板上那樣一前一後地晃。阿尕的臉蛋被白色熱氣蒸騰著，又圓又大，燦若一輪旭日。

兩人看著滾得越來越熱鬧的茶提了幾回氣。

阿尕說：「你倆快呀，我的耳環要煮化啦。」

托雷說：「當真我撈起它，你就跟我走？」

尼巴它說：「兩個人一起撈到呢？」

阿尕說：「那你們兩個都要了我。」

禿姑娘這時說：「塗些酥油，塗過油好些。」兩人便厚厚地往胳膊上抹了層油。正要下

手，阿尕一伸腳，把茶鍋蹬翻了，格格笑著，跑出了帳篷。

有天半夜，阿尕驚醒，發現兩個男人鑽進了帳篷。狗被捂住了嘴，在門外尖聲尖氣地叫。阿尕大聲喚禿姑娘：「阿媽！阿媽！」

老婆子一點動靜也沒有。她便對那兩個男人求饒：「我不會！我還沒做過……」可他們仍使勁把她往門口拖。「救救我，阿媽呀！」

禿姑娘睡覺一向很驚，跑隻老鼠進來，她也會醒。阿尕知道壞事了，她在裝睡，說不定還在偷偷笑哩。她被拖出門帘，一路不知碰翻多少盆盆罐罐。

我知道進來的是她。因為我知道那晚跳舞場上她招搖過市後必定會來找我。她光著胳膊，頭上纏著五顏六色的頭繩在火堆上東跑西跑，自認為漂亮死了。老人們停止了唱他們的「史詩」，一齊拿眼盯她。當然，我根本不在乎她惹人注目，她又不是我的。我就這樣一遍遍讓自己想開些：她幸虧不是你的。她瘋到我面前，我對著她得意忘形的臉輕輕叫了聲：「老天爺。」她乖巧地掩上我的房門。

我在供銷社門口掛上牌子，上面寫著：政治學習。這裡的人很老實，看見牌子立刻就走。內地正鬧的「文化大革命」他們不懂，但這牌子他們認為非同小同。因此我有時很惡劣地把

牌子一掛四五天。我知道她已走到我背後。夠了，阿尕，前些天你那副樣子讓我到現在還噁心。

過一會兒，她便用兩隻胳膊從後面摟住我，胸脯擠在我背上，一股成熟的熱氣腐蝕著我的意志。不能沒出息，我心裡喝斥自己。她圓而光滑的胳膊蛇一樣把我越纏越緊。我一動不動，一聲不吭，這是我最厲害的一著。她對我這種沉默的輕蔑一向怕極了。果然，她漸漸鬆開一些。

我有意要傷傷她，打開那本書，把小相片拿出來，湊到鼻子下面看。她的手鬆了，全鬆了。一會兒，她五臟六腑不知怎麼發出一聲沉悶的怪叫，蹬蹬蹬，她跑了。我對她的折磨完全達到了預期效果。於是我在她跑後關上門，心滿意足地在門上踹了兩腳。

阿尕想死。她睜眼看太陽，突然發現太陽是黑的。她想把一切都殺掉。這群羊，那群牛，她自己，還有何夏。統統殺掉。她躺在那裡，一把把揪草、揪自己頭髮。

在昨夜，她把尼巴它騙走，剩了托雷一個。她一邊順從地脫衣服，一邊後退，猛地抄起一把大草杈。最後托雷鬥累了，只好跑了。她抱著杈在帳篷裡坐了一夜。天一亮她就急忙趕了幾十里，來到供銷社，想把昨夜的凶險告訴他。對他說，女人只有一件寶，你不趁早拿走，

我可守它不住了。

到了中午，我的殘忍撐不住了。有種不安使我跨進阿尕家帳篷。禿姑娘與高采烈地把昨夜發生的事告訴我。說阿尕怎樣拿命跟他們拼，像頭小母狼那樣嗚嗚尖叫。我脫口：「他們幹成了?!」

禿姑娘遺憾地翻白眼。我忽然感到一陣愚蠢的幸福。她怪模怪樣笑著說：「你要快呀。」

「快什麼?」我絕不是裝傻。

她突然用那雙一根眼睫毛也沒有的眼睛朝我使勁弄個眼風，我又怕又噁心地跑了。她卻在我背後發出鳥叫一樣嘎嘎的笑聲。

太陽將落，我才把阿尕找到。此刻我心裡踏實極了，她的忠貞博得了我的歡心。她側臥在很深的草叢裡，睡著了。我坐下，心裡被一種無恥的快樂塞得滿滿的。我差不多要去吻她了，可她倏地睜開眼，我這張得意忘形的臉與她貼得極近，因此在她視覺裡很可能是畸型的。她呆滯地看了我一會兒，顯得沒有熱情。而我這時卻顧不上那許多，柔情大發，想把她輕輕抱在懷裡，像文明人兒那樣，講點兒我愛你之類的餿話。我卻撲了個空，她順著漫坡咕嚕嚕地迅速滾下去，立刻跟我拉開很大距離。

我死皮賴臉地追上去。這時幾個男人趕了一大群馬奔過來。天邊是稀爛的晚霞，血色的夕照。畜群和人形成一大團黑紅色的霧。馬鬃和人的頭髮飛張著，像在燃燒。阿朵突然回頭乜我一眼，衝他們喊：「呃——嘞！」

他們立刻響應，回了聲尖利輕俏的口哨。

阿尕格格笑，對他們大聲唱起歌來。

我跟我的羊群走了，因為你家門前沒有草了；
我跟我的黃狗走了，只怪你的鍋裡沒有肉了。

她一面唱，一邊回過頭看我。牧馬的男人們聽得快活瘋了，哦哦地尖叫，待馬群從她面前經過時，一個傢伙裝著從馬背上跌下來，剛沾地又跳上去，反覆做這種驚險表演，討她的好。我呢，在遠處木頭木腦站著，看得目瞪口呆，對這種獻殷勤方式，我是望塵莫及。但我全懂，那歌是唱給我聽的。她這樣，無非是對我小小報復一下。等馬群遠去，草地靜下來，我就向她跑過去，邁著狗撒歡似的輕鬆愉快的步子。我把手搭在她肩上，她敏感得全身一陣顫慄。這一會兒真妙哇，我想，事情該進一步了。我開始在她滾圓的肩膀上輕輕摸、揉。看得出，她很愜意。「小丫頭，」我說，「阿尕！」

她轉過臉，一副犟頭倔腦的勁兒，但眼睛卻像剛分娩的母羊，又溫和又衰弱。這就對了，我喜歡你這樣。可突然，她抓起我的手，塞到嘴邊，猛一口咬上去，疼得我連叫都叫不出聲來。她甩下我的手，飛快向遠處跑。我看著手背上兩排死白的齒痕，心裡居然他媽的挺得勁。

阿朶用自己家的奶犛牛，跟人換了匹矮腳老閹馬。這匹馬騎在草地上走很丟臉，用棘藜抽它，它都不會瘋跑，沒一點火性。尤其當何夏和她兩人都坐上去，馬脊梁給壓彎，肚皮快要掃到草尖上了。但何夏很高興，頭一天就喂它兩斤炒豌豆，害得一路上盡聽它放屁。

有這匹馬，何夏工作起來方便許多。它雖不經騎，但總強似兩條腿的人。阿朵問，造一個太陽要多少年？何夏說，你不懂，這不是件容易的事。她又說，會不會等到我死，也見不上它？何夏說，你死不了，死了又會復活。她說，那倒是真的。何夏哈哈地說，誰信？

河岸上釘了根木樁，何夏把牛皮舟牢牢繫上去。然後，她在岸上莫名其妙地看。無聊時，她就跑來跑去拾些牛糞，一邊唱唱歌。到了天黑，她得負責將他和船拉回來，點上火，燒茶或煮些肉。像她這樣用刀把肉薄薄削下來，搓上鹽巴，就吃，何夏可不行。不過後來他也行了。

他對她說：「我看就那一段河最理想。」他指的是最可怕那段河。據說，即使冬天河上

封著厚冰，有人從那裡走，也聽得見冰下面的笑聲。「修電站，那裡條件最好。」

「不啊！」她說，「何羅，會死的！」她改叫他何羅，因為草原上的母親往往這樣叫孩子。比如尼巴它，就叫尼羅；阿勒托雷，就叫阿羅。是一種暱稱。

「你不懂。」他說。「是吧，你哪能懂這個呢？」他用手指彈彈她的前額。

她格格笑，頭擺一擺，每當說到她不懂的東西，她就這樣，像小狗兒撒嬌。他們坐下來，兩個人就著火上的熱茶抓碗裡飯食吃。吃飽後，她就逼他講點內地的事，比如內地姑娘的牙有多白，臉上多香。她心裡嚮往得很，鼻子卻「哼哼」的，表示不屑。

「何羅，我多大？」她悶了一會兒忽然問。

「你？十九歲了吧。」

「你多大？」

「我二十九，快三十了。」他瞪她一眼，「你少發痴。」

「啊呀呀，我一百歲啦。」她大聲說，「你三百歲啦！一百歲啦！一百歲的老婆婆，三百歲的老爺爺，啊呀呀！」她往後一仰，叉手叉腳地躺著。她恨得想擰他肉，到這時候了，他居然還不懂。

我知道阿尕在提醒我什麼。我全身官能正常，怎麼會不懂？有時她像孩子一樣在我身邊廝磨。我坐在那裡，她會一刻不停地在我身上爬上爬下，把我頭髮一撮撮揪起來，編許多小辮子，扎上亂七八糟的頭繩，然後抱著我晃啊晃，說我是她的孩子。有時她抓住我的手，用舌頭在我手心上嘬，問我癢不癢。這種時候我是不動邪念的，全當她是個小淘氣，隨她鬧去。而那晚上，她仰面躺了很久，一聲不吭，只聽見喘息，我就要崩潰了，非發生什麼不可了。我猛地趴到地下，像大蜥蜴那樣全身貼地，嘴啃著草，手指狠狠摳進泥裡。強烈的壓抑使我渾身哆嗦，牙關緊咬。我不能，假如我動一動，就毀掉了文明對我的最後一點造就。

她躺了許久，忽然說：「你會走的。」

「胡扯，我走哪兒去？電站修不好，我就死在這兒！」

她爬起來：「你就是想走！」她跺跺腳，發起蠻來。

我說：「我懶得理你。」

她把身子挪過來，格格笑著說：「你現在就走吧，我要嫁人。」

「嫁吧。」我說。

「我先嫁尼羅，後嫁阿羅，生一大窩娃娃。」她涎著臉，還在那裡笑。格格格，格格格，聽得我頭皮發怵。

我也爬起來，裝出一副笑臉，恐怕笑得很猙獰。我說：「我要走啦。到省城，跟那個雪白雪白的女人結婚！我跟她逛馬路逛公園，嘻！」

我還想說，但她搶著在我面前：「我就是喜歡會騎馬的男人吔。我要他摟著我騎馬，跑遠遠的。」

「我還嫌馬臊臭哩。你去吧去吧。我跟我的白皮子美人兒手拉手，她才溫順呢？」我越笑越狂。痛快呀。

她爆發出一陣歇斯底里的大笑，企圖壓住我：「好呀，你走呀。我跟托雷最合得來！」

「我當然走，我的姑娘還等著我呢！」

我們都笑得面孔痙攣，血管膨脹。突然，她一掄胳膊，不動聲色地給了我一個大耳刮子。這下就安靜了。我一下衝上去，揪她的頭髮。接下去是一場無聲無息的惡鬥。她的力氣並不亞於我，幾次占了上風。這樣打，直打到由剛才的笑積攢下的心火全發出來，才算完。

看看我們現在的樣子吧：她躺著，我坐著，都是氣息奄奄。好了，我們向來是稀里糊塗地和解的。「何羅，你才不走呢。」她對著星空說。

我老遠伸過膀子，拉拉她的手。她馬上就順勢爬過來，靠在我身上。「你走也走不脫，我看你往哪兒走。」

「走不脫？試試吧。」

「走不脫。我是女妖吔，你不曉得？你去問問阿媽，我的底細她曉得。」她嫵媚妖冶的神色使我惡狠狠地吻她，她卻在我吻她時輕輕叼住我的嘴唇。一切都寧靜美好了，一般在我們打得一點勁兒也沒有的情況下，才可能有這種安恬意境。「等修好水電站……」她說。

「到那時候，你幹什麼？」我問。

「我？我還放羊啊。」她感到很自慚。

她真實的自卑使我傷心。我看著她顯示智能不佳的低窄前額，安慰道：「你不笨，學點文化……」

她當真了，馬上說：「你教我學問，我給你背水、割草、放牛放羊。你搬到我屋子裡來，我們住一塊！」

她自以為那樣的前景對於我就夠美妙了。她多傻，滿心以為我也在期待那種日子。假如真像她講的那種前途，我這輩子就去個毬了。何況，我壓根沒打算跟這個野姑娘成家。

接著發生了一件意外的事，跟我久疏消息的明麗，忽然來信了。她說這些年她沒變心，仍等著我。我立刻回了信，感激涕零。後來我才知道，她沒說實話。我走後，她便接受了另一個男人的求愛，不巧這人武鬥丟了命，她才想起天荒地遠的我來。她的第二封信就恢復了

未婚妻地位，說她正在活動把我調回城裡，一個軍代表已鬆了口。最讓我吃驚的是，她說她要來看我，如果可能，就在我這裡結婚。反正，她將隨身把緞子被面帶來。她完全自作主張，根本不須徵求我的意見。本來嘛，她施捨，她賞賜，你還不只有瞌頭搗蒜的份兒。

我要交好運了。總算能離開這鬼地方了。什麼水電站、阿尕，一下子被我甩開八丈。我受夠了。就看看我門口這碩大一攤攤牛屎吧，打那一過，「嗡」地飛起一蓬肥大的蠅子，因此每攤糞都顯得無比繁華吵鬧。我受夠了。

修水電站？給這裡造一片光明？我這庸人憑什麼把自己搞那麼偉大？真可笑，真荒唐。這時，我才發現自己呆在這地方，並沒有死心塌地，甚至可以說，早就伺機從這裡逃掉。現在機會來了。

我回信叫明麗不必來。我生活得如此狼狽，我的狗窩讓她一襯，將更加慘不忍睹、臭不可聞。我讓她在百里以外的縣城等我。

但她還是來了。

阿尕一眼就看見白晃晃的面孔。她的感覺先於眼睛，認出了這個漢族女人是誰。她不如相片上好看，也不如她想像得那樣高挑。一個挺平常的女人，對不對？

阿尕鼓勵自己一番，跳下馬。讓我仔細看看。你這細皮嫩肉，又白又光的小娘兒們。阿尕乾脆走到她對面，盯著她，似笑非笑，露出不懷好意的樣兒。她想嚇嚇她。

她略側身，戒備地看看阿尕。「有個叫何夏的人，是在這裡嗎？」

「呀。」

「他怎麼不在……？」

「呀。」

「請問，他到什麼地方去了？」

「呀。」阿尕存心裝著聽不懂。她心裡在醞釀著一個極不善良的計畫：不讓她見到他。不然阿尕怎麼辦？她一來，阿尕就成了熬過茶的茶渣子，該潑出去了。他有了她，想想會怎樣吧，行了，阿尕，你走，別再來啦。想到何羅將跟她摟成一團，睡在這床上，阿朵差點拔出她的小腰刀來。她問：「就這兒嗎？他就住這兒？……」

才好哩，她都快嚇哭了。兩頭氂牛見來了生人，一會勁鬼叫，並探頭縮腦。有頭牛是張大白臉，像跳舞的人戴的鬼臉譜。她孤立無援地站在屋子中央，疑疑惑惑地東張西望。四壁被煙薰得漆黑如墨，她站在那裡，像天棚漏了，瀉進來一束白光。

「何夏，他過一會兒能回來嗎？」

「呀。」阿尕一邊看著她，一邊往後退，退到門口，撒腿就跑。

我那時假如見到她，一切就都像她預先安排的那樣，找個地方，登上記，結婚。不會的，明麗。你看見我的處境，就是你的感情走到了絕路，你絕不會再向前邁了。在那之前，你根本不會想到世上竟有那麼糟的地方。她看見那間漆黑爛炭、臭哄哄的屋子就全明白了：那一趟跑得太冤，千里迢迢，等著她的是個黑窟窿，無底深淵。要在這一團瘟臭和黑暗中跟我從長計議嗎？別逗了。你一腳踏進來的同時，已懊悔不迭。所以你走是必然，不是誤會，儘管阿尕這小妖精從中搞了不少花招。

知道這小妖精怎麼幹的嗎？她跑到河邊，悄悄在馬腿上不知搞了什麼鬼，馬便瘸了。然後，她又花言巧語勸我，說何必跑那麼多路回去呢。她死死拖著我。瞧，我給你拿了條氈子，不會冷的，夏天睡在這裡，美透了。我確實在草地上睡得很美，第二天，不用她再多話我就決定整個夏天睡在這裡。我唯一感到蹊蹺的是，阿尕再不來跟我親昵或搗蛋，總是隔開一段距離，很陌生很嚴峻地看我，眼光發直，心事重重。我正巴不得跟她重新調整一下關係。自從收到明麗的信，我從此對阿尕收了心。我得活得像個人樣。雖然我越來越像個野蠻人，但還不怎麼缺德。說真的，那時我感到特別慶幸，因為我跟阿尕還沒過最後的界限，還沒亂套。

「何羅，快回去！」有一天，她對我這樣說。

「你發什麼瘋?!」我見遠天剛有道細細的金邊。

「你快回去，快呀！」她乾脆將兩手插入我腋下，把我掴起來。

我氣壞了，用粗話罵她。她不理我，披頭散髮蹲在那裡，一會兒，便從馬蹄上取出一小截血淋淋的鐵楔子。我明白這裡面的名堂不一般了。「到底什麼事?!」

她還是不講話。我不耐煩了，踢了她兩腳，她卻沒像往常那樣以牙還牙。

「快上馬！快回去！」她拼死拼活拖我。

「房燒啦？天塌啦？」我被拖得發了脾氣。「你不告訴我出了什麼事，我就殺了你！」

她馬上嚷：「殺吧殺吧！」還真把她的小腰刀拔出鞘，扔到我手裡：「殺了好！反正你以後不要我了！」她眼睛向上翻起，光剩了白眼仁，真可怕。我把她的刀往草地上一扔。

見我執意不走，她猛地跳上馬。直到馬馱著她扭來扭去跑成一個小黑點，我才感到大事不妙。我步行回去，在屋裡發現了明麗。她雖走了，可各處都留著她的痕跡。屋子不再是個牲口圈，全經她手變了個樣。床單被子散發出一股肥皂和太陽的爽人氣味。枕邊，有她遺忘的一小盒萬金油。桌角上她留了張紙條，把乾巴巴的最後一點感情硬擠在上面，無非要我明白，她來過了，等過了，仁至義盡了。我捏著紙條就像握住了什麼憑據一樣衝出門，但我沒

去追她，要追說不定追得上。可我只是仰頭看著晴得赤裸裸的天，想，我真他娘的倒楣。

時隔多年，杜明麗見到我最要緊的話題，就是談當時如何不巧，如何陽差陰錯和我錯過一場如意婚姻。實際上不是那麼回事。我明白，不是。

明麗一再聲明當年她沒錯。她說錯在我，我沒去追她。一個人總相信自己沒錯，也是一種解脫。她終於跟我談起阿尕。

杜明麗當時坐一輛牛車，從那地方到鄉裡還有幾十公里。長途汽車只通到鄉。她聽見後面有馬蹄聲，回過頭，見那個黑姑娘風一般刮過來，一面對她喊：「他回來啦！你別走！」

等她靠近，她說：「我聽不懂你的話！……」

「何羅，何夏回來啦！」說著她勒轉馬，「你跟我回去！」

「你說什麼呀？」杜明麗想，她當時可真能裝，硬是裝得一點聽不懂她的話。她的漢語雖然講得差勁，可這幾句話她明明是聽懂了。她見她十分麻利地跳下馬，跟著牛車跑了幾步，又說：「你真的要走呀？他回來啦！」

她仍搖頭，表示聽不懂。但她不敢正視這個一身蠻力的女子。她牽著馬，始終跟著牛車小跑。烏黑的赤腳，骯髒的頭髮。

她說：「……何夏是頂好頂好的人哪！你別走吧！他想你哪，愛你哪，我曉得哪。你就這樣狠心哪?!……」

杜明麗想不起當時是怎麼的了，決心那樣大。她的苦苦哀求不僅不使她動心，反倒讓她心煩。怎麼說呢，是麻木？對，麻木。她嘰哩咕嚕在那裡哀求，她漸漸泰然，真的像聽覺失靈了，只感到那是一串沒意義的噪音。當時還有一點使她怨恨的是：他回來了，為什麼他不來追我，要你起什麼勁！

她最後怎樣說的？她說：求求你！

我說……噢，我也許什麼也沒說。跟她，我有什麼可說的？可我沒想到她會流淚，更沒想到她會撲通一聲跪下。她說：求求你！就那樣挺嚇人地跪下了。

她只好叫牛停下。她下車，站到她面前。別這樣，這不是逼我嗎？她說。不過她當時很可能什麼也沒說。她恐怕只是平靜而冷酷地站了一會兒，面對這個跪下的異族女子。然後——

她就再也沒回頭。

隨她在那裡跪著好了。牛車顛顛地輾起一大團塵霧，霧很快會隔斷她們。可是，過了相當安靜的幾分鐘，她在霧那邊哇哇地唱起來。那歌非常潑辣刺耳，雖聽不懂詞，但猥褻的意

味很明顯。車老板一聽便不懷好意地笑。後來他眉飛色舞地給她翻譯了那段淫蕩的歌詞。她唱那種歌無非是想激怒她或辱沒她，還有一層更深的意思，就是暗示她從此奪得了對於何夏的占有權。

明麗走了，我呢，我呢？

我和我孤零零的軀殼，在草地上四面八方胡逛。天很黑了，我不知我在哪裡。遠處隱約有狼在娓娓地唱，在勾引我。我怕嗎？來呀，狼，我愛你。

我躺下來。突然流下一股迅猛的淚。

誰知道我一剎那間想起了什麼。受不了啦，一個大男人跑這兒對狼哭訴來啦。我被我可愛的未婚妻一腳蹬了，糟心的事不止這一樁。

先想哪一樁呢？想想我媽，我三個妹妹，尤其二妹，她漂亮卻不得寵。千萬別想我爹。我的天，可我偏偏誰也想不起，一來就想起他那乾巴巴的臉。那時我怎麼沒看出來呢？媽媽和妹妹們的死，一場大禍，就會藏在這張臉裡面。他和全家看起來相處還好，其實整個命運是在暗中衝撞著。

我在想著洪水。它怎樣撞塌了我家第一堵牆，我弄不清。我回去的時候，什麼也不屑問

了。媽媽怎麼會在那個節骨眼上倒下?據說是被砸倒的。三個妹妹弄不動媽，一齊喊:爸，爸。洪水已經灌進來了。「四清」工作隊一來，就發現爹的行動不對勁。他們找爹談了幾次話，村裡就開始傳，說爹是個狗特務。爹感到他的寶貝放在家裡已不安全，便把它們全轉移到那個古墓道裡。他認認真真地還給每樣破爛都編了號碼，用紅漆寫上去。他聽說洪水要來，先是往那兒奔。等他背著一只裝滿無價寶的麻袋跑回來時，已是滄海桑田。

我從城裡趕回來，幹了唯一一件了不起的事，是這樣的——

晚上，我渾身冰涼陰濕地坐在山頂上，他也像個水鬼。我們徒勞地打撈了一整天。我見他仍守著他的寶貝口袋。我對自己說:開始吧。

我上去奪下他的口袋。

他說，碎了不少。

我說，好，碎得好。

他瞪著我，臉像水泥鑄出來的。我說:打開看看，有沒碎的沒有。他在口袋裡查看一會兒，眼睛馬上發出守財奴的賊光，說:萬幸，夾砂紅褐陶罐還在。我說，是嗎?叫我看看。好月亮。我拿過它。爹說，小心，它價值連城。我說我知道。他說，你知道什麼?它的研究價值多大你知道?我一刹那間看透了它。它那誰也不理解的色彩裡布滿猙獰的紋樣。爹從我

眼神裡看到了世界末日。他像隻瘦貓那樣一撲，我躲開了。我讓他清清楚楚看著我怎樣來處理它：我像「擲鐵餅者」那樣鼓滿肌肉，手臂柔韌的劃了一圈。爹看著它落下，悲慘地咆哮著。他老人家從來就沒愛過人這種東西。

記憶到此結束。因為我突然聞到一股異樣氣味，一看，狼把我包圍了。我想，是我不好，跑到它們的地盤上來了。這時，我忽然聽見飄悠悠的歌聲。

我有多少根頭髮，你可數得贏（注：數得贏即數得過來。），
我有多少顆牙齒，你可記得清，
你是河對岸那棵大桃樹，
遠遠站著，卻偷了我的心。（注：形容桃子的形狀與人心相似。）

我簡直覺得是狼在對我唱。

阿尕知道什麼都是命裡注定。他來，他走，他靠近她，他遠離她。她曉得早晚要分，那就分。該讓他走，把自己拋下，忘掉。她知道要多少花招也絆不住他，那就是命了。應該把他還給他們的人；讓他去和他們人中的那個女人結婚。結婚，這事可沒她阿尕的份兒。

她說：「何羅，你走了以後，別恨我嘛。」

他好像吃了一驚。眼睛找了半天，才找到她的方位。他拍她的臉蛋說：「阿尕，你真的要我走，你不要小小的太陽了？」

「你明天就走，何羅。該是天上飛的就飛，該是地上爬的就爬。命啦，何羅。」

「我走了，你怎麼辦？」

「我？我還放羊啊。」就是不知道，另一個女人能不能像我這樣疼愛他，把他當心頭上一塊肉。你，何羅，別看我。她開始幫他收拾東西。她手很笨，書摞好，又總要坍散開。忙來忙去，屋裡反而弄得更亂。「是我不好，何羅，攔住你，沒讓她見到你。你怎麼不拿鞭子狠狠抽我？她走的時候好傷心，何羅，明天你就去追她。」

「好吧，那我明天就走。你送送我？」

「呀。」

「阿尕，要是我不回來了，你就嫁給托雷。」

「呀。」

他想伸手抱她，她卻躲開了。酥油燈一閃一閃，她忽然想起兩句歌，斷斷續續唱起來。

我是這盞燈，只有一個心；

你是那棵桃樹，不曉得你有多少顆心。

是我決定要走的。狗顛腚似的要去追明麗。我一說走，阿尕似乎毫不意外，一個勁說是命呀命。

她動作粗重，把我所有東西捆好，裝進牛皮口袋。我坐在這兒，不知她在為誰忙。明天，誰要背著這堆行李走？我要對那混帳說，走吧，滾蛋，什麼再見，去你個毬。

這天晚上我們過得特別太平，沒吵沒鬧，沒你打我我打你。我心裡奇怪的平靜，並不覺得什麼好事在等我。懂我意思嗎？我並不嚮往，未婚妻，久別的都市，綢緞被子下變的戲法。我從嚮往無比，變得無所謂，淡淡的，簡直莫名其妙透頂。我活見鬼。我對忙了半宿的阿尕說，來，坐到我身邊來，我要好好抱抱你。她很乖，不亂動，叫她唱她就唱。

你到南邊去，我到北邊去，
咱們找到金子，
大海邊上來相遇。

往下的事該明白了。當阿尕替我扛起行李，拉過馬時，我決定不走了。我沒走。我的阿尕，我跟誰結婚？就你啦。這是怎麼的了，我也納悶。似乎有種東西在暗中控制我。我朦朧

意識到一種巨大的責任，或說使命。這使命似乎從我來到這世上，就壓負到我身上，甩也甩不掉。別想擺脫。從我踏上這塊草地，就結束了我盲目的人生。我見到河，還有阿尕，便感到使命像幽靈一樣漸漸顯出原形。是它把我引誘到這裡，把河，把阿尕，同時推到我面前。我是跑不了的。阿尕老說命啊命的，我知道就是這種不可知的巨大主宰，它注定我的一生不可能輕輕鬆鬆，無所負擔，像正常人那樣去過。

我留下來了，事情還沒完啊。

阿尕手拿著一大把頭髮，站在何夏面前。好看吧，何羅。她剪去了長髮，像漢族女人那樣，把頭髮扎成兩個把子。她頭髮很硬，又像羊毛那樣梳不直。他大受驚嚇地瞪了半天眼說：我的親娘！

阿尕委屈地說：她，她就像這樣子呀！

「她？你怎麼跟她比。」

「我不能比啊?!」阿尕一叉腰。「叫她到這裡來，住十年，她也跟我一樣，成個醜八怪！」

她又想幹一架了。

我那傻頭傻腦的阿尕，你看看她把自己糟蹋成什麼鬼樣子了。我知道明麗就梳這種短辮，她仿照她，是為了討我歡心。以為這一來，她跟明麗就很相似了。她剪掉的長髮使我痛惜不已，因為它幾乎是她唯一的裝飾。可她呢，搖頭晃腦扭扭屁股，以為這樣就一步跨千年，跟我多少有些平起平坐了。老實說，她那副怪樣，險些打消我跟她去鄉裡登記的念頭。

鄉裡有條街，我給阿尕買了雙北京出產的塑料底鬆緊口布鞋。本來我還想將自己打扮成當地姑爺，阿尕卻不幹，說要那樣我準會變醜。街上有些外地來的販子，在袖筒裡談交易。他們把對方的手握在又長又寬的袍袖裡，討價還價：「這些。」買方的三個指頭被握住，若他不滿意，「那麼，這些。」賣方又退下一個手指，表示讓步。由三塊錢讓到了兩塊。然後是付錢。這種付錢方式我在供銷社裡也常見：他們將錢在錢袋上揩了又揩，以免好運氣隨錢帶給了人家。

我們沒領成結婚證。那裡鎖著門，也掛了塊用不著廢話的牌子。阿尕說，命啊。聽她又來這套，我火了。我說，毬，我要怎樣就怎樣。我要結婚，我認為時候到了，就結。我要想把阿尕看成美人兒，那她就是。我願意她迷人可愛，她就迷人。什麼東西，只要願意，你就可以信以為真。阿尕牽著馬，我騎在馬上。她往前猛跑一截，再停下打個唿哨，馬就顛顛地追上去。然後她再跑。她想逗我高興，或說，下意識地在挑起我某種欲念。

她個頭不高，長得挺勻稱。露骨點說吧，渾身肉都長對了地方，凸凸凹凹毫不含糊。是那種很實惠的女人。在這一帶，也許她算個美人，誰知道呢，可能她對他們胃口。

我按捺不住了，跳下馬。她看見我的眼神，知道不好啦。她往後退，眼睛又幸福又緊張地看著我。不知怎麼，她腳下一滑，仰面朝天跌下去。我只曉得她從不跌跤。八月的正午很靜。她說，馬，馬。她不願意馬看見。

我抱住她的時候，突然又改變了主意。她躺在那裡，急切地看著垂頭喪氣的我。我用很低很重的聲音說：去，你好歹去洗洗。

她慢慢坐起來，又站起來。走了。

整整一夏天，她躲起來不見他，趕著牛羊到很遠的地方去放牧。她知道他們永遠合不到一起。他把她拉近，再把她推開，一次又一次這樣幹。他們之間隔著什麼，她一眼望不穿。但她曉得，她的愛情是跪著的。任他折磨、驅使、奴役，用鞭子抽。他沒有一刻不在嫌惡她。嫌惡跟愛攪得一團糟，你只想要其中一部分，不行，你都得拿去。甜的苦的你全得咽下。在接受他愛的同時，就得忍著痛，任他用小刀在心上一點點的割、劃。怎麼辦呢，她在這種活受罪的感情裡已陷得太深，妄想自拔。她坐在天和草地之間痴痴地想，天下要沒這個人多好，

這個人要不到這兒來多好。他來了，告訴她有種光明，有種被光明照亮的生活。他離間了她跟草原的親密關係。使她漸漸叛離了她的血緣親族。她不能安分了，跟著他，中了邪一樣從他們的人中走出來。回頭看看吧，她正在切斷自己的根。

阿尕突然拾起一塊石頭，拋出去，擊中一隻牛的犄角，它長吼一聲，向遠處跑幾步，又停下，滿心憤怒卻不敢發作，只是不理解地看著女主人。她再用石頭去擊第二頭，第三頭。直到她手臂發酸，精疲力盡。

我看見阿尕時，她渾身赤裸，站在河灘上。她沒發覺我，正低頭用一只巨大的棕刷使勁刷著全身。那種刷子十分粗硬，是用來刷馬的。她刷得仔細，認真，甚至狠毒，不時蘸著河水。我呆住了。不用問，光聽那「唰啦唰啦」的響聲，也知道皮肉在受怎樣的酷刑。她全身像被火灼傷一樣通紅發紫。

我覺得那刷子在我的神經上摩擦。懂這意思嗎？就是說，看女人洗澡並不都會喚起美感或導致情欲，此刻我唯一的感受就是殘酷。

猛然她看見了我。她沒想躲的意思，也沒想找什麼東西遮體。我承認，許多天來，我想她想得苦極了。

她坦蕩地站在那裡，好像不懂得害羞。後來她告訴我，她每天都這樣洗刷自己，狠著心，想去掉這層粗糙的皮，變白，變成我希望的那種樣子。她躲開我兩個月，就在幹這樁蠢事。還有什麼猶豫的，我一步步走上去，而不是像什麼畜牲那樣一撲。然後，我將奪下那把刷子往河裡一扔，轉身走掉。我一步一步，一點一點，看清她，頭一次認識到黑色所具有的華麗。

走了很遠，我聽見她聲嘶力竭地哭。那只刷子早漂沒了。不能回頭，絕不，一份古老的、悲壯的貞潔就在我身後。我嫌棄過它，因此我哪裡配享有它。

阿尕跟何夏並排躺在毒辣的太陽下，見灰白的雲一嘟嚕一嘟嚕的，像剛從某個頭顱裡傾出的大腦。所有的一切都在蠕動，正醞釀一個巨大的陰謀。他忽地動了一下，她朝他扭過臉。他說，別看我，阿朵，閉上眼。

她閉上眼，看見一個骨瘦如柴、衣衫污穢的女人，背著孩子，拄著木棍，一步一瘸地在雪地上走。這個殘疾的女人就是她。她看見了自己多年後的形象。這種神秘的先覺，只有她自己知道。

我想會有孩子的。阿尕決不會和我白過一場。她健壯，一切正常，腹壁柔軟，該是孩子最好的溫床。我把我的床加了條木板，這就是我新婚唯一的添置。阿尕說，我怕掉下來。我說，不會，你躺裡面。夜裡她輕手輕腳爬起來，繞過我，到牛屋去抱了些乾草。我奇怪地看著她，不知她這是搞什麼鬼。她把草鋪在地上，然後躺上去，四肢盡量舒展，痛痛快快打了幾個滾，便睡著了。第二天清早，她又輕輕把草抱回去。連著幾天，我裝不知道。但當我發現她又一樁惡劣行徑，便憋不住爆發了。你猜她怎樣來瞞哄我？她說她對那雙布鞋喜歡得要命，可她只要一出門，立刻把它脫下來掖在懷裡，仍是光著兩隻腳去野跑，跑夠了，在進門之前，再趕緊把一雙踩過泥、水、牛糞馬屎的腳往鞋裡一塞。這天，她正憋足氣往髒極了的腳上套鞋時，我突然吼道：好哇！

我說，你橫豎是改不了了。你那些野蠻愚昧的習性永遠也丟不掉的。你寧可像牲口一樣睡在草上，我算看透了你。

她起初低著頭，忍耐著，像幹錯事的小孩子。我的刻毒話越講越多，罵得越來越起勁，她受不住了。她惱羞成怒，終於撲上來，跟我玩兒命。我們往往有這種情形：開始真恨不得你掐死我我掐死你，但打著打著，性質不知怎麼就變了。這種肉體的衝撞磨擦從另一方面刺激了我們，就是說，情欲。動作裡雖然仍是那麼猛烈凶狠，但這只是表面現象，實質已經偷

換了。我們兩人都變得急不可待，一面咬牙切齒攻擊對方，一面開始撕扯對方衣服。她踢我蹬我，似乎成了一種挑逗和激將。我簡直像個土匪，跟著她漸漸溫順，臉上是極度的憤怒和極度的幸福並呈。然後，我們彼此低聲地罵著粗話，結束了這場行動。我覺得，與正常的夫妻生活相比，這種行為更令她歡悅。她在這時表現出的激情，實在讓我吃驚。

我們開始過活，吃、喝、睡、逗嘴、打架。她弄到一點米，就給我煮頓夾生飯；若弄到一點細麵，就做麵條。她像撚牛毛繩那樣，把麵撚成條。那些麵條被她越撚越黑，放在鍋裡一煮，我覺得它們一根根都是什麼活東西。

能吃嗎？我問她。她格格直笑，以為自己幹了件了不起的事。我燈也不點，稀裡糊塗把那樣的飯食吃下去。黑暗中，我說，這房子多像個黑籠子。我還說，像墳墓。我們就死在這裡面，永無出頭之日。她一點也聽不出我這話的悲涼，依然格格笑著說：我不會死。我死過哩，被狼叼走，吃掉了，後來又活了。現在狼跟我很好，你忘了，那次你迷了路，狼圍住你，我一唱歌，它們就散開了。

我說，你當我是傻瓜，會信這些？

她爆發一陣大笑，笑得跟平時異樣。不知怎麼，我渾身起了一層雞皮疙瘩。我一把拉住她，深吸一口氣問：阿尕，你到底從哪兒來？把你的來歷老老實實告訴我。她一閃，笑著，

躲到我看不透的、更深的黑暗中去了。

他，托雷，找茬來啦。阿尕抱著膀子，看看何羅，又看看托雷。跟我走！你怎麼跟他在一起，跟我走！

阿尕說，哈？你從哪個狗窩來？長得倒真像個人。

托雷盯著何夏：她是我的。把她還給我。

何夏不吭聲，正要去搬那袋鹽。托雷走上去，抱起那足有兩百斤的裝鹽的麻袋，在店裡走了一圈，然後轟地往地上一放。他笑了笑，又旁若無人地在店堂裡走了兩圈，撮一撮鼻煙，對著何夏張大嘴打了個大噴嚏。何夏一拳打過去。托雷唰地抽出刀，猛一擺頭，表示他不願讓女人見血。阿尕有些怕了，撲上去攔腰抱住托雷，用頭頂住他胸口。托雷啊，他是好人！你還不扔下刀嗎？我也有刀，你跟我拼吧。有刀的殺沒刀的，算什麼東西？托雷慢慢收起架式，抖抖肩膀。但他還不想馬上撤，威風還沒撒夠。他把刀放到手背上，猛一扔，刀穩穩扎在木頭櫃臺上。他反覆玩耍這把鋒利的凶器，一面微笑著看看阿尕，又看看何夏。

我正好不想幹了。他們早看我幹得太差勁，要把我調走。我說不用，我去當牧民，十分

爽快地交還了這個四十八塊月薪的飯碗。然後我徹底自由，托雷也別想用砸店來唬我了。我和阿尕在離河很近的地方支起帳篷。從此，我有充分的時間往河裡跑。我的設計圖已初步畫好，我高興地在草地上到處豎蜻蜓。

那時我哪裡會想到慘敗呢。

整整一年半，我往返於縣委、州委，恐怕跑了上萬里路，把我的設計圖紙，像狗皮膏藥一樣到處貼。幾百次向人覆述設想，有了電，可以辦毛紡廠，奶粉廠，方圓多少里會受益，等等等等。我想我那時的樣子一定很像一個人：我爹。那種神經質和不屈不撓的殘酷勁兒。總算說服了他們。可誰想到結局會那樣慘。

現在想想，正是我要對尼巴它的死負責。一個很好的小伙子，眼睜睜看他被河水吞了。這樣的事在別處，在內地決不會發生，因為我的設計是顯而易見的草率，稍有一點知識的人都不會拿命往裡墊。實際上，我是利用了他們的無知和輕信，把他們蒙昧的熱忱做為本錢，大手大腳地投入自己破綻百出的設計。我到死都不會忘記，尼巴它落水之前，還朝我無限信賴地笑笑。他怎麼也想不到，那是我送他去死。

「你不曉得，他一直跟我彆扭。那時他一口答應把你調回來……」明麗陰鬱地說。

「他就用這個釣餌把你勾上了吧，這位軍代表。」他嘿嘿地樂。

「他早轉業了，現在在公安部門。」

「一定訓練有素吧？放心，那他也打不過我。」

「你又要打架？」

「啊。好久不打了，真想找個人打打。」他又嘿嘿直樂。「你老實講吧：想不想真跟他離了，再嫁我？不吭氣？那就是不想。」

杜明麗眼淚汪汪，看著這個拿她痛苦取樂的人。

「你不想離婚，那我就不打他了。想想我這輩子也打了不少人，夠了。那個工段長，現在不知怎樣。大概退休了。他太惡，我爹要死了，他不准我回去……」

「是你自己不願意回去。」

「是嘛？那我記錯了。可後來我後悔了，夜班上了一半，我想我還是回去看看，老頭畢竟是我親老子，連你這個未過門的兒媳婦都去奔喪了。我去敲他門，他喝了酒剛睡。我好說歹說他就是不准我走。我那時心理狀態已經失常了。兩個月前，我媽和三個妹妹剛死，我大概從她們死後神經就錯亂了。」

「對，我記得你那時成天悶聲不響。」

「工段長也是個烈性馬。我罵了他一句，他就衝上來，仗著酒勁，我胸口上給他搔掉一塊肉。」

杜明麗說：「你怎麼現在才告訴我？他先動手，當時你講清是不會判你的！」

「當時，」何夏笑道，「我就巴望他們把我斃了。」

杜明麗說：「那就是我家陽臺。你一定要跟他談嗎？」

何夏說：「明麗，你和他有沒有段挺幸福的日子？」

她猶豫一會兒：「他為了我從部隊轉業的。」

「他很愛你？我知道，不愛就不會吃醋了。你們有過挺好的一陣，那一陣你差不多忘了我。」她想辯解，他卻又搶先說，「沒關係，還是忘了好些。」

「還是別跟他談。你想想，有什麼話可談呢？」杜明麗拉住他。

「別怕，」他像要摟她，但又改變了主意，「你瞧著，我不會怕他。」

我這輩子怕過什麼？我並不像表面上那樣無所畏懼。我怕過許許多多東西，比如說，屍體。

我萬萬沒想到一個人會如此走樣，像老大一堆肉，明晃晃不斷顫動，任人宰割。尼巴它

大概是七天以後才被沖上岸的，那是一九七三年的八月，那裡的八月總是汛期。先是幾條狗發現了他，它們企圖把他拖回村去。他被泡得十分富態，寬大的袍子被脹鼓鼓的肉撐滿。大家上去搬他，一碰，他就淌出醬油似的血。

阿尕不准我走近他，她逼我走開。我從她驚慌失措的眼睛裡，已看到我的劫數，我逃不了啦。

人們開始看我，他們漸漸聚攏到一塊，目光陰沉可怖。他們似乎剛剛發覺，他們的地盤上怎麼多出一個外鄉人來。我也納悶，這個貌似人煙寥寂的草地上，怎麼突然冒出這樣一片黑鴉鴉的人群。他們排山倒海一樣向我緊逼過來，我沒有退路，孑然孤立。這外鄉人愚弄了我們，那河裡有鬼！他故意斷送了我們的人的性命！把他捆起來，殺掉。我們這裡從來都和睦安寧，是他把災難帶來的。來呀，宰了他。把他那個聰明的腦瓜敲碎，讓他那張能說會道的嘴吐血。他怎樣花言巧語欺騙我們來著：每個帳篷裡，都會有個小小的太陽！儘管我在眾多眼睛裡尋見了星星點點的同情和體諒，但大趨勢已改不了了。這種時候，他們有的只是一脈相承的默契。

我看見一模一樣的人連成一片，面孔表情全部一模一樣。連在一起，是一整塊黑色，遮天蔽日。天幕上，出現一個巨大的陰影，我看不清他的面容，只感到他咄咄逼人地向我壓來。

許多人的竊竊私語漸漸變成了低吼。他們磨拳擦掌，每人佩飾在身上的古錢幣發出悶響。我對自己說：來了！小子。我觸怒了他們，他們嘯聚一起，結成一股無可阻攔的力。我死到臨頭了。我想把多日來的反思與懊悔對他們傾訴，把道理講清，還想對這連成一體的人群說：抱歉，鄉親們，我由於經驗不足給你們造成了損失，我不是成心的，再給我一點時間，讓我來贖罪、彌補它，請相信我的真誠。但是，這時，這一切都只能是徒勞。

托雷頭一個躥上來。我理解，小伙子，你的朋友死了，你要報仇。還有還有，還為阿尕，你這一下打得真狠，我要不是吃這幾年肉，這一下就得讓我死個球了。

一根木棒砸在我頭上，我的鼻梁彷彿發出一陣斷裂聲。我倒下了。

我臉上鮮血縱橫，眼前一片紅暈，這群黑色的人在我的血霧中跳舞。

阿尕不斷發出瘋狂的尖叫，她東奔西突，扒開人群。她用指甲去撓，在那些臉上、胳膊上。用牙咬。他們這樣恨他，她至死也不能理解。這恨可怕極了，自從他來到這裡，恨就隱藏在他們的血肉之中，就像畜群對因迷途而誤入這片草地的外來牲口那樣盲目而本能地恨。

她穿過人群，已像被拔過羽毛的鳥。她幾乎赤裸著，渾身只掛了些破破爛爛的布片。她看見被許多腳踢來踢去的何夏，整個臉不見了，成了血肉模糊的一團奇怪的東西。阿尕忽然

感到這情景絕不陌生，她早就在哪裡見過；這扭曲的身影、紅白黑紫雜色的頭顱，是在她夢裡顯現過，還是應驗了她曾經有過的幻覺，她無從證實。總之，她不感到特別吃驚。她跟了禿姑娘十幾年，游蕩過不少地方，或許中了她的魔氣。眼前似乎並不是她頭一次經歷。接下去還將發生什麼，她心裡已經有數：這一切不過是與她神秘的預感漸漸吻合。她知道有個女子將跳上去，像隻孵卵的猛禽那樣衰弱而凶狠地張開膀子。一個披頭散髮的美麗肉體，隔開一群黑色的圍獵者。她知道，那肉體將是她。

一點不錯，事態正有待顯現她進一步的預感。她看見自己的肉體橫臥下去，和那個垂死的外鄉人黏合在一起，那肉體發出她聽不清的呻吟和呼喚。她知道下一步，拳腳和凶器該向這個女子傾瀉。她甚至連這個被她拼死救下的男人將如何報答她都一一知曉：悲慘的結局，就在不遠處等著她。

阿尕突然把何夏從懷裡放下來，忽地一下站起。

我暈眩中，看見她完全失常的形象。她剪短的頭髮，蓬成一團。她胸脯袒露，忘乎所以。我聽見輕微的一聲金屬聲音，她抽出精致小巧的腰刀。她想用這小玩藝兒征服誰，那是妄想。

她卻把刀尖朝著自己：「看見嗎？這樣，」她在她姣好無疵，正值青春的胸脯上劃了第

一下，「不要碰他！托雷，你走開！」她劃了第二下，「走開！看見嗎？」她一邊劃一邊向前走，血沿著她沉甸甸的乳房滴下去。人群被她逼得漸漸退卻，托雷嗷嗷地嚎著，伸開雙臂將眾人往後趕。「誰再碰他一下，我馬上死在他面前！」

這具僵屍在這裡瑟瑟發抖，淚水在他血腫的臉上亂流。我的阿尕，我的阿尕。

他被逐出了村子。阿尕帶著自己的一小群羊，一頭奶牛，跟他上了路。禿姑娘說：不會有好結果的，我昨天替你卜了卦，知道怎樣嗎？那頭母羊用三條腿站著。你別跟那漢人走。阿尕搖搖頭：我是他的人啊，哪能不跟他走？禿姑娘說：好，你看著。她念了幾句咒語，母羊果然縮起一條腿。我知道我知道，阿尕說。她還是隨他走了。

他們沿著河一直走，走了許多天，前面開始出現雪山的影子，草地不那麼明朗開闊，漸漸向山那兒收攏，河從那裡流出來。阿尕說，「再往前走，就沒草場啦。」

阿尕支好帳篷，把何夏從馬背上背下來。她在帳篷周圍砌了一圈泥石矮牆，這樣雨水不容易侵犯帳篷。等何夏的臉消了腫，眼睛能開條縫時，他看見阿尕完全變成了另一個人。

「我老了，何羅，別這樣看我，我曉得我已經像個老女人了。」她雖然格格格地笑，但聲音乾燥，毫無喜悅。

快到冬天時，何夏復原了。這個疤痂累累的身軀，看上去竟比過去強壯十倍。幾個月裡，阿尕總跪在那裡為他準備足夠的食物。因為她預感到，他們永遠的分離正在一步步迫近。「阿尕，幹嘛做這麼多吃的，又不是要出遠門。」阿尕歪著頭一笑，又唱起那支歌。

你到天邊去，
我到海邊去，
你變成了鳥，
我變成了魚。
我們永世不再相遇。

何夏先是一怔，馬上就哈哈笑著說：「阿尕呀，你這傻瓜，你想到哪兒去？我離不了你，你也離不了我。這是緣份，用我們家鄉的話說就叫緣份，小冤家。」

她抬頭看著他，看得十分仔細。他變得這樣醜，跟她幻覺中的形象絲毫不差。她摸著他渾身脹鼓鼓的肉塊，那是她餵出來的。兩年多來，她用血腸、酥油、新鮮帶血的肉餵他，眼看他的皮膚下隆起一塊塊硬疙瘩。只有看見他白色的手心，才能相信他曾經多麼俊俏靈秀。

她說：「何羅，你好了，你行了，來吧。」她慢慢躺下，鬆開腰帶，袍子散開來，露出

她魔一般的雌性世界。

我不知道，那就是我們最後一次。

第二天早晨，我說我要去工作，阿尕攔住我說：「還是到河邊嗎？」

「河要封凍了，我得抓緊時間。」

「你為什麼還要去呢？」

「我吃了它的虧，是因為我沒摸透它……」

她眼瞪著我，奪下我的棉襖。還沒等我回過神來，她鋒利的牙「咯吱咯吱」，把棉襖上所有鈕扣全咬下來。我給了她一巴掌，她也毫不客氣地給我一巴掌。「從今以後，我求求你，再不要想那條鬼河。我告訴你，那是條吃人的河！」

我不屑理她，找根繩子把棉襖捆住。她從後面抱住我。告訴你，她現在可不是我的對手，我一甩，她就到五步以外去了。阿尕，這怪誰，你把我養得力大無窮。

她不屈不撓，再次撲過來，抱我的腿，狠命用手擰我腿上的肉。

「何羅，你聽我說……」

我實在疼壞了，一邊聽她說，一邊猛扯她頭髮。

「別做那蠢事了，不會有好報應的！讓他們永生永世摸黑活著吧，這裡祖祖輩輩都這樣，這是命！」說到「命」，她咬牙切齒。

「阿尕，你再也不想要那個小小的太陽了？」

「呀。」

「你喜歡黑，是嗎？」

「呀。」

「你就像畜生一樣活著，到死？」

「呀。」

我徹底地孤立。我在被逐出村子時也沒感到如此之深的孤獨。人所要求的生存條件很可憐，可憐到只需要一個或半個知己，能從那裡得到一點點理解就行，這一點點理解就能使他死乞白賴地苟活著。

請看我這個苟活者吧。他傻頭傻腦，煞有介事地幹了幾年，結果怎樣呢？不過是在自己的幻想，自己編造的大騙局裡打轉轉。這一大摞紙，是他幾年來寫下的有關這條河的資料，還有幾張工程設計圖紙。儘管多年後他對那幼稚的設計害臊得慌：那種圖紙送掉了一個小伙子的性命。但那時，這堆紙就是他的命根。

阿尕看著它們，咕噜道：「撕碎它！燒掉它！」

「你再說一遍?!」我獰笑著。

「統統撕碎！」

「你敢嗎？」

她挑釁地看我一眼，閃電似的抓起那卷圖紙。「你敢，我馬上就殺了你！」我張開爪子就朝她撲過去。這一撲，是我的失策。她是不能逼的，一逼，什麼事都幹得出。只聽「嗤啦！」老天爺。

「為了它！為了它！全是為了它！流血，流那麼多血呀！」她的雙手像抽風一樣。一會，地上便撒成一片慘白。

我不知我會幹些什麼，只覺得全身筋絡像彈簧那樣吱吱叫著壓到最頂點。她黑黑的身形，立於一片白色之上，臉似乎在笑，又似乎在無端地齜牙咧嘴，露著粉紅色的牙床。她以為她這麼幹徹底救了我。我頭一次發現這張臉竟如此愚蠢痴昧。我不知舉起了什麼，大概是截挺粗的木頭，或是一塊當凳子坐的大卵石。下面就不用我廢話了。

她倒下了，雙手緊緊抱著一條腿。我到死也會記得，她那兩束疼得發抖的目光。

以後的兩天，我再也不看她一眼。她最怕我這種高傲而輕蔑的沉默。我用沉默築起一道

牆，她時時想逾越。她拖著傷腿，艱難地在地上爬來爬去，煮茶，做飯食。我那時哪會知道，她的腿已經被我毀了；我更不知道，她腹中已存活著一個小東西，我的兒子。

第三天，下頭一場雪了。天麻麻亮時，我醒來，見她縮在火爐邊，正瞅著我。我在毫無戒備的熟睡狀態下被她這樣瞅，真有些心驚膽寒。我想她完全有機會把我宰了，或像殺牛那樣，悶死牠，為使全部血都儲於肉中。我翻身將背朝她。一會兒，我聽見她窸窸窣窣地爬過來，貼緊我，輕聲說：「何夏啦，我死了吧。」

我厭惡地挪開一點。她不敢再往我身上貼了。她說：「我曉得，我還是死了好……」

我頭也不回，又輕又狠地說：「滾！」

她不作聲了，我披衣起來，就往門口走。她黑黑的一團，坐在那裡，僵化了。這個僵化的人形，竟是她留給我最後的印象。

我揣著她做的乾酪，在雪地裡閑逛一整天。河正在結冰，波浪眼看著凝固，漸漸形成帶有波紋的化石。等天黑盡時，我往回走，遠遠看見帳篷一團渾黃的火光。不知怎麼，我忽然感到特別需要阿尕給我準備的這份溫暖。我要跟她和解。好歹，她是個伴，是個女人。我鑽進帳篷——至於我邁進帳篷看到了什麼樣的奇境，我前面似乎已有所暗示。

門打開後，杜明麗的丈夫驚異地看著這個高大的怪物。這就是何夏，還用問嘛。他客客氣氣地請他進屋，胡亂指著，讓他坐。明麗始終躲在他的蔭庇之中，見丈夫並沒有決鬥的勁頭，心裡不禁有幾分幸災樂禍。

兩個女兒見有客人來，非常懂事地輕輕跑了，明麗替她們把那架十二英吋黑白電視搬到隔壁，她聽見丈夫問：「聽說何夏同志搞的那個水電站規模鑾大。」

「不太大，只有幾萬千瓦。」

「您的事跡我在不少報上看了，真了不起……」

何夏沒答話，杜明麗有些緊張了。

「明麗也常談你的事。」

何夏仍不說話。

「那個水電站竣工了嗎？」

「一九八〇年才能竣工。」

「還有兩年吶。那你不回去了吧？」

「走著瞧吧，呆膩了我沒準還要回去。」何夏說，「我想來跟你談談明麗的事。我們二十年前的關係你早就清楚，明麗是誠實的女人。」

杜明麗緊貼著冰涼發黏的牆。

「實話告訴你，我現在根本不愛她。根本談不上。」何夏說。

「不過，」何夏站起來，「假如你待她不好，動不動用離婚嚇她，那你可當心點。」說完，他就走了。杜明麗慢慢走到丈夫面前，見他還雲裡霧裡地瞪著眼。

我瞧不上明麗這種平淡無奇的生活，就如她無法理解我那些充滿凶險的日子。我像牧羊的蘇武，如今終於光榮地回來了。都市的喧囂與草地的荒蕪，在我看來是一回事，在那個超然與純粹的境界中，只有阿尕，站在我一邊。我已經走出草地，與那裡遙隔千里，而她的氣味與神韻無時不包圍著我。我知道，她不會放了我，饒過我，我和她不知誰欠了誰的債，永遠結不了。

或許，這帳得留給兒子去結清算了，兒子知道他母親當年怎樣拖著殘腿，拄著木棍，一步一回頭的離開了咱家的帳篷。那時他還是個小肉芽芽兒，附著在母親的腹腔裡，所以母親肚裡的苦水多深，他最清楚。我走進帳篷，看見阿尕不見了。

然後，猜我看見了什麼？油燈光環中，我看見那些撕碎的圖紙，每條裂縫都被仔細拼攏，一點一點精致地貼合了。密如網絡的裂紋，使圖紙顯出一種奇異的價值。我等啊等啊，傻等

著我的阿尕歸來。可她做完這一切，就不再回來了，這撕碎又拼合的紙上，曲曲折折的裂紋，便是記錄我們整個愛情的象形文字。該明白了吧，你這傻瓜，什麼都晚啦。

我找過她，我常常在夜裡驚醒，跑出帳篷，狼哭鬼嚎一樣叫著她的名字。有時，我忽然聽見她在很近的地方唱歌，有時我在帳篷某個角落發現幾根她的長頭髮，我感到她沒走遠。

我在杳無人跡的地方獨自過活。我沒有冬屋子，有時大雪把帳篷壓塌。我與牛羊相依為命，吃牠們，也靠牠們安眠。我不懈地工作，整條河的水文調查資料在我帳篷裡越堆越高。直到有一天，我認為行了，已經無懈可擊了，才背上它們一趟趟往城裡跑。

我知道她從來未遠離過我。帳篷門口，她常留下一摞牛糞餅或一袋糙米。有時我起來擠奶，發現牛的奶子空了，一桶奶已放在那裡。這時，我就瘋瘋癲癲地四處找、喊。對著一片空虛大聲懺悔，或像娘兒們那樣抽泣不已。我知道她一定躲在哪裡，雖然草地一覽無餘，但她有辦法把自己完全藏匿，倔強地咬著嘴唇，不回應我的呼喊。她緊緊捂住耳朵，拼命地逃，要逃避我的召喚。她決不受我的騙，決不被我的痛悔打動，她，受夠了。

但她愛我，我也刻骨銘心地愛她。我們就像陰間和陽間的一對情侶，無望地彼此忠於。

一次下雪的早晨，我走出帳篷，看見門口堆放著牛糞餅和一塊凍硬的獐子後腿。我終於看見她清清楚楚的腳印。那雙北京出產的塑料底布鞋，花紋還十分清晰，證明鞋仍很新。一

看便知，那是個殘廢人的足跡，有隻腳在雪地上點一步，拖一下，雪被劃出斷斷續續的一條槽。還有拐杖，它扎出一個個深坑……等等，你看見了什麼？是一個孩子的腳印嗎？

那些小腳印一會在左，一會在右，很不均勻。它一直相伴著母親。我跪到雪地上，獵犬一樣嗅著這些小腳印，用手量它，在那淺淺的腳窩裡摸來摸去。從它活潑頑皮、強健有力的樣兒來看，我斷定這是個兒子。我看見了我兩歲的兒子，他蹣蹣跚跚，跟著母親，從帳篷縫隙中，偷偷看望這個壞蛋。據說這個外族壞蛋是他父親。

也許是個女兒。不，我拒絕女兒。難道我不愚昧？一個中國北方男人傳統的愚昧使我對著那行腳印痴呆無神地笑了。傳宗接代的渴望使我武斷地給這些小腳印定了性別。從此我相信我有個結結實實的小子。

我往前走了三四里，又看見馬蹄印。阿尕把馬停在這兒，怕我被馬蹄聲驚醒。還用說嗎，沿著這些足跡，我就能找到他們……

我找到了那座房子。叫禿姑娘的老太婆居然還活著，已乾縮成一個多皺的肉團。

她看看我。她眼角發紅，嚴重地潰爛了。她招招手，叫我走近些。「你是誰？」她問我。

「阿尕在哪裡？」

她用幾種語言咕嚕了一大串。大致意思是：在這個地方你隨便碰上個女人，她都可能叫

阿尕。

我恨透這個裝神弄鬼的老巫婆。「我是問你，那個姑娘。過去一直跟你住在一塊的！」

「有一百個姑娘跟我住過。現在都——」她對著我臉忽然吹了口酸臭的氣。

「那就你一個人嘍？」我還企圖啟發她，「你過去身邊不是有個女孩？……」

「女孩？」她眼珠轉了轉，「我在河邊撿到一個死女孩，後來她又活了。」

「她就是阿尕！」

「胡說，沒有阿尕這個人！」

我跨出她家門檻時想，這老婆子是個活妖怪。後來大壩開工，那是一九七八年。離阿尕失蹤，已整整五年了，汽車頭一次開到這片土地上。許多人跟著汽車跑，尖叫，歡躍。他們都將是受聘的民工。我突然看見人群裡有個熟悉的女性面影。我大叫停車，然後連滾帶爬逆著人流尋找。一邊喊：「阿尕！」

我一直追到人群末尾，感到有人扳住我肩膀。我一看，是托雷。

我們相互看了好一會兒。我想，這大概就算是和解了吧。他在我背上拍了拍，便轉身走了。「托雷！朋友……」我用很純的當地話喊，他在遠處轉過身。

「剛才，你看見阿尕沒有？」我問。

他的眼神變得古怪：「阿尕？誰是阿尕？」

我竭力形容、比劃，我相信我已描繪了一個活生生的阿尕，分毫不差。眼淚憋在我奇醜的鼻腔裡。

「沒有，這裡沒有這個人。從來沒聽說過。」我想追上去，但我知道那是沒用的。之後的日子，我仍不死心，向許多人打聽，但回答都是一樣的：沒有阿尕這個女人，從來沒有我所說的那個阿尕。我覺得他們並沒有撒謊，他們沒有撒謊的惡習。

阿尕沒有走遠，我依然認定她就在我身邊。只是我看不見她。水電站一天天壯大著，阿尕卻無處去尋，草地還那樣，沒有腳印，沒有影子。

水電站的最後一期工程不再需要我，我急不可待地收拾家當，打點阿尕留下的一只牛皮口袋。我並不嚮往都市，但我勢必回去。我對這裡一往情深，這不意味著它留得住我。

我和阿尕的悲劇就在於此。

我一定要找到她，哪怕她真的是個精靈。我要對我們那段不算壞的日子做個交待，再看一眼我的兒子，就掉轉身來，頭也不回地走掉。那片土地在我身後越來越寬大，她站在那頭，我站在這頭。她想留下我，一起來度未盡的生活，可那是辦不到的。我將狠狠告訴她，那是

妄想。別了阿尕，我無法報答你的多情。

然後，我就漸漸消失在草地那一彎神秘的弧度後面。

# 三民叢刊書目

㉖作家與作品　謝冰瑩著
㉗冰瑩書信　謝冰瑩著
㉘冰瑩遊記　謝冰瑩著
㉙冰瑩憶往　謝冰瑩著
㉚冰瑩懷舊　謝冰瑩著
㉛與世界文壇對話　鄭樹森著
㉜捉狂下的興嘆　南方朔著
㉝猶記風吹水上鱗
・錢穆與現代中國學術　余英時著
㉞形象與言語
・西方現代藝術評論文集　李明明著
㉟紅學論集　潘重規著
㊱憂鬱與狂熱　孫瑋芒著
㊲黃昏過客　沙究著
㊳帶詩蹺課去　徐望雲著
㊴走出銅像國　龔鵬程著
㊵伴我半世紀的那把琴　鄧昌國著
㊶深層思考與思考深層　劉必榮著
・轉型期國際政治的觀察
㊷瞬間　周志文著
㊸兩岸迷宮遊戲　楊渡著
㊹德國問題與歐洲秩序　彭滂沱著
㊺文學關懷　李瑞騰著
㊻未能忘情　劉紹銘著
㊼發展路上艱難多　孫震著
㊽胡適叢論　周質平著
㊾水與水神
・中國的民俗與人文　王孝廉著
㊿由英雄的人到人的泯滅
・法國當代文學論集　金恆杰著
51重商主義的窘境　賴建誠著
52中國文化與現代變遷　余英時著
53橡溪雜拾　思果著
54統一後的德國　郭恆鈺主編
55愛盧談文學　黃永武著
56南十字星座　呂大明著
57重疊的足跡　韓秀著
58書鄉長短調　黃碧端著
59愛情・仇恨・政治　朱立民著
・漢姆雷特專論及其他

## ⑨③陳冲前傳

嚴歌苓　著

在好萊塢市場，多少人一夜成名直步青雲，又有多少人一朝雲中跌落從此絕跡銀海。身為一個中國人，陳冲是經過多少的奮鬥與波折，身為一個聰慧多感的女子，她又是經過多少的心路激盪，才能處於這洶湧波滔中。本書將為您娓娓道出陳冲的故事。

## ⑨④面壁笑人類

祖　慰　著

本書是有「怪味小說派」之稱的大陸作家祖慰，在巴黎面壁五年悟得的佳構。他的散文神遊八荒，情貫萬里，將理性的思惟和非理性的激情雜揉一起。讀其作品既能吸收大量的科普知識，又可汲取其飄逸文風的美感享受。

## ⑨⑤不老的詩心

夏鐵肩　著

夏先生一生從事文化工作，大半心力都用在鼓勵培植有潛能的青年人，助他們走上文學貢獻之路。而他本身亦創作出不少的長短佳文。本書收錄計有：詩詞小品、散文、方塊評論等。作者一顆不老的詩心，洋溢在篇篇佳構中。

## ⑨⑥雲霧之國

合山　究　著

使中國風土之特殊性獨具一格的，與其說是天地的廣大，不如說是因塵埃、雲煙等而為之朦朦朧朧的自然空間吧！精氣、神仙、老莊、龍、山水畫、奇書等，其產生是有如何玄妙的根源啊！就以「雲霧」為起點，讓我們一起走進這美麗幻夢般的世界。

## ⑨⑦ 北京城不是一天造成的

喜樂 著

打從距今七百五十多年前開始，北京城走進歷史的繁華紛亂。現在，且輕輕走進史冊中尋常百姓的那頁，一盞清茶、幾盤小點，看純中國的插畫、尋純中國的足跡。由博學多聞的喜樂先生做嚮導，就讓你我在古意盎然中，細聆歲月的故事。

## ⑨⑧ 兩城憶往

楊孔鑫 著

霧裡的倫敦、浪漫的巴黎，除此之外，這兩城你可還留有其他印象。本書是作者派駐歐洲新聞工作二十多年的記錄。透過作者敏銳的筆觸，且讓讀者徜徉在花都、霧城的政經社會、文化藝術、風土人情以及歷史背景中。

## ⑨⑨ 詩情與俠骨

莊因 著

一顆明慧的善心與真摯的情感，經過俠骨詩情的鑄煉，將生活上的人情世事，轉化為最優美動人的文句，呈現出自然明朗灑脫的風格。文學對於作者而言，不僅是興趣，更是他的生命，但他不泥古而創新，在其文章中俯首可拾古典與現代的完美融合。

## ⑩⓪ 文化脈動

張錯 著

「我是一個文化悲觀者，因為我個人一直堅持某種希臘式的古典禮範，而這種文學或文化古典禮範，已日漸有如夫子當年春秋戰國的禮崩樂壞。」作者就是以這顆悲憫的心，用詩人敏銳的筆觸，深刻而熱切的批判著臺灣的文化怪象。

## ⑩1 桑樹下

繆天華 著

本書是作者在斗室外桑樹蔭的綠窗下寫就的小品散文。作者試圖在記憶的深處，尋回那些感人甚深的、發人深省的，或者趣味濃郁的人文逸事，不惟激勵讀者高遠的志趣，亦能遠離消沈、絕望的深淵。

## ⑩2 牛頓來訪

石家興 著

本書為作者三十多年來從事科學工作的心情寫照，包括思想、報導、論述、親情、遊記等等。文中處處流露出作者對科學的執著與熱愛，及超越科學之外的人文情懷，篇篇清新雋永，理中含情，情中有理，為科學與文學的結合，作了一番完美的見證。

## ⑩3 深情回眸

鮑曉暉 著

作者生長在一個顛沛流離的時代，雖然歷經千辛萬苦，但行文於字裏行間，卻不見怨天尤人；有的只是對以往和艱苦環境奮鬥的懷念及對現今生活的珍惜，以及世間人事物的觀照及關懷。做為一本懷舊之作，或是清新的生活小品，本書皆為上乘之作。

## ⑩4 新詩補給站

渡也 著

你寫過新詩嗎？你知道如何寫一首具有詩味的新詩？本書是由甫獲得「創世紀四十周年創作獎」的詩人兼詩評論家渡也先生，深入而精闢的剖析一首新詩的形成過程，指導初學者從如何造簡單句到如何寫出一首詩，是一本值得新詩愛好者注意的書。

⑩⑤ 鳳凰遊

李元洛　著

一生從事古典與現代詩論研究的大陸學者李元洛先生，如何在放下嚴肅的評論之筆，轉而用詩人細膩的筆觸，摹寫山水大地的記行，以及人生轉蓬的寄悵，書中句句是箴語、處處有真情，值得您細品。

⑩⑥ 文學人語

高大鵬　著

忙碌的社會分散了人們的注意力、淡化了人們對身旁人事物的感情，任由冷漠充填在你我四周……而本書的作者以感性的筆觸，表達了自己對身旁人事物的真心關懷，以平實的文字與讀者分享所遇所感，無疑是給每個冷漠的心靈甘霖般的滋潤。

⑩⑦ 養狗政治學

鄭赤琰　著

身處地理、政治環境特殊的香港，作者藉由動物的百態來反諷社會上種種光怪陸離的政治現象，在其輕鬆幽默的筆調背後，同時亦蘊含了嚴肅的意義。這一則則的政治寓言，讀之不僅令人莞爾一笑，更具有發人深省的作用，批判中帶有著深切的期盼。

⑩⑧ 烟　塵

姜　穆　著

作者是一位出生於貴州的苗族人，卻意外的捲入戰爭。在臺娶妻生子後，所抒發對戰亂、種族及親人的真誠關懷。內容深沈、筆觸清新，充分顯露在生活的烈焰煎熬下，早已視一切如浮雲，淡泊名利，將其一生的激越昂揚盡付千里烟塵中。

## ⑩⑨ 河宴

鍾怡雯 著

人間繁華的請柬處處，不如赴一場難得的野宴。聽一回水的演奏、看一場山的表演，再來細細品味鍾怡雯為您端出來的山野豐盛清淡的饗宴——極盡可口的綠、十分道地的藍，以及不加調味料的白。

## ⑪⓪ 滬上春秋

章念馳 著

章太炎，這位中國近代史上的思想家、政治家，曾因領導戊戌變法失敗而流亡海外。他雖是浙江餘姚人，卻有大半輩子的歲月是在上海度過。本書是由章太炎的嫡孫章念馳先生，從家族的口述和史料中，完整的敘述章太炎的這段滬上春秋。

## ⑪⑪ 愛廬談心事

黃永武 著

每個人心中都有一枝彩筆，然而在趕遠路、忙上班的歲月裏，枕頭上的日升月降中，像拋來擲去的跳丸，彩筆就這樣褪去了顏色……本書作者在辭去沈重的教職和繁雜的行政工作後，重拾心中的彩筆，為您宣說一篇篇的文學心事。

## ⑪⑫ 吹不散的人影

高大鵬 著

時代替換的快速，不知替換了多少人生舞臺上出現剎那的面孔；而人類，偏又是最健忘的族群。本書中所收錄的文章，均是作者用客觀的筆，為曾替人類社會或文化默默辛勤耕耘的「園丁」們，做最真實的文字記錄。

## ⑪③ 草鞋權貴

嚴歌苓 著

曾經叱吒風雲的老將軍，是程家大院的最高權威，九個承繼他刁鑽聰明的兒女，則個個心懷鬼胎……一個來自鄉下的伶俐女孩，被命運的安排，走入這權貴世家。威權的代溝、情份的激盪、所有內心的驕傲與傷痛，這會是怎樣的衝突，怎樣的一生？

## ⑪④ 是我們改變了世界

張放 著

從事文學藝術的工作者是「人類靈魂的工程師」。如果作家不能提高廣大讀者的精神生活品質，而僅為娛樂人心、滿足人們的好奇和刺激，那麼與馬戲團的小丑或兜售春藥的小販何異？故而作者不禁要問：是我們改變了世界，還是世界改變了我和你？

## ⑪⑤ 夢裡有隻小小船

夏小舟 著

日本人參加婚禮愛穿黑色、日本料理味輕單調、日本人性格分ＡＢＣＤ、還有情書居然可以賣……於日本教書的大陸作家夏小舟，在本書除了告訴你作者旅日的見聞趣事外，也且隨她乘坐那夢裡的小小船，航行向那魂縈夢遷的故國灣港中。

## ⑪⑥ 狂歡與破碎

林幸謙 著

你可曾聽過溯河魚的傳統？憑著當初離開河源的記憶，激勵著牠們回到了河川盡頭的故鄉。寧願冒著生命的危險，也不願成為溫暖海洋中的異鄉客。本書作者由溯河魚的傳統，引入海外華人的悲調，一種狂歡與失落、破碎而複雜的心靈面貌。

(117) 哲學思考漫步

劉述先 著

同樣的環遊世界旅行，企業家看到的是廣大的市場和商機；觀光客沈迷的是風景名勝和購物；文人墨客則歌詠人類史蹟與造物的奧祕。而哲學家呢？本書作者以其敏銳的邏輯思考，在具體的形象世界中悠遊漫步。期待您經由本書而拓寬自己的視野。

(118) 說　涼

水晶 著

地鼠營巢於地下，專喜啃嚙花草植物的根莖。而玫瑰是酷愛陽光的美人，有潔癖，不能忍受穢物……。本書作者從事寫作近四十年來，筆墨蘸盡世間人情冷暖，猶然孜孜不倦的寫作。揮灑於字裡行間的，是一種識盡愁滋味後卻道天涼好個秋的豁達心境。

(119) 紅樓鐘聲

王熙元 著

文學博士王熙元教授，多年來一直不能忘情於散文的寫作。他的散文清新而感性，談生活點滴，筆端真情流露；論人生哲理，則深入淺出，發人深省。此外剖析文學之美，或回憶個人成長、求學的心路歷程，亦多令人有所啓發，值得一讀。

(120) 寒冬聽天方夜譚

保真 著

本書為「青副」專欄「靜夜鐘聲」的結集。作者將其對生命與同胞的熱愛、執著，用感慨深邃的筆調，表現於一篇篇的短文中，告訴我們現今的臺灣與中國，需要我們付出什麼樣的關懷。在這些簡短的文字中，希望也能燃起我們一絲對民族的熱情。

## ⑫ 儒林新誌

周質平 著

本書是旅美普林斯頓大學周質平教授，將其多年在國內外的華文報章上所發表的四十多篇論述雜文結集成冊。書中呈顯出所謂海外學人的千般樣態，嘲諷中不失幽默，值得您細心體會。

## ⑫ 流水無歸程

白樺 著

大陸知名作家白樺繼《哀莫大於心未死》之後又一本長篇小說。他的書取材是當代的，是改革開放後大陸所面臨的經濟文化與人慾的衝擊。書中的人物如高幹、富商、少女、情婦、歌星等，在金錢的誘惑下，一一呈顯出深沈黑暗而扭曲的人性面。

## ⑫ 偷窺天國

劉紹銘 著

善人走完了人生路途上天國，會幸福到什麼程度？天國的幸福，會不會只是塵世快樂的延續？在本書作者引領之下偷窺天國的結果，是否會發覺天國的無趣？永恆實在可怕，幸福和快樂如果遙遙無盡期，一樣會變為無聊、乏味。天國，是否就在當下。

## ⑫ 倒淌河

嚴歌苓 著

屢獲各大報文學首獎的嚴歌苓，繼《陳冲前傳》、《草鞋權貴》後又一本小說新著。內容包括十個短篇及一部中篇〈倒淌河〉。全書無論在寫景、敘事或對話，都極老練辛辣，辣得幾乎教人流出淚來。

⑫⑤ 尋覓畫家步履

陳其茂 著

出國旅行，是許多人心神嚮往的事。而世界各著名的美術、博物館，更是文人雅士們流連佇足之所。與其走馬看花、對大師們的作品僅留浮光掠影，淺嘗輒止；不如隨著畫家陳其茂教授的引領，在其敏銳且情感深致的筆觸下，一起尋覓畫家們的步履。

⑫⑥ 古典與現實之間

杜正勝 著

在古典與現實之間，一幕幕動人心弦的故事正激盪著你我的心。古典的真貌在不斷的探索中漸漸澄澈而透明。而現實的我們且懷著古典的情愫，在史學家杜正勝院士古典新詮的筆下，淺嘗歷史的滋味。

⑫⑦ 釣魚臺畔過客

彭歌 著

北京釣魚臺之盛名，並非全因這片神祕的迎賓貴地，而是在於它的歷史背景。是緣的牽引，將離去故都半世紀的作者引入這神祕的釣魚臺賓館……本書作者以纖細的筆觸，將自己多年飄泊生涯中的聞見感想，一幕幕真實清晰地展現在您眼前。

⑫⑧ 古典到現代

張健 著

涵泳於中國文學數十寒暑而樂此不疲的張健教授，在本書中除用粗筆勾勒歷代文學抽象的思潮外，更以細筆描述陶淵明、杜甫、孟浩然、王國維、魯迅、張愛玲……等文學家具象的風格與作品。篇篇都以作家的詩文為其依據，引領讀者一覽文學之美。

國立中央圖書館出版品預行編目資料

倒淌河／嚴歌苓著. -- 初版. -- 臺北
市：三民，民85
面；　公分.--(三民叢刊;124)
ISBN 957-14-2362-9 (平裝)

857

© 倒　淌　河

著作人　嚴歌苓
發行人　劉振強
著作財產權人　三民書局股份有限公司
臺北市復興北路三八六號
發行所　三民書局股份有限公司
地　址／臺北市復興北路三八六號
郵　撥／〇〇〇九九九八──五號
印刷所　三民書局股份有限公司
門市部　復北店／臺北市復興北路三八六號
重南店／臺北市重慶南路一段六十一號
初　版　中華民國八十五年一月
編　號　S 85320
基本定價　叁元捌角
行政院新聞局登記證局版臺業字第〇二〇〇號



ISBN 957-14-2362-9 (平裝)